Eva Roman

PAX

Quartbuch

Eva Roman

PAX

Roman

Verlag Klaus Wagenbach Berlin

VOR DEN BUSFENSTERN ragten nur noch die Pfahlspitzen der Zäune aus dem tiefen Schnee, vereinzelt wie dunkle Kommata auf einem weißen Blatt Papier. Selbst die goldene Kugel auf der Spitze des zwiebelförmigen Kirchturms von Lauterthal trug eine weiße Haube, als es der Großmutter mit einem Mal sehr viel schlechter ging. Sie schlief jetzt meistens, atmete röchelnd ein und aus, während vor ihrem Wohnzimmerfenster Vögel die Futterstelle anflogen, die die über ihr wohnenden Nachbarn auf ihrem Balkon eingerichtet hatten. Die Fahrt über versuchte Pax das mulmige Gefühl von sich fernzuhalten, das ihn jedes Mal befiel, seitdem sie die Großmutter einmal reglos auf dem Boden vor ihrem Bett gefunden hatten. Lieber malte er sich das Schauspiel der Vögel aus, sah die schwarzen Amseln auf den verschneiten Ästen, die feuchten Köpfe der Blaumeisen zwischen den letzten roten Beeren und den großen Eichelhäher, der wie ein farbiger Rabe über den Schnee schritt und sofort seinen Warnschrei ausstieß, sobald sie sich drinnen bewegten oder eine der Dorfkatzen sich anschlich, im Glauben, vor dem weißen Hintergrund noch immer bestens getarnt zu sein.

Einmal war ein Sperber angeflogen, hatte einen der Spatzen mit sich davongerissen, das ist halt die Natur, Tante Beatrix stellte die Packung mit den Keksen ein Stück von sich weg, Schluss damit, sagte sie, oder willst noch einen, du wächst ja noch. Pax hielt den Blick nach draußen, auf den aufgeregt zurückgebliebenen Rest der Schar, bevor er den Kopf schüttelte und sich an den Rand von Großmutters Sofa setzte. Schläft, sagte er.

Meistens übernachteten sie jetzt in Lauterthal, auf Feldbetten in der Küche, von der bloßen Gegenwart des jeweils anderen derart unangenehm berührt, dass ihnen das Einschlafen trotz ihrer täglich zunehmenden Müdigkeit immer mehr zur Kunst wurde, und wenn es ihnen endlich gelungen war, so wurde einer von beiden schon bald von einem Schnarchen oder von dem Knarzen geweckt, das die Metallgestelle bei jeder noch so kleinen Bewegung von sich gaben. Heute aber war es keines dieser üblichen Störgeräusche, von dem sie wach wurden, dass sie jetzt heimkehren würde, zu ihrem liebsten Kind, schrie die Großmutter aus dem Wohnzimmer durch das Dunkel, und warum ihr der Herrgott ausgerechnet dieses genommen hatte, augenblicklich sollte Tante Beatrix den Pfarrer holen, für die letzte Ölung, die insgesamt drei Mal in sechs Wochen stattfand. Ab dem vierten Mal ließ Tante Beatrix die Großmutter schreien, mit dem Messer zerteilte sie rosafarbene Ohrstöpsel. Für dich, sie hielt Pax zwei Teile hin, sodass sie in jener Nacht, als die Großmutter mit geöffnetem Mund erstarrt war, nichts als die Geräusche ihrer eigenen Körper gehört hatten.

Bis die Erde es wieder zuließ, dass der Friedhofsgärtner in die Tiefe grub, mussten sie warten. Pax hätte gern geweint, als Tante Beatrix die Schaufel etwas ungeschickt drehte und er die Erde auf den Holzsarg treffen hörte. Stattdessen fiel ihm Großmutters Gesicht ein, dem die Krankheit sämtliche Farben entzogen hatte. Großmutter, auf dem Sofa, ein Gebilde aus Glasknochen, die allein unter dem Gewicht der Bettdecke zu brechen drohten, und trotzdem noch mächtig genug, Tante Beatrix' Stimme in die eines eingeschüchterten, kleinen Mädchens zu verwandeln und Pax eine Ohrfeige zu verpassen dafür, dass er nachgefragt hatte, wieso der gute, allmächtige Gott, zu dem sie unablässig betete, sie so im Stich gelassen hatte.

Anfangs waren sie noch mit dem Rollstuhl ein Stück die Dorfstraße hinuntergefahren, in die Bäckerei, um eine mit Salz und Kümmel bestreute Seele zu holen, an der die Großmutter den Heimweg über kaute, später aber wollte sie das Haus gar nicht mehr verlassen, weshalb Tante Beatrix sich auf ihre endlose Suche nach der passenden

Unterstützung gemacht hatte. Männer durften die Großmutter nicht anfassen, Frauen bezichtigte sie des Diebstahls. Deshalb mussten sie letztlich ständig selber nach Lauterthal. Immerhin haben wir so unseren Sport, sagte Tante Beatrix bei gutem Wetter, während sie das Garagentor öffnete und darauf wartete, dass Pax sein Fahrrad mit den Vollgummireifen herausrollte. Wenn er Glück hatte, durfte er zuhause bei Oma Peschka bleiben, die er längst zu seiner eigentlichen Oma bestimmt hatte. Wenn nicht, fuhr er vor Tante Beatrix her, immer die Landstraße entlang, gegen den Wind und die Druckwellen der vorbeifahrenden Lastwagen.

Fand sich wieder einmal niemand, der einspringen konnte, selbst Oma Peschka nicht, so war Tante Beatrix gezwungen, die Großmutter ausnahmsweise selber zu wickeln, und Pax musste das Zimmer verlassen. Er wartete dann in dem dunklen Flur vor dem Schlüsselloch oder unter dem Vordach am Fenster, von wo aus er die beiden beobachtete. Mal lag die Großmutter einfach nur da, den Kopf abgewandt wie ein beschämtes runzeliges Kind, mal lachte sie Tante Beatrix an, du hast mich gerettet, sagte sie mit heller Stimme, und dass es kurz vor knapp war, schau doch, sie deutete in den Himmel, aus dem sie in letzter Zeit wieder Christbäume regnen sah. Jeden Moment konnte sich der Ausdruck ihres Gesichts in sein Gegenteil verkehren, mit Absicht wollt ihr mich sterben lassen, sagte sie dann, weil ihr Geld braucht, ihr Geier, bevor sie wie immer das Wort an die Jahresuhr richtete, durch deren Glasglocke die Sonne ein flimmerndes Muster an die Wand warf. In der Uhr musste sich wohl der Großvater befinden, wie der Leib Christi in der diamantbesetzten Monstranz der Lauterthaler Kirche, oder auch nur wie ein Flaschengeist, einmal kehrt er doch noch heim, sagte die Großmutter jetzt, und wenn sie dann drei Wünsche frei haben sollte, so war der erste, dass er ihnen die Ohren langzog, im Keller, damit sie endlich zugaben, wo das verdammte Geld hin war.

Pax hatte das Spiel schnell verstanden. Sie suchten. Tante Beatrix suchte im Schrank, und er suchte hinter dem Jesus mit Dornenkrone und vergoldetem Lendenschurz oder unter dem Teppich, und nach etwa zwei Minuten entdeckten sie das Geld dann jedes Mal unter Großmutters Kopfkissen. Heute aber war es dort nicht, es befand sich stattdessen, eingewickelt in kotverschmierte Waschlappen, im Mülleimer, bist du jetzt völlig – Tante Beatrix packte die Großmutter an ihren Handgelenken, auf denen sich umgehend Blutergüsse abzeichneten, ihre Fingerabdrücke auf Großmutters Pergamenthaut.

Pax lief hinaus in den Garten zwischen die Forsythien. So lange er sich erinnern konnte, hatte die Großmutter Anfang Dezember Barbarazweige aus den Büschen geschnitten, die an den Weihnachtstagen hellgelb in der Stube blühten und dabei ihren frühlingshaften Duft verströmten. Er schloss die Augen und stellte sich die leuchtenden Zweige vor, eine ganze Weile blieb er so stehen, bis ihm irgendwann der Geruch von gedünsteten Zwiebeln in die Nase drang. Ihm wurde schlecht, wenn Tante Beatrix Großmutter fütterte, Essen anreichte, wie Großmutters ehemalige Pflegekraft Schwester Renate, eine der letzten Nonnen des örtlichen Klosters, es genannt hatte, sie hatte auch nicht Lätzchen gesagt, sondern Serviervorlage, und aus dem Wickeln war der Wechsel der Inkontinenzmaterialien geworden. Jedenfalls bevor die Großmutter sie des Diebstahls bezichtigt hatte. Sie hatten sich entschuldigt und die Klosterfrau noch mehrfach zum Bleiben überredet und erst viel später festgestellt, dass Großmutters Bündel mit den Geldscheinen sich während Schwester Renates Ehrenamt tatsächlich mehr als halbiert hatte.

Kann kein Mensch essen, behauptete die Großmutter oft, und dann spuckte sie aus, die Suppen und den Brei und die zerquetschten Bananen, unbegabt warst du immer, woraufhin sie von dem Hähnchencurry mit Ananas schwärmte, das ihre jüngere Tochter eingeführt hatte. Das war ein Mal, ein einziges Mal, dass die für uns gekocht hat, flüsterte Tante Beatrix und weiter, dass sie endlich still davon sein sollte, sie sah zu Pax, der in der Küche half, die Ränder vom Toastbrot abzutrennen und es in mundgerechte Vierecke zu schneiden, damit die Großmutter gut kauen konnte. Mit an das Sofa, auf dem sie gefüttert wurde, wollte er nicht, schon gar nicht, nachdem er einmal beobachtet hatte, wie ihr Gebiss in die pürierte Bratwurst gefallen war. Nach dem Essen wollte die Großmutter immer nachhause laufen, ob sie jetzt endlich heimgehen könne? fragte sie mit Wut in der Stimme, und Tante Beatrix antwortete jedes Mal, du warst es doch, die den Hof gegen die Wohnung getauscht hat. Gott sei Dank, stell dir vor, du wärst jetzt allein in dem riesigen Haus, und wer diese Arbeit machen sollte. Tante Beatrix setzte den Kamm an und riss der Großmutter ganze Strähnen aus, bis sie aufschrie, es kam auch vor, dass sie sie verletzte, indem sie ihr die Nägel wie zufällig bis unters Fleisch kürzte, erzähl was, rief sie Pax zu, er aber wollte lieber nichts von dem berichten, was er draußen erlebt hatte, damit die Großmutter nicht neidisch wurde. Später, während Tante Beatrix Nägel und Windeln entsorgte, verlangte die Großmutter eilig, dass Pax die Zeitung brachte, um mit ihr zusammen die Todesanzeigen zu buchstabieren. Bald wirst du hier meinen Namen lesen können, sagte sie dann.

Vorsichtig griff Pax in die Schale mit den Blütenblättern, deren Duft sich mit dem der feuchten Erde und den Weihrauchschwaden über der Thujahecke vermischte. Kalt wie Wachs fühlten sich die dünnen Blätter an, feucht und tot. Schweres Konfetti, das ihn an etwas erinnerte. An die Frau mit der langen Sprache.

Lange Sprache? Tante Beatrix zuckte mit den Schultern, dass sie ehrlich keine Ahnung hatte, was er meinte, sagte sie, bevor sie in das Vaterunser einstimmte. Wie sie seine Hand dabei drückte, wenn auch nur, weil der Pfarrer sie dazu aufgefordert hatte. Pax fand es schön, er beobachtete Tante Beatrix, beruhigt vom Gemurmel der ewig gleichen Worte, und er hatte sie schon die Tage vorher belauert, morgens aus der Deckung seiner Cornflakespackung heraus – auch Tante Beatrix schien nicht weinen zu müssen, er sah sich um, tatsächlich weinte gar niemand der Anwesenden, was vielleicht daran lag, dass Tränen das Letzte für die Großmutter gewesen waren, und dass sie für das Geheule an ihrem Grab ganz sicher kein Verständnis aufgebracht hätte.

Einzig Tante Beatrix' Augenlider waren eine Zeitlang geröteter als sonst, vielleicht weinte sie also doch heimlich, nachts oder noch vor dem Frühstück, dachte Pax, während sie zuhause im Garten darauf warteten, dass Oma Peschka den Frühling ausrief. Man kommt ja schon irgendwann an seine Grenzen, nach all dem Unglück, Tante Beatrix hielt einen Eimer über den Brunnen, andererseits, gab sie zu, war man aber doch auch ein bisschen erleichtert. Oma Peschka nickte, dass sie das Ganze ja selber durchhatte, sie lächelte mitleidig. Pax betätigte die Pumpe, einen eingetrockneten Fleck im Visier, Vanillesauce, auf Oma Peschkas Hauskleid. Gut, dass der Winter die Leitungen verschont hat, Oma Peschka zwinkerte ihm zu, während sie etwas von dem kalten Wasser in seine Richtung schnippte, ob er Lust hatte, mit ihr die Kaninchen zu füttern? Damit sich deine Tante endlich mal ein bisschen ausruhen kann. Aufmunternd streckte sie ihm ihre Hand entgegen.

In dem riesigen Kaninchenstall, den der alte Peschka vielleicht nur deshalb an das Ende des Gartens gemauert hatte, weil ihm damals noch so viele Ziegel übrig geblieben waren, hing noch immer seine rostige Sense an einem Haken. Darüber hinaus hatte Peschka ein weiß gekalktes Mehrfamilienhaus mit braunen Fensterrahmen hinterlassen, dessen Fassade ein gusseiserner Vogel zierte. Nach Kriegsende und der Flucht aus Oberschlesien, wo vier kräftige Viehhändler ihn davon überzeugen konnten, ihre Schwester, die ein Kind erwartete, zu heiraten, hatte Peschka das Haus selbst gebaut, eine Leistung, die Pax beeindruckte, vielleicht gerade weil er Opa Peschka nie kennengelernt hatte. Er stellte sich vor, wie Peschka mit ein paar Männern Stein auf Stein schichtete, um dieses in den Augen eines Kindes riesige Haus zu mauern. Die Umstände von Peschkas Tod blieben für Pax undurchsichtig. Er hat zu tief ins Glas geschaut, sagte Tante Beatrix einmal, den Blick betreten abgewandt, während die Nachbarin nickte und leise das Wort Kor-sa-kow murmelte, bevor sie sich den Kindern gegenüber zu einer deutlicheren Geste hinreißen ließ: Sie hielt sich den Daumen der erhobenen rechten Hand an den Mund, die drei mittleren Finger um eine imaginäre Flasche, den kleinen abgespreizt, gluck-gluck sagte sie zwinkernd, bevor sie die Augen verdrehte und wie eine schwer Besoffene auf die Kinder zutorkelte. Wenn Leni, Oma Peschkas Enkelin, zu Besuch war, spielten Pax und sie oft in dem alten Kaninchenstall, gluck-gluck: Man musste sich zwingen, unter Opa Peschkas Sense so viele Schlucke Wasser zu trinken, wie man alt war, das ging noch, denn es waren damals nur sechs oder sieben, es gab Steigerungen, sechsundvierzig Schlucke für Tante Beatrix oder unschaffbare einundsechzig Schlucke Todesgefahr, Oma Peschka. War der Bauch zu voll, konnte man aufgeben, indem man laut und mit möglichst russischer Betonung das Codewort Kor-sa-kow schrie, dann folgten Varianten: einen Apfel an der Schnittseite der Sense in kleine Stücke schlitzen, eines der Stückchen in Sand paniert essen, in fünf Sekunden einmal um das Haus rennen, fünf Klimmzüge an der Schaukelstange machen, unter der Sense ein letztes Gebet sprechen und weitere Spiele, deren lustvoller Mittelpunkt immer die rostige Sense war, bis sie von der Schubkarre abgelöst wurde, die sich angeblich über Nacht mit Regenwasser aus Tschernobyl gefüllt hatte und deren unheimliche Anziehungskraft nur durch Tante Beatrix' Erscheinen auf dem Balkon oder Oma Peschkas Auftritt mit Wäschekorb, Leine und Klammern im Garten gebrochen werden konnte. Manchmal gesellte sich Hendryk zu ihnen, nicht viel älter als sie, er lebte mit seiner Mutter in dem einzigen Wohnblock Blauenklingens schräg gegenüber, am Ende der Forststraße. Mit dem grünen Lkw, der, auf einer eigens gemieteten Abstellfläche geparkt, die Anwesenheit seines Vaters an den Wochenenden anzeigte, schienen Hendryks Ausbrüche zusammenzuhängen, einmal versuchte er den Wohnblock anzuzünden, indem er stundenlang vergeblich ein Feuerzeug an den Außenputz hielt. Pax und Leni ließen ihn nie mitspielen, wenn der Lkw auf dem Parkplatz stand, weil

Hendryk dann unberechenbar war, jedenfalls nicht bereit, sich an die strengen Regeln ihres Spiels zu halten. Wir sollen doch nicht mehr Kor-sa-kow schreien, wies ihn Leni zurecht, weil das Wort unangenehm für Oma ist. Hendryk murmelte eine Entschuldigung, im Grunde wusste keiner von ihnen, was das Wort überhaupt bedeuten sollte, aber jeder kannte die Geschichte dazu, dass der alte Peschka nach einer Feier in eine Baugrube gefallen war, und hinterher war er nicht mehr ganz richtig im Kopf gewesen. Lenis Oma hatte ihn vierundzwanzig Stunden am Tag betreuen müssen, keine Sekunde hatte sie mehr für sich gehabt, und trotzdem war es Opa Peschka gelungen, immer wieder auszubrechen, um sich bei den Nachbarn in den Garten zu stellen und bei jedem Wetter stundenlang in den Apfelbaum zu starren.

Mein Vater sagt, deine Oma hat den Alten mit Absicht zu Weihnachten draußen erfrieren lassen, Hendryk sah Leni herausfordernd an. Sei doch still, Idiot, Pax schubste ihn, sodass er hintenüber zwischen die Strohballen fiel. A-B-C, Lenis Opa liegt tot im Schnee, wiederholte Hendryk kichernd, klopfte den Staub von seinem Pullover ab und steckte Pax eine Handvoll Stroh in den Kragen. Dann versuchte er die Kaninchen zu befreien, bis Pax und Leni ihn endlich gemeinsam überwältigen konnten.

OMA PESCHKA wohnte im Erdgeschoss, darüber Döberleins, ein kinderloses Lehrerehepaar, und gegenüber Tante Beatrix mit Pax, ganz oben wechselten die Mieter häufig. Als Pax in die Grundschule ging, lebte der Bärtige mit seiner Freundin zwischen den Dachschrägen, sein Motorrad stand im Hof, eine schwere Straßenmaschine, bordeaux-metallic lackiert. Seine Freundin war zwar selten zu sehen, Pax aber nahm sie ständig wahr, entweder über sich, ihre Absätze auf dem Parkett oder den Fliesen im Bad, oder vor sich, ihr Haarspray im Treppenhaus, immer öfter auch nachts, wenn sie den Bärtigen lautstark aus der Wohnung warf. Von diesen flüchtigen Begegnungen mit der Nachbarin blieben Pax nur schemenhafte Bilder, ihre Haare, zu einem Pferdeschwanz gebunden, der schräg am Hinterkopf saß, die dunkel schattierten Augenlider, lange Wimpern, ihre dünnen roten Lippen, die zierliche Figur und die wenig zarte Stimme, die ins nächtliche Treppenhaus schrie. Wenn Pax davon aufwachte, stand Tante Beatrix schon – oder immer noch – in der Küche und räumte auf, willst du wissen, wie man Silber putzt? fragte sie, oder ob er eigentlich Ahnung davon hätte, wie man bügelte, wobei die Uhrzeit keinen Einfluss auf ihre immer gleichen Fragen im immer gleichen Tonfall zu nehmen schien, sie fragte, ohne zu bemerken, dass sie es Pax beim letzten Mal schon erklärt hatte und viele Male zuvor – sie stand in genau der gleichen Haltung an genau der gleichen Stelle am Bügelbrett oder am Herd, die Alufolie und den Topf vor sich, in dem sie das Silberbesteck kochen wollte, und diese absolute Gleichförmigkeit war etwas, das Pax an ihr mochte, weil alles vorhersehbar schien.

Er genoss die warme Feuchtigkeit, das Brodeln und Zischen, den Wäschegeruch, wenn der Wasserdampf aus dem Bügeleisen aufstieg, die Befriedigung, wenn sich noch die widerspenstigsten Stoffe unter dem heißen Bügeleisen aufgaben, mach nochmal, sagte Pax, Tante Beatrix löste den Knopf für den Wasserdampf aus, sie bügelte, während Pax eine kleine Kupferkanne bereithielt, um den Tank jedes Mal wieder aufzufüllen. Die beschlagenen Fenster blieben fest geschlossen, auch in den Sommernächten, wenn ihnen der Schweiß beim Bügeln die Gesichter glänzend machte, dazu lief das Radio, das Radio lief immer, wenn Tante Beatrix wach war, konnte aber die wüsten Beschimpfungen der Nachbarn im Treppenhaus nicht übertönen, eine Tatsache, die Tante Beatrix manchmal dazu veranlasste, mitzusingen. Pax fand es unangenehm, ihr zuzuhören, lass das doch, sagte er, und Tante Beatrix sah ihn an, das Gesicht zu etwas verzogen, das als ein Lächeln durchgehen konnte, dem rein gar nichts zu entnehmen war, weder ob sie selbst ihr Singen gut fand, oder ob sie es gut fand, dass es Pax peinlich war, ja, vielleicht genoss sie seinen Zustand. Sie lächelte im Singen, das R rollend, zwiespältig, als sänge sie lustvoll und schämte sich zugleich für diese Lust am Singen, und so war ihr Lächeln wie das Lächeln eines ertappten Kindes, das unter der Hand eine Fliege verbirgt, der es soeben einen Flügel ausgerissen hat.

Die Nachbarn von oben waren für Pax umso faszinierender, je mehr sich die Frau in ihrer Wortwahl gehenließ und je öfter der Bärtige in seiner Lederkluft das Motorrad bestieg und im Anfahren derart beschleunigte, dass sich das Vorderrad vom Boden hob, eine Übung, die Pax mit seinem Fahrrad zu imitieren versuchte, leider nicht so erfolgreich wie Leni, die auf dem Hinterrad einmal quer durch den Hof fahren konnte. Wie viele Möglichkeiten es gab, sich zu frisieren und zu kleiden – die wenigen Male, die Pax und Tante Beatrix den Nachbarn über den Weg liefen, führten es ihnen vor Augen. Das sind Rocker, raunte Tante Beatrix jedes Mal furchtsam, wenn sie sich im Treppenhaus begegneten, griff ihm zwischen die Schultern und grüßte die Nachbarn artig.

Lass mich auch mal an das Bügeleisen, Tante Beatrix, bettelte Pax an einem dieser Abende. Aber nur ausnahmsweise, sagte sie, und nur Hemden, Hosen und T-Shirts. Alles andere ist Frauensache, verkündete sie und spannte die Finger über ein knitteriges Stück Stoff.

Pax bügelte mit Hingabe, er plättete, während Tante Beatrix Fusseln abzupfte von Decken, von Pullovern, von seinen und von ihren Ärmeln, von Knien und Fersen und dem Teppich darunter. Und noch während Pax die ersten Socken stopfte, hatte er längst schon ein Auge auf die Nähmaschine geworfen und wollte wissen, wie sie funktionierte. Er stellte auf Zick-Zack-Stich, *dunkel wars, der Mond schien helle, Schnee lag auf der grünen Flur, als ein Wagen blitzeschnelle, langsam um die Ecke fuhr,* so dichtete das Radio in einer Sendung über Varianten der Unsinnspoesie, bevor es wieder Musik spielte. Pax nähte melodiöse Kurven und Wellen, während sich der hinausgeworfene Bärtige einmal mehr irgendwo zulaufen ließ, immer öfter fiel er jetzt schon im Erdgeschoss gegen die Tür und schlief davor ein. Pax beobachtete genau, wie man die Nähmaschine bestückte, wie man Stoffe aneinandernähte und auseinandertrennte – er versuchte sich an der Maschine, während Tante Beatrix auf dem Sofa saß und ihr die Augen wieder und wieder zufielen. Manchmal, wenn der Bärtige mit dem Motorrad zurückkam, gab es oben eine lautstarke Versöhnung, Tante Beatrix lag dann auf dem Sofa und presste die Lider zusammen, als schliefe sie, dabei konnte Pax ihr ansehen, dass sie bis in die letzte Muskelfaser angespannt auf jeden Lustschrei lauschte. Wenn es zu laut wurde, nähte er über die Geräuschkulisse. Der Bärtige aber kam immer seltener mit dem Motorrad zurück, er torkelte jetzt meistens, manchmal konnte Pax ihn sehen, wie er zwischen Hauswand und Gartenzaun pendelte, und häufig lag er morgens noch irgendwo um das Haus. Mal hatte er nachts Kartons aus der Mülltonne gezerrt und lagerte darauf im Vorgarten unweit der Tanne, unter der Pax und Leni ihr geheimes Versteck hatten, mal schnarchte er im Schuppen bei den Kaninchen, mal drückte er die Sandburgen platt, die sie erst am Vortag gebaut hatten.

Tante Beatrix hatte das Bügeleisen zum Auskühlen auf eine der Herdplatten gestellt, schon so spät, sagte sie, und ob er bitte das Bügelbrett aufräumen könnte und sich dann gleich die Zähne putzen. Pax nickte, mit dem Zeigefinger zeichnete er zwei Punkte und einen lachenden Mund auf die beschlagene Fensterscheibe, bevor er im Bad verschwand und später in sein Zimmer hinüberging, sich auszog und auf sein Bett legte. Eine leise Melodie aus dem Radio und der Duft nach frischer Wäsche waren das Letzte, das er wahrnahm, bevor ihm die Augen zufielen, da war noch Tante Beatrix' Murmeln, ob er auch wirklich seine Zähne geputzt hatte, und er schüttelte den Kopf schon halb im Schlaf, träumte von einer Sinfonie aus Wasserdampf, aus feinem weißem und dichtem, nassen Dampf, aus schnellen Schwaden und tropischer Feuchtigkeit, die sich eben in einem finalen Regenguss auflösen wollte, als ein Schrei die Stille zerriss, gefolgt von einem dumpfen Schlag vor der Wohnungstür.

Pax schrak auf, und er hörte, dass Tante Beatrix auch wach war, wie sie ihre Hausschuhe mit den Zehen in die gewünschte Richtung drehte, nahm er wahr und wusste, dass sie jetzt in den Morgenmantel schlüpfte, der am stummen Diener hing, lauschte ihren Schritten ins Badezimmer, bevor er aufsprang, in die Küche schlich und den Schemel holte, mit dessen Hilfe er und Tante Beatrix die oberen Küchenfächer erreichen konnten, in denen sich Backzutaten, Grieß und Gewürze befanden und die sie selten nutzten, seit sie auf Tiefkühlkost umgestiegen waren. Durch den Türspion sah Pax den Bärtigen in einer seltsam verkrümmten Haltung auf dem Absatz liegen, die Großmutter fiel ihm ein, wie sie sie einmal hilflos und steif neben dem Bett gefunden hatten, und Opa Peschka, erfroren unter dem verschneiten Apfelbaum.

Im Badezimmer rauschte das Wasser zwischen den quietschenden Geräuschen der Armatur, lass die Tür bloß zu, sagte Tante Beatrix, den Wäschekorb unter ihrem Arm, und dass er wieder zurück ins Bett sollte.

Aber ich bin hellwach, protestierte Pax. Ob Opa Peschka wirklich tot im Schnee gelegen hatte?

Wer erzählt denn einen solchen Unsinn? fragte Tante Beatrix, der war einfach alt und musste dann ewig ins Krankenhaus, irgendwas am Darm. Sie setzte sich auf das Sofa, ob er eigentlich wusste, wie man Socken richtig zusammenlegte?

Pax hörte ein Wimmern. Wieder sah er durch den Spion, vielleicht hat er sich verletzt, Tante Beatrix suchte zwei passende Socken, wo hat sich der zweite versteckt, murmelte Pax am Guckloch. Na, wo hat sich der zweite versteckt? sagte Tante Beatrix, weiter, kontrollieren, ob gestopft werden muss, danach Ferse auf Ferse und glattstreichen.

Kommst du bitte? Tante Beatrix vermied es nach Möglichkeit, seinen Namen auszusprechen, nur wenn es gar nicht anders ging, sagte sie Pax, Pax gehörte zu Christus, Pax war kein üblicher Vorname, im Treppenhaus ging das Licht aus, die Spitze zur Ferse, Max, den oberen Teil darübergeklappt, Pax setzte sich neben sie auf das Sofa, zwischen ihnen der Wäschekorb, draußen das lauter werdende Jammern, Tante Beatrix stellte das Radio an, aber keine Nachrichten, rief sie dem Moderator zu, wir haben sie satt, eure schlechten Nachrichten vom Weltuntergang, spielt doch einfach mal schöne Musik. Es kam eine Sendung, in der Hörer einem Psychologen Fragen stellen konnten, mein Sohn meldet sich nie bei mir, mein Kind klaut Geld aus meinem Portemonnaie, meine Freundin ist vielleicht schwanger, und was man jetzt machen könnte, damit es niemand merkt – Pax tat, als hörte er nichts, während Tante Beatrix schnell weiterdrehte, sie griff nach ihrem Strickzeug, Marschmusik ertönte –, die Zeiten sind wirklich vorbei, Tante Beatrix fand eine Operette, die sie nach Pax' Protest gegen ein instrumentales Medley eintauschte. In warmem Gelb leuchtete das Radio aus der Schrankwand in das Zimmer, die Anzeige das Tor zur Welt, Baden-Baden, Brüssel, SFB, Paris, Wien, Rom, meistens aber lief der Südwestfunk oder der Bayerische Rundfunk, manchmal stellte Pax um, versuchte Moskau oder Tel Aviv, dabei konnte er sicher sein, dass Tante Beatrix den Ausgangszustand wiederherstellte, sobald er aus dem Zimmer war. Er wartete, bis sie über ihrem Strickzeug eingeschlafen war. Tante Beatrix strickte, weil ihre Kolleginnen strickten, nicht, weil sie das Handarbeiten interessierte, es war fraglich, welche Tätigkeit sie wirklich begeistern konnte, sie sah gerne fern, ließ sich gerne berieseln, wie sie es nannte, und vielleicht war ihr Liebstes ganz schlicht der sorgloseste Zustand von allen: der Schlaf. Schwer atmete sie und wohlig ein und aus, ein paar fehlerhafte Reihen waren aufzutrennen, einige Maschen wiederaufzunehmen, damit die Kolleginnen nichts an ihrer Arbeit würden bemängeln können, Pax brachte ihr angefangenes Strickteil in Ordnung, Lochmuster für den Sommerpulli, er legte Tante Beatrix das Strickzeug zurück auf den Bauch, bevor er sich hinausschlich und den Lichtschalter drehte, der wie eine Küchenuhr im Treppenhaus tickte, während die Feder den Schalter langsam in seine Ausgangsposition zurückzog. Endlich konnte Pax den Bärtigen aus der Nähe betrachten, wie ein Tier schnupperte er an dem Mann, der stank nach etwas Saurem, das an altes Bier erinnerte – aus seiner Nase hing ein langer, mit Blut vermischter Rotzfaden, er trug ein Stirnband, eine kurze Lederjacke, die den Blick auf einen Nierengurt freigab, und eine Motorradhose, von einem Gürtel gehalten, den ein Stierkopf zierte. Neugierig besah Pax sich die ausgebeulte Stelle darunter und ließ den Blick weiter wandern, über die in dunkelrotem Leder abgesetzten und verstärkten Knie, die Waden entlang bis zu den Stiefeln, weiter über die gepolsterten Schultern, die Arme, die Handgelenke, am rechten ein Band mit Nieten, am linken eine digitale Armbanduhr, eine wie Pax sie sich lange schon wünschte. Vielleicht war der Bärtige tot. Pax kniete sich neben ihn und nahm ihm die Uhr ab, darauf bedacht, dass der Nachbar nicht in einer Art Todeskampf nach ihm greifen und ihn festhalten konnte, er beeilte sich, mit seiner Beute schnell wieder hinein und hinter den Türspion zu kommen.

Das Licht hielt sechzig Sekunden, und kurz bevor es erlosch, sah Pax Mutter, Vater und seinen Bruder John im Treppenhaus auftauchen. Nicht so, als wollten sie zu Tante Beatrix herein, sondern völlig unbewegt, der Vater mit großer Sonnenbrille in einem buntbestickten weiten Hemd der Mutter zugewandt, wie Schaufensterpuppen, die man vor Jahren im Abstellraum untergebracht und nun wieder herausgetragen hatte, und die umzukleiden noch keine Zeit gewesen war. Seine Mutter hatte lange, dunkelblonde Haare zu goldbraunen Augen, sein Vater war dunkler, kurzhaarig mit Augen wie Baumharz. Oder sein Vater hatte lange Haare, hell, um stechend grüne Augen, seine Mutter trug mal Zöpfe, hennafarbene oder schwarze, mal lockiges, mal glattes Haar über den graublauen Augen. Sein älterer Bruder aber war das Kind, das mit ihren Zöpfen spielte, wer und wo immer sie waren.

Der Bärtige auf dem Boden regte sich nicht und schien sie auch nicht im Geringsten zu interessieren, jetzt wechselte das Licht hinter dem Türspion, als drehte jemand beliebig an den Belichtungseinstellungen eines Fotoapparates, mal traten die Figuren hell hervor, dann wieder der sie umgebende Hintergrund, das Treppenhaus mit der Tür gegenüber, darauf das Türschild aus gebranntem Salzteig, *Döberlein* – Mutter und Vater erstarrten, einzig sein Bruder bewegte sich, ein gelbes Metallfahrzeug in Händen, Mehl hatte er über die steinernen Treppenstufen geschüttet, Schnee, durch den sich mehrere Spielautos kämpften und Spuren hinterließen. Es wurde schwarz hinter dem Türspion, das Quietschen der Räder verstummte, er hörte Mutter und Vater darüber diskutieren, ob die Spuren, die John gezogen hatte, gelungen seien, ob sie als Kunst gelten konnten, vorsichtig öffnete Pax die Tür, die Finger seiner linken Hand tasteten über die Oberkante des Streifens aus gelbgrüner Schutzfarbe, führten ihn durch das Dunkel des Treppenhauses an dem Liegenden vorbei. Er drückte die Klingel, dreimal kurz, ein Zeichen ohne Vereinbarung, das vielleicht bedeuten konnte, dass etwas Besonderes vorgefallen war, eins-zwei-drei, er beeilte sich, zurück hinter den Spion zu kommen, sah schließlich die Tür gegenüber aufgehen, Herr Döberlein im Gegenlicht, im Pyjama mit verquollenen Augen, dahinter seine Frau, auf dem Boden den Bärtigen, das Licht ging aus und wieder an und wieder aus und an, und irgendwann waren da Sanitäter zu sehen. Tante Beatrix schnarchte leise, Pax verabscheute es, wenn ihr Schnarchen ihm ihren Rhythmus aufzwang, und er mochte es gern, weil er so in der ganzen Wohnung wusste, dass sie da war. Er spielte Stoppen mit seiner neuen Digitaluhr, drückte die Knöpfe, so schnell er konnte, um möglichst wenig Zeit auf dem Display zu haben, Start-Stop-Ergebnis, Start-Stop-Ergebnis, wieder und wieder, und jedes Mal gab die Uhr dabei drei Pieptöne von sich, Tante Beatrix würde aufwachen wie immer, sie würde sagen, da bin ich wohl einfach auf dem Sofa eingeschlafen, Pax wollte gerne, dass sie es bemerkte, dass sie darauf aufmerksam wurde, dass er die Digitaluhr gestohlen hatte, er hielt die Uhr nah an ihr Ohr, Start-Stop, zwei Pieptöne lang die Vorstellung, wie es sein könnte, sich zu ihr zu legen – er traute sich nicht, Start-Stop-Ergebnis, Start-Stop – Tante Beatrix erschrak –, sie erschrak immer, wenn sie aufwachte, was war so außergewöhnlich daran, jeden Tag auf dem gleichen Sofa aufzuwachen, auf dem ihr Stunden zuvor die Augen zugefallen waren, da bin ich wohl einfach auf dem Sofa eingeschlafen, sagte Tante Beatrix, ignorierte die Digitaluhr, stand auf und verschwand im Badezimmer.

Happy end, ou pas?

Michelle Winters
Ich bin ein Laster *Roman*

Aus dem kanadischen Englisch
von Barbara Schaden
Rotes Leinen. Fadengeheftet. 144 Seiten
€ 18.– / € 18.50 [A]
ISBN 978-3-8031-1352-8

Agathe und ihr hünenhafter Ehemann Réjean haben das Geheimnis einer harmonischen und sinnlich erfüllenden Ehe entdeckt: großzügig akzeptierte kleine Lügen. Auch nach 20 Jahren freut sich Agathe über seine Angler-Erfolge – obwohl der mitgebrachte Fisch offensichtlich aus dem Kühlregal kommt.

Als aber genau dieser Ehemann von einem ebensolchen Angelausflug nicht mehr heimkehrt und sein vielgeliebter Chevy Silver mitsamt dem unberührten Proviantkorb aufgefunden wird, tun sich allerdings ein paar Fragen auf …

»Winters packt viel Charme in diese kurze, sehr menschliche Geschichte. Sie hat ein großes Talent für lebendige, teilweise absurde Details und verwandelt Alltägliches in Magie.«

The Globe and Mail

Michelle Winters, geboren in Saint John (New Brunswick), lebt heute als Schriftstellerin, Malerin und Übersetzerin in Toronto. Ihr Debütroman »Ich bin ein Laster« schaffte es auf die Shortlist des renommierten Giller Prize 2017.

TROTZ ALLEDEM – *ich glaube an mein Vaterland, das aus der tiefsten Not noch stets den Weg nach oben fand,* da kniete der steinerne Soldat, gestiftet vom Kriegerverein Blauenklingen, den Stahlhelm auf den Knien, grün vom Moos. Pax hatte Tante Beatrix an diesem Augusttag auf den Friedhof begleitet, bleib mal stehen, sie drückte ihm ihre flache Hand an die Stirn, du glühst ja, sagte sie, und deutete auf die Schildmütze in seiner Hand, warum er die nicht aufsetzen wollte? Dass er sie doch eben erst in der Frühmesse hatte abnehmen sollen, und warum überhaupt die Männer in der Kirche die Kopfbedeckungen auszogen und die Frauen nicht? Tante Beatrix zuckte mit den Schultern, was du für Fragen stellst, und das schon um die Uhrzeit, sie fächelte sich etwas Luft zu, bevor sie noch einmal die Temperatur seiner Stirn überprüfte, die Schuhe bleiben trotzdem an, Max, sie sah sich um, aber niemand, nur die Soldatenfigur konnte beobachten, dass ihr Neffe barfuß auf dem im Schatten noch feuchten Kies stand. Tote tragen auch keine Schuhe, sagte Pax, doch, sagte Tante Beatrix, man legt sie mit Schuhen in den Sarg, und dass er das doch kürzlich erst bei der Großmutter gesehen hatte im Leichenschauhaus. Du rennst doch jedes Mal mit Leni hin. Pax nickte, stimmt, sagte er, um nicht zugeben zu müssen, dass er die Augen immer fest zugepresst hielt, sobald sie sich dem Schaufenster näherten, hinter dem die Leichen aufgebahrt waren. Angsthase, sagte er zu Leni, wenn er sie aufgeregt kichern hörte, bevor sie davonliefen.

Ein paar Kieselsteine waren an seinen Sohlen kleben geblieben und piksten ihn jetzt, während Tante Beatrix und er die Kapelle ansteuerten, im Frühjahr hatten sie für die Toten Narzissen und Tulpen in Oma

Peschkas Garten gepflückt, jetzt, im Sommer, banden die Frauen aus dem Ort Kräuterbuschen, die zu Maria Himmelfahrt geweiht wurden und hinterher in der Kapelle gegen eine Spende zum Mitnehmen auslagen. In die Mitte der Sträuße gehörte eine Wetterkerze, gegen Gewitter, um sie herum Getreide und Kräuter, dann farbige Blumen, ganz außen einige Haselnussblätter. Weißt du warum?, fragte Tante Beatrix. Weil die Mutter Gottes bei einem Gewitter mit dem Jesuskind unter einem Haselnussstrauch Schutz fand, sagte Pax. Ach du weißt ja doch schon alles, Tante Beatrix tastete in ihrer Handtasche nach dem Portemonnaie, du hast deine Kappe ja noch immer nicht auf, wiederholte sie. Gleich, sagte Pax, weil er gerade dabei war, die lilafarbenen Blumen auf ihrem Kleid zu zählen, er begann mit den Blüten auf ihrem Gürtel, zählte weiter die Rippen entlang, bis zu ihrer linken Brust. Die runden Male auf ihrem nackten Oberarm fielen ihm auf, sie waren blasser als die sie umgebende Haut, diese hässlichen Impfnarben, sagte Tante Beatrix, als sie seinen Blick bemerkt hatte, sei bloß froh, dass man das heute nicht mehr so macht. Hat sicher wehgetan, sagte Pax, Tante Beatrix nickte, und jetzt Schluss und auf mit der Mütze, los, mir zuliebe. Aber sie gefällt mir nicht mehr so gut, sagte Pax und vergaß dabei das Ergebnis seiner Zählung, sie sieht nach Kleinkind aus. Ob er lieber einen Sonnenstich riskieren wollte? Wieder fasste sie an seine Stirn, heute ist Sonntag, da hat die Apotheke zu und dann kann dir keiner mehr helfen. Tante Beatrix wartete, bis Pax endlich gehorchte, bevor sie in ihr Portemonnaie sah, ach Mist, nur ein Fünfer, das ist mir doch zu viel, wo die Frauen die Sträuße sowieso bloß in ihren Gärten pflücken, wir bezahlen nächstes Mal, komm jetzt. Zur Sicherheit drehte Tante Beatrix sich noch einmal um, bevor sie nach einem besonders schönen Exemplar griff, bald nehmen wir sowieso Herbstblumen aus dem Garten, Astern oder Chrysanthemen oder die orangen Lampionblumen.

Pax legte den halben Strauß für Opa an den Gedenkstein mit der Inschrift *Den lebenden Toten*, das sagt man so, wie in dem Gedicht neulich im Radio, wie ging das nochmal, in der Nacht und dann ist es auch wieder gleichzeitig Tag und du weißt schon, fragte Tante Beatrix – *dunkel wars, der Mond schien helle,* sagte Pax, ja, genau, Tante Beatrix nickte. Die Wetterkerze blieb bei den Gefallenen, die Haselnuss kam mit der anderen Hälfte des Straußes zu Oma, damit hatten sie ihr Bestes getan gegen die Gewitter. Am Grab öffnete Pax gleich das Weihwasserbecken, das wie eine übergroße Zuckerdose mit einem Deckel vor Verunreinigungen geschützt war, vor den Vögeln, die es bei der Hitze als Bad missbrauchen würden. Eine abgeschnittene Flaschenbürste diente dazu, das Weihwasser zu sprengen, im Winter fror sie ins Eis, und wenn es wärmer wurde, konnte man mit ihr einen gefrorenen Würfel aus dem Becken ziehen. Jetzt sprengte Pax großzügig die graue Marmorplatte, die schon in der Sonne lag, er sah den Tropfen zu, die wie von Zauberhand über den verwitterten Namen der Urgroßeltern und über Großmutters glänzenden Goldbuchstaben verdunsteten. Wer kein Grab hat, der ist nicht sicher tot, sagte Pax, und weniger als eine Feststellung waren seine Worte eine Frage, die Tante Beatrix mit nichts weiter als einem tiefen Atemzug quittierte. Stell dich doch lieber in den Schatten, sagte sie jetzt, du bist ja schon ganz rot im Gesicht. Immer hielten sie am Grab einen Moment inne, nur einige Sekunden, eben genau so lange, bis Tante Beatrix es nicht mehr aushielt und mit Bestimmtheit sagte, da wo Großmutter jetzt ist, da hat sie es gut, noch bevor die Wirkung der Stille eintreten konnte und bevor sie ins Nachdenken gerieten, fuhr sie fort, jetzt wird gegossen, oder, so ein Glück, dass wir nicht gießen müssen, ob wir heute noch gießen müssen, oder wir gießen noch, das kann heute nicht schaden. Da wo deine Eltern und dein Bruder jetzt sind, da haben sie es gut, sagte Tante Beatrix. Kurz überlegte Pax, weiterzufragen, wie sie das denn wissen konnte, bevorzugte dann aber die Vorstellung, dass er sich um die Eltern und den Bruder keine Sorgen zu machen brauchte, dass sie nicht kalt geworden waren wie Großmutter, dass man sie nicht hässlich geschminkt und wie aufgequollene Puppen präpariert hatte, sondern dass sie eben verschwunden waren, so wie Tante Beatrix es ihm damals erklärt hatte: In Afrika wollten sie Weihnachten feiern, weil es da nicht immer so scheußlich grau ist wie hier im Winter, und weil er damals noch so klein war, hatten sie nur seinen älteren Bruder mitgenommen, es ist ja auch nichts für ein Kleinkind, so eine Reise, und es war auch nicht so viel Platz in dem ausgemusterten Postbus. Die genauen Umstände ihres Verschwindens hatte Tante Beatrix vergessen, das war jedenfalls alles lange, bevor du denken konntest, und dass sie nicht wiederkommen würden, leider, sie kniff ihn etwas ungeschickt in die Schulter, bevor sie eine Kiefernnadel von der Marmorplatte pickte, manche Dinge konnte man eben nicht ändern, aber immerhin, man konnte zum Trost ein Eis kaufen, bei dieser Hitze.

Ob denn die Blumen auf dem Grab seiner anderen Großeltern kein Wasser brauchten?, fragte Pax auf dem Weg zu dem gemauerten Becken, in das sie die Kanne tauchten. Tante Beatrix schüttelte den Kopf, das ist irgendwo ganz weit weg, da gießt jemand anderes, sagte sie so bestimmt, dass er, statt sie weiter mit seinen Fragen zu belästigen und dabei vielleicht noch den Eindruck zu erwecken, ihre Anwesenheit allein genügte ihm nicht, lieber zustimmend nickte. Er hätte sie gerne auf dem Weg zurück an der Hand gehalten, er fand sie schön in ihrem Sommerkleid, er neigte seinen Kopf etwas, stellte sich vor, dass es tröstlich sein könnte, ihn an ihre Armbeuge zu schmiegen, sie aber machte keine Anstalten, und er wollte nicht aufdringlich sein, immerhin opferte sie sich genug für ihn auf, sie hatte sich gegen ein eigenes Leben entscheiden müssen, nur seinetwegen, weil sie ihrer Schwester vor der Reise nun mal versprochen hatte, immer gut für ihn zu sorgen, sie erzählte ihm das oft, und auch die Nachbarn oder Tante Beatrix' Kollegen betonten es häufig, als wäre Pax ihr nicht auch so, von ganz alleine dankbar für jeden einzelnen Moment ihrer Lebenszeit, die sie ihm schenkte, und sie tat ihm leid, denn ihr Leben ohne ihn wäre vermutlich so irrsinnig viel schöner gewesen, nur sagte sie nicht etwa, ohne dich würde ich selbst eine Weltreise unternehmen, oder, ohne dich wäre ich Pilotin geworden, ohne dich hätte ich die Revolution angezettelt, oder, ohne dich würde ich längst zum Mond geflogen sein, sie sagte nur, ohne dich hätte ich mehr Geld im Portemonnaie, das war ihre einzige Idee von dem Leben ohne ihn, in dem sie vielleicht auch im Kaufmarkt gestanden hätte, so wie jetzt. Meist arbeitete sie vormittags an der Fleischtheke, bis auf Donnerstag, da war sie ganztags im Markt, und Pax besuchte sie manchmal, in der Hoffnung auf eine Scheibe Gelbwurst oder ein paar abgelaufene Süßigkeiten. Ach weißt du, fiel es Tante Beatrix am Eisentor mit den vergoldeten Zinnen ein, das vom Friedhof zurück auf die Straße führte, ich bezahle den Buschen lieber doch, warte hier, und er sah sie eiligen Schrittes zurück zum Opferstock in der Kapelle hasten.

Auf dem Heimweg wurde Pax schwindelig, sein Gesicht unter der Schildmütze brannte, leg dich mal auf dein Bett, sagte Tante Beatrix zuhause, bevor sie als Erstes zu ihrem Medizinschränkchen im Badezimmer lief und mit dem Fieberthermometer zurückkam. Sie schüttelte den Glaskolben und kontrollierte die Anzeige, hier, steck dir das mal unter die Achsel – wenn ich wiederkomme, lesen wir ab.

Siebenunddreißig, sagte Tante Beatrix, und ein halbes Grad dazu – ob er den Oberarm auch richtig angelegt hatte? Nochmal zur Kontrolle, sie schüttelte wieder. Diesmal presste Pax die Arme an den Körper und versuchte dabei, die Styroporplatten an der Decke zu zählen und danach die rautenförmigen Ornamente darin und endlich noch die Blättergirlanden innerhalb der einzelnen Rauten.

Endlich kam Tante Beatrix wieder zurück, sie trat ans Fenster und hielt das Thermometer ins Licht, leicht erhöht, und jetzt mach mal die Augen zu, hast du Kopfschmerzen? Ein bisschen, behauptete Pax, tatsächlich war ihm heiß, und der kühle Waschlappen, den sie ihm auf die Stirn legte, tat gut. Tante Beatrix zog ihm Hose und Socken aus, das muss ja alles längst in die Wäsche, sagte sie, und sorgsam umwickelte sie Pax' Unterschenkel mit feuchten Handtüchern, und jetzt versuch ein bisschen zu schlafen, ich komme dann wieder und wechsle die Lappen. Ausgerechnet sonntags muss der krank werden, wo kein Mensch erreichbar ist, hörte er sie im Flur laut vor sich hinsprechen, draußen rauschte der Wind durch die Blätter, das nasskalte

Gefühl an seinen Beinen erinnerte ihn an die Zeit, als er noch hinten bei Tante Beatrix auf dem Fahrrad mitgefahren war und seine Füße manchmal zwischen die Speichen des Hinterrades und den Fahrradrahmen geraten waren. Am schlimmsten war es auf dem Weg zum Freibad gewesen, dann hatte er den ganzen Rückweg geweint, nicht, wie Tante Beatrix angenommen hatte, wegen der schmerzenden Füße, sondern wegen des verpassten Sommernachmittags. Die kalten Wickel waren dann kein Trost. Wenn es aber kühler war, hatte er so manchen Unfall nur vorgetäuscht. Die Füße in die Speichen gehalten und die Augen fest geschlossen, bis sie dann gequetscht wurden und Tante Beatrix sich um ihn kümmern musste.

Mir ist schlecht, rief er jetzt laut, aber Tante Beatrix, die noch nicht aus der Tür war, kam zu spät mit ihrem Eimer. Dass er nächstes Mal früher was sagen sollte, da macht man was mit. Nachdem sie alles aufgewischt hatte, kam sie mit Cola, Salzstangen und Genesungswünschen von Oma Peschka zurück, aber nur schlückchenweise trinken, sagte sie, und als sie Pax' reumütigen Blick bemerkte, schon gut jetzt, dass er eben in Zukunft einen Sonnenhut aufsetzen sollte, ich hab es ja gleich gesagt, aber du wolltest ja nicht hören.

VON IHREN KOLLEGINNEN im Markt erfuhr Pax nicht nur, das Tante Beatrix bedauernswert war, nach all dem, was sie mitgemacht hatte und seinetwegen noch immer mitmachen musste, sondern darüber hinaus, dass es in Blauenklingen eine Menge weiterer, weniger bedauernswerter Menschen gab, Menschen, die anders waren als Tante Beatrix und Pax, als Herr und Frau Hämmerle, Frau Lubinski und die anderen Kollegen aus dem Markt – und deren Andersartigkeit sich zum Beispiel an den Lebensmitteln ablesen ließ, die sie im Kaufmarkt auf das Band legten. Tante Beatrix und ihre Kolleginnen waren Expertinnen in der Beurteilung des Einkaufsverhaltens der anderen, sicherheitshalber wechselten Pax und Tante Beatrix die Straßenseite, wenn die Mohammedaner, wie Tante Beatrix die Gastarbeiter nannte, in Horden ankamen, um irrsinnige Mengen einzukaufen, als müssten sie verhungern. Sie wohnten in den alten Häusern *im Tal*, und es war besser, zu diesen Leuten, die immer alle ihre Wäsche sonntags in den Balkon hängten, genügend Abstand zu halten. Vielleicht fand an dem ersten frühherbstlichen Samstagmorgen, an dem der Wind ungnädig auffrischte, als wolle er den über die Felder ankommenden Demonstrationszug sprengen, daher einfach nur eine Kundgebung gegen alles statt, was die Blauenklingener, oder einige von ihnen, nicht kannten und vor dem sie also unbestimmte Angst hatten, wie Pax vor den lebenden Toten. Tante Beatrix jedenfalls konnte ihm den Inhalt der Veranstaltung nicht genau erklären – wir gehen halt da mit, sagte sie leidenschaftslos, und es schien fast gleichgültig zu sein, welches Transparent, welches Banner man ihr in die Hand drückte, welches Schild sie den wenigen Ausländern, den imaginären

Kindsmörderinnen und denen vom anderen Ufer entgegenhielt – sie putzte Pax' Schuhe an diesem Tag besonders, und sie putzte ihre Schuhe, sie zupfte Fusseln und Haare, damit sie unter den Demonstranten nicht unangenehm auffielen, besser sie hielten sich nur am Rand. Nach kurzer Zeit war es Tante Beatrix kalt, ihr Rücken schmerzte, und sie tat Pax leid, genug demonstriert für heute, Max, sagte sie und nahm ihm das schwere Kreuz für einen abgetriebenen Mehrzeller aus der Hand, das er stolz vor sich hergetragen hatte, es war ihr unwohl dabei, ein Kreuz zu tragen, oder vielmehr die Verantwortung dafür, dass Pax eines trug zu einem außerkatholischen Anlass. Es gehörte sich nicht, die ganze Demonstration gehörte sich im Grunde nicht. Fronleichnam oder Erntedank, das waren gewohnte Anlässe, dem Kreuz zu folgen, jetzt aber gab sie irgendeinem Nachbarn das schwere Ding, wie sie es nannte, der es zusätzlich zu seinem Banner schleppen musste. Auf Höhe des Bentheimer Weihers zog sie Pax unvermittelt in einen Feldweg, wir sparen uns die Abschlusskundgebung am Marktplatz, sagte sie, weil sie das alles schon mal gehört hätten.

Der kühle Wind riss Löcher in die Kronen der Bäume, die knarzend aneinanderrieben. Mit einem Mal begann Pax zu weinen, Tante Beatrix zückte ein Taschentuch, was denn los sei, fragte sie – dass er im Radio eine Reportage gehört hatte, sagte Pax leise, um tragische Künstlertode war es gegangen, ein Schriftsteller wurde während eines Gewitters von genau so einem Ast erschlagen, Pax deutete nach oben – und ein Dichter fiel beim Schlittschuhlaufen in ein Loch für Wasservögel, und ein Schauspieler aus Hollywood ist an Aids gestorben, vielleicht sterbe ich auch an diesem Aids, Frau Lubinski hatte doch ein Schild, *lasst euer A.I.D.S. am anderen Ufer* – wie kannst du das wissen, fragte Tante Beatrix misstrauisch, du kannst doch noch gar nicht richtig lesen. Ich will nicht sterben, Pax sah nach unten, überwand seine ganze Scham, öffnete seine Hose und deutete auf eine Stelle, für die er zu seinem Unglück auch noch seine Unterwäsche beiseite schieben musste, hier, ich hab mich infiziert, er zitterte, Tante Beatrix sah genau hin, das ist eine Zecke, verächtlich schnaubend zog sie den Holzbock mithilfe eines Taschentuches heraus, pfui Teufel, die setzen wir jetzt auf einen Stein.

Pax zog schnell seine Hose hoch, während Tante Beatrix selbst verschämt zur Seite sah, wobei sie nach dem Feuerzeug kramte, mit dem Pax am Friedhof immer das ewige Licht anzünden durfte. Sie hielt die Flamme an die Zecke, die anschwoll, bis sie mit einem leisen Ploppen platzte und sich dann auf die Hälfte ihrer Größe zusammenzog. Weil die Künstler eben in Gedanken bei ihren Kunstwerken sind und nicht auf die Bäume achten oder den Straßenverkehr, darum passiert so was, sagte Tante Beatrix, aber nicht hier. Und solche Krankheiten, die gibts hier auch nicht, das gibts nur dort, wo so viele ungesunde Männer sind und so viel Müll, da konnte man wieder sehen, was die anrichteten im Radio, weil sie ständig so einen Mist senden, komm jetzt, nächstes Mal schaltest du einfach um und außerdem sollst du ein Unterhemd tragen – der Sommer ist vorbei.

Glaubst du, ich habe sicher nicht A.I.D.S?, fragte Pax noch einmal, Schluss jetzt, sagte Tante Beatrix, wehrte jegliche von Pax vorgebrachten Bedenken wegen der ermordeten Zecke energisch ab und legte sich zuhause gleich auf das Sofa unter ihre dicke Kamelhaardecke, und Pax, von der Tatsache, dass Tante Beatrix sofort einschlafen konnte, beruhigt, schlich ins Treppenhaus und warf die Digitaluhr des Bärtigen heimlich in dessen Briefkasten zurück.

Etwa zu dieser Zeit hatte Pax damit begonnen, die Sendungen, die er im Fernsehen sah, mit seinen Spielfiguren nachzuspielen, meistens waren es bittere Kämpfe, Schusswechsel zwischen guten Indianern und bösen Cowboys, in die sich *Calimero, Lucky Luke* oder die *Schlümpfe* einmischten, bis die Hälfte der Figuren tot auf dem Holzfußboden lag, während die Überlebenden sich, je nach Wetterlage, draußen im Halbschatten mit Lenis Barbiepuppen vergnügten. *Ken* und *He-Man, Petra* und *Barbie* probten die Orgie in sämtlichen

Konstellationen, sobald keiner der Erwachsenen in Hörweite war, jederzeit bereit, sich in Brautmode, Safari- oder Tennisoutfits zu hüllen, falls sich doch Schritte näherten. Einmal bastelte Pax aus dem Inhalt von Tante Beatrix' Locher und einem Bindfaden eine Kette, er knotete sie an den Rückspiegel zwischen den Vordersitzen von Lenis *Playmobil*-Campingbus, bevor er *He-Man* und *Skeletor* hineinsetzte. Ob sie mitfahren durfte, fragte Leni und stellte ihre Astronautin zusammen mit einem der gelbbraunen Affen als Anhalter auf die Straße zwischen die Plastikpalmen, später war sie für den Rest des Tages beleidigt, weil Pax so achtlos an ihnen vorübergefahren war.

Manchmal studierten die beiden kleinere Theaterstücke ein, in denen sie sich selbst mit den Figuren aus Oma Peschkas Puppentheater zu einem bunten Ensemble vermischten, dazu spielten sie aufgenommene Musik und Dialoge auf dem Kassettenrekorder ab. Pax und Leni lachten über die Fremdheit der eigenen Stimmen, während Tante Beatrix eine Leidenschaft für Romane entwickelte, in denen das Leben so beschrieben war, wie sie es sich wünschte, sorglos oder höchstens von Sorgen getrübt, die sich im Laufe der Handlung auflösten zu absoluter Unbeschwertheit in schöner Landschaft. Nach und nach passte sich ihr Wortschatz der gelesenen Erbauungsliteratur an, als könnte sie allein durch ihren Sprachgebrauch alles, das sich außerhalb einer für sie ohne größere innere Nöte zu bewältigenden Gefühlsamplitude befand, von sich fernhalten, so weit, bis es sie im Grunde gar nicht mehr betraf – es gab keine Krankheiten mehr, nur noch kleine Malaisen, ihre ehemalige Kollegin Frau Gerstner aus dem Kaufmarkt zum Beispiel litt nicht etwa an Brustkrebs, sondern an Körnchen in der Brust, es gab in der Zeitung keine Mörder und Vergewaltiger mehr, sondern nur noch solche, die sich schon ein bisschen komisch benahmen, und ihre Schwester war inzwischen nicht einmal mehr in Afrika verschwunden, es war, als habe Pax' Ursprungsfamilie im Grunde gar nie existiert. Adjektive wie *schön* und *großartig* wandelten sich zu *ganz nett*, während *schlecht* und *schrecklich* einfach gar nicht mehr benutzt wurden – etwas konnte, im allerschlimmsten Fall, *schon ein bisschen traurig* sein.

Wann immer Pax sie damals sah, hielt Tante Beatrix einen dieser Romane, die sie auch mit Oma Peschka tauschte, in der Hand. Einmal, als Leni und Pax nach wochenlangen Proben ein neues Stück vorführten, saß Tante Beatrix im Zuschauerraum auf einem Küchenstuhl und las nicht heimlich, sondern unverhohlen die Geschichte der Magd mit den haselnussbraunen Augen, und auch Oma Peschkas Aufmerksamkeit ließ zu wünschen übrig, noch während der Darbietung stand sie auf, um so laut mit dem Schneebesen in ihrem Topf zu schlagen, dass Leni aufsprang, wütend die Musik ausschaltete und hinausstürmte.

Pax folgte ihr in das gemeinsame Versteck unter der alten Tanne, eine grüne, weiche, nach Harz duftende Höhle, in der sie auf weichen Nadeln saßen. Nimm es nicht so schwer, sagte er, wichtig ist, was wir erfunden haben, die schönen Kostüme, die Geschichte, die Musik. Aber ich möchte, dass Oma zusieht, sagte Leni.

Zusammen schlichen sie in den Keller hinunter, in die Waschküche, um die Waschmitteltonne hervorzuholen, und zurück in die Wohnung, wo sie so viel wie möglich von dem weißen Pulver in die große Glasröhre füllten, die Oma Peschka in einer Ecke des Wohnzimmers stehen hatte, und die, wenn man sie einsteckte, blubberte, wobei ein Licht anging und kleine Plastikfische und Seepferdchen von den Blasen herumgewirbelt wurden – eine Weile noch beobachteten Pax und Leni die Luftblasen, wie sie sich schwer durch den Brei aus altem Wasser und Waschpulver kämpften, bevor sie ihr Stück in der Küche aufgeregt zu Ende spielten, du musst jetzt klatschen, sagte Leni am Ende der Vorführung zu Oma Peschka, die gerade dabei war, den Hackbraten in den Ofen zu schieben. Ob er mitessen wolle, fragte sie, und Pax schüttelte den Kopf und verschwand eilig im Flur, um sich die Schuhe anzuziehen, im Halbdunkel zitterte er die Schnürsenkel zwischen den Fingern zu einer losen Schleife. Auf dem Wohnzimmerboden verteilte sich der Schaum, als wäre eine Schneelawine im Raum niedergegangen.

Der Umzugskarton war unter einem Kuhfell, das früher einmal als Bettvorleger oder Wandteppich gedient haben musste, vor Staub geschützt. Weil nicht wirklich geklärt war, ob es sich bei der abzusitzenden Strafe für das Schaumbad um Haus- oder Zimmerarrest handelte, war Pax Tante Beatrix vorsichtig in den Keller gefolgt, Gegenstände aus der Wohngemeinschaft seiner Mutter sollten sich in dem Karton befinden. Stimmt das, fragte Pax, sind das wirklich ihre Sachen? Jetzt sei doch mal einen Moment still, Tante Beatrix kämpfte mit der Waschmaschine. Außer einem Flakon mit Parfum befand sich noch ein Tauchsieder in einem gemusterten Mäppchen in dem Karton und ein gusseiserner französischer Topf, lass die Bowleschale bloß, wo sie ist, sagte Tante Beatrix, das schwere Ding, und dass er schon genug angerichtet hätte, wofür man sich schämen musste. Er fand eine zerbrochene rote Porzellanhand, über deren Finger man Ringe stecken konnte, Eierbecher und ein paar Tassen, etwas Schmuck, Ketten mit Federn und goldenen Blättern, ist es wirklich Mutters Parfum? Das kann schon sein, sagte Tante Beatrix, wenn sie aber in diesem Tonfall sprach, bedeutete das meistens, dass eine Antwort gleichermaßen wahr oder falsch sein konnte und die Kiste jederzeit verschwunden. Vorsorglich steckte Pax die Flasche mit den Parfum ein. Auf dem Weg nach oben huschte er an Oma Peschkas Tür vorbei wie ein Schatten, ob es wirklich kein einziges Foto gab? Tante Beatrix schüttelte den Kopf, dass sie alle weggetan hatte, sagte sie, weil uns das nur traurig macht.

TANTE BEATRIX wurde wieder krank, wahrscheinlich noch immer Nachwirkungen der Bronchitis, die der kalte Wind auf dem Umzug, wie sie die Demonstration im Nachhinein nannte, verursacht hatte. Ihr war oft kalt, und sie wurde leicht krank, Pax kümmerte sich dann um sie, saß bei ihr am Rand des Sofas, brachte ihr Bonbons, kochte Tee und versuchte, möglichst wenig zu beanspruchen und noch weniger zu verbrauchen, um den Haushalt nicht zusätzlich zu belasten. Diese Angst, Tante Beatrix könnte so schwer erkranken, dass sie ihn weggeben musste, sie könnte mit einem Mal doch lieber alleine leben wollen oder sich in seiner Abwesenheit aufgelöst haben, der Atomkrieg, für den sie in der Schule wöchentlich probten, sich unter ihren Bänken zu verkriechen, könnte vormittags ausbrechen und sie wäre nicht in seiner Nähe, Terroristen der RAF, deren Steckbriefe in der Post und an der Haltestelle hingen, könnten eine Bombe werfen, und er wäre nicht dabei und wüsste nicht, wo sie war. Nach jedem Friedhofsbesuch wurde die Angst schlimmer, Tante Beatrix starb, und Pax würde in ein Kinderheim kommen. Pax starb, und Tante Beatrix wäre allein. Wie der Blitz in Peschkas Haus einschlug, stellte er sich vor, und waren nicht alle, die sich in dem Gebäude aufhielten, nach einem Einschlag sofort tot? Wenn Tante Beatrix und er sich bei Gewitter an verschiedenen Orten aufhielten, bekam er Panik, und er schob beim Spielen mit seiner Freundin Leni irgendeine Ausrede vor, um schnell nach oben zu rennen, oder quer durch den Ort in den Kaufmarkt, im strömenden Regen, nur um bei Tante Beatrix zu sein. Ach, du besuchst mich, sagte sie dann, das ist aber nett, und sie spießte die oberste Scheibe Schinken auf, die schon etwas vergraut war, legte sie zur Seite und hielt Pax die Scheibe darunter mit ihrer zweizinkigen Gabel über die Fleischtheke.

Wenn es einmal länger regnete, war Pax sich sicher, dies waren die vierzig Tage Regen vor dem Weltuntergang, der ihm abends beim Einschlafen schwere Sorgen machte. Wenn nun die Welt unterging und Tante Beatrix in den Himmel kam und er in die Hölle oder umgekehrt oder wenn er sie in den Wirren des Jüngsten Tages, die der Pfarrer ausführlich beschrieben hatte, irgendwo zwischen den Heuschrecken, die die Menschen mit eisernen Masken überfallen würden, einfach verlor? Er versuchte, wann immer es ging, sich vorsorglich in ihrer Nähe aufzuhalten, und so konnte er nicht anders, als dem Tag seiner Einschulung mit größter Sorge entgegenzublicken. Auf einem im Garten vor den herbstlichen Beeten aufgenommenen Foto hielt er seine Schultüte so angestrengt umklammert, als wäre sie bleigefüllt. Von diesem Tag an blieb er hin- und hergerissen, zwischen der Freude über die Stunden, die nur ihm gehörten, und seiner Angst, nicht zu wissen, was Tante Beatrix anfing mit sich, wenn sie krank war und nicht arbeiten gehen konnte, und er sorgte sich auch, wenn sie zur Arbeit ging – der Kaufmarkt konnte überfallen werden und Tante Beatrix entführt, sie konnte in einen Unfall verwickelt werden, und man würde sie in ein Krankenhaus transportieren, das außerhalb von Blauenklingen lag und dessen Namen er nicht kannte.

Immer dienstags brachte Tante Beatrix Pommes frites aus dem fahrbaren Stand vor dem Kaufmarkt mit, auf die Pax sich besonders freute. Es fiel ihm schwer, sich zu konzentrieren, weil er schon Hunger hatte, wenn er in der letzten Schulstunde über dem Mathematik-Arbeitsbuch saß, Äpfel und Birnen bündelte, sie mit Bleistift umkreiste, um zu verstehen, was Schnittmengen bedeuten sollten. Mit ihrer den knusprigen Duft der Pommes frites durchdringenden Stimme sagte Frau Vetter zu Pax und einigen Mitschülern in den vom Schulgong ausgelösten hektischen Aufbruch hinein: Ihr nicht, ihr bleibt noch. Tante Beatrix wartete sicher schon, sie würde sich Sorgen machen, nicht wissen, was sie mit den Pommes frites anfangen sollte, sie würden schwarz werden, sie wäre traurig, sie wäre überfordert von ihm und mit ihm, sie würde vielleicht überlegen, ihn doch wegzugeben, und erst versuchte Pax noch, sich zu konzentrieren, bald aber hörte er nichts mehr, in dem weich und trübe gewordenen Schauspiel um ihn herum versinkend, in das die Vetter wabernde Laute sandte, bis endlich, nach mindestens einer halben Stunde, nach einer letzten Runde durch die licht gewordenen Reihen, einem letzten Blick in die Hefte wieder Worte aus dem Gemurmel drangen, ihr könnt nun gehen, sie sah Pax an, die anderen, du nicht. Die anderen hatten den Raum noch nicht verlassen, da begann er schon zu weinen. Etwas zog seinen Hals zu, und er bekam kaum Luft, Pax spürte, wie seine Wangen feucht wurden, wie sich dieses Etwas nach oben von hinten über den Gaumen in seine Nase zog, sie zusetzte und ihm dabei die Luft zum Atmen nahm, Frau Vetter kam an seinen Tisch, nachdem der letzte Schüler die Tür hinter sich geschlossen hatte, er sah nur ihre braunen gewellten Haare und darunter den gelben Lidschatten zu feindlichen Linien verschwimmen, von dir weiß ich, kann man viel mehr erwarten, sagte sie, schlag noch einmal das Heft auf, Pax konnte nicht mehr sprechen, nurmehr in erbärmlichen Schluchzern betteln, willst du Mathematik verstehen oder zu deiner Mama, die Lehrerin fragte es verächtlich, und Pax antwortete ehrlich, weil er nicht anders konnte, und damit die Lehrerin sich nicht schlecht fühlte wegen ihres Fauxpas, sagte er auch Mama und nicht Tante Beatrix, und er war noch nicht am Ende, da schleuderte sie sein in einen roten Plastikumschlag eingeschlagenes Heft wütend auf die Bank, es rutschte weiter über die Tischkante auf den Boden. Unter dem Tisch sah ihm sein Bruder entgegen, die Haare von der Sonne ausgeblichen wie sein T-Shirt, löcherig an einer Seite, er hielt Pax' Namensschildchen, das aus dem Umschlag des Heftes gerutscht war, in der Hand, gab es ihm lächelnd zurück, Pax konnte sich selbst hören, wie er sich bei John bedankte, und eben als er noch dachte, wie gut es war, einen großen Bruder zu haben, der zu ihm hielt, da nahm er nichts mehr weiter wahr als Frau Vetters Füße, die vor ihm aus rostbraunen Halbschuhen quollen, und ohne sie noch einmal anzusehen, rannte er mit der offenen Schultasche an ihr vorbei nach draußen, weiter, den ganzen Weg bis nach Hause, wo er verschwitzt und atemlos ankam.

Tante Beatrix war die Verspätung noch gar nicht so richtig aufgefallen, da bist du ja, sagte sie, eben dabei, die weichen, kalten Pommes frites aus dem Styroporbehälter auf ein Backblech zu kippen. Im Radio kündigte ein Signalton die Nachrichten an, Pax wechselte den Sender, damit Tante Beatrix erst gar nicht belästigt wurde, erst gar nicht dem Sprecher zurufen musste, dass sie doch mal was Schönes spielen sollten, anstatt ihrer ewigen Nachrichten vom Weltuntergang. Sicher war Frau Vetter jetzt sauer, so gerne hätte er ihr zuliebe die Mengenlehre verstanden, aber er fürchtete sich von da an vor ihr, und jederzeit war er darauf gefasst, dass sie ihn wieder festhalten oder sogar einsperren konnte. Er hielt einen Sicherheitsabstand zu der Lehrerin und vermied in den nächsten Tagen jeden Augenkontakt, sicher befand er sich ihrer Ansicht nach nun innerhalb der Schnittmenge zweier Kreise, dem der Jungs und dem der Mamakinder, und zwischen diesen Kreisen war Pax gefangen und schämte sich noch Wochen später, als Frau Vetter sich einen Ideenaustausch mit Tante Beatrix über sein Verhalten wünschte. Er könnte vielleicht eine Klasse überspringen, sagte sie beharrlich, er langweilt sich womöglich, er liest Erwachsenenliteratur, Zeitschriften, wo hat er die her? Tante Beatrix tat nur so, als würde sie zuhören, vielleicht war sie in Gedanken in einem ihrer Hefte, jedenfalls irgendwo anders, Pax konnte es an ihren Augen sehen, an denen der Lehrerin, als schüttelte sie den Kopf über Tante Beatrix, genau wie der Kinderarzt, der sie in Pax' Beisein wegen der falschen Verabreichung eines Medikamentes zurechtgewiesen hatte. Es war nicht so, dass Tante Beatrix sich der Kritik, welcher Art auch immer, offen widersetzte, sie nahm keine Stellung dazu, sie saß da, unbelehrbar und gleichsam reumütig wie ein Kind, das mit den Sätzen, die im Raum standen, im Grunde nichts anfangen konnte. Niemandem außer Pax schien aufzufallen, dass ihr das Leben zu viel abverlangte, und so nahm er sich vor, dafür zu sorgen, dass sie künftig von allem

Unangenehmen verschont blieb, keiner sollte sie mehr herablassend behandeln, sie hatte es nicht leicht gehabt, wie oft sie krank gewesen war in seinem Alter, die wird mal nicht alt, hatte der Arzt zu der kleinen Beatrix gesagt, aber die Großmutter hatte sie nicht aufgeben wollen. Da hat sie sich doch auch mal um mich bemüht, das muss man ihr lassen, immerzu musste ich ihre scheußlichen Hausmittel ertragen, die Wadenwickel, den Kaffee mit Zitrone und das Ringelblumenschmalz in der Nase, und eingepackt daliegen, mitten im Sommer, wie langweilig das war und wie einsam, sie erzählte es ihm oft und so ausdauernd, bis er ganz stumm war vor Ergriffenheit. Nichts war einfach für sie gewesen, wie für dich, Max, sagte sie, du hast es gut.

DÖBERLEINS VON GEGENÜBER wussten, dass Tante Beatrix jede Art von nachbarschaftlichem Kontakt, der über die Leihgabe von Leseheften, Kaffeefiltern oder Eiern hinausging, als potenzielle Bedrohung empfand. Trotzdem ließen sie sich in letzter Zeit nicht davon abhalten, sich um Pax zu bemühen, bis Tante Beatrix, nachdem er ihr erzählt hatte, dass Frau Döberlein ihre zwischen zwei helle Semmelhälften eingepressten Schaumküsse aus dem Kaufmarkt ungesund fand, feststellte, dass diese Leute, wie alle Lehrer, alles besser wüssten, ich gehe zu Herrn und Frau Siebengescheit, sagte Pax von nun an, um Tante Beatrix zu beruhigen, damit sie sich durch seine Besuche bei den Nachbarn nicht zurückgesetzt fühlte. Öfter schon war ihm aufgefallen, dass sie, wenn er zurückkam, allein im Halbdunkel auf dem Sofa saß, pass nur auf, sagte sie dann, vielleicht behalten sie dich gleich da. Darauf war Pax selbst noch nicht gekommen, aber nichts war einleuchtender, tatsächlich konnte Tante Beatrix ihn mit der bloßen Aussicht, man könne sie beide trennen, sofort gewinnen. Von nun an bog er in eine Seitenstraße, huschte hinter eine Mülltonne oder versteckte sich anderweitig, wann immer er Döberleins nur von Weitem sah. Er stellte sich vor, dass sie nach der Schule in einem Kleinbus unterwegs waren, wie der Hundefänger in einem seiner Kinderbücher, mit einem großen Kescher auf Beutezug, und als er einmal nur in letzter Sekunde noch hinter eine Hecke verschwinden konnte, war ihm, als hätten sie ihn bemerkt. Sie blieben stehen, sahen in seine Richtung, und bald darauf hielt Tante Beatrix, zusammen mit einigen Briefen, eine an Pax adressierte Karte in den Händen, Post von Herrn und Frau Siebengescheit, rief sie, und Pax setzte sich zu ihr auf das Sofa. Er gab sich Mühe, besonders holprig vorzulesen, obwohl er neulich im Kaufmarkt schon heimlich versucht hatte, einen Artikel mit dem Titel *Seuche Aids* zu verstehen. Vor Angst hatte er Gänsehaut bekommen, noch mehr, als er zuhause versucht hatte, die Krankheit im Lexikon nachzuschlagen, unter *A* und unter *H*, in Tante Beatrix' Reihe aus den siebziger Jahren aber war noch nichts verzeichnet.

Viel-leicht has-t Du ja mal wie-der Lust vorbei-zu-kom-men. Mikesch ver-m-

Vermisst, sagte Tante Beatrix spottisch, das arme Tier wird dermaßen vermenschlicht, was denn genau vermisst bedeuten würde, fragte Pax. Vermisst ist, wenn man etwas verloren hat, man gibt dann eine Vermisstenanzeige auf. Wenn zum Beispiel Herr und Frau Siebengescheit dich mithilfe der Katze in ihre Wohnung locken und dort in den Schrank sperren, dann muss ich dich erst überall suchen und später zur Polizei gehen und das melden. Dann muss ich überall Zettel aufhängen mit deinem Foto darauf, ob dich jemand gesehen hat, der Hämmerle aus dem Kaufmarkt muss dann eine andere Frau einstellen, weil ich keine Zeit mehr habe, ich verliere dann die Arbeit und die Wohnung, und du findest mich nicht mehr.

Würdest du dann weinen müssen? fragte Pax.

Das kannst du dir doch denken.

Pax war danach nie wieder bei Döberleins, aber oft unten bei Oma Peschka. Es roch dort immer nach Sauerkraut, und es gab ein Schachspiel mit goldenen und silbernen Figuren, über die er kleine Salzbrezeln warf – er durfte aber nicht das Brett verfehlen, und alle Geschosse mussten zwingend aufgegessen werden. Oma Peschka konnte es nicht ertragen, wenn Essen auf den Boden fiel. Pax musterte Opa Peschkas Porträtfoto auf der Anrichte, die Peschka hatte es wie immer gründlich abgestaubt, frische Blumen danebengestellt und eine Kerze in einem Glasbehältnis, in das ein Kreuz geschliffen war. Von draußen konnte man es manchmal im Halbdunkel verzerrt an der Wohnzimmerwand schimmern sehen, schau, die Peschka hält wieder ihre Andacht, sagte Tante Beatrix dann. Im Advent stellte Oma Peschka ihre erzgebirgischen Holzfiguren neben das Bild und ein Räuchermännchen, das Tannen- oder Weihrauchduft ausatmete. Pax hielt gerne das Streichholz an die Räucherkerzen, Opa Peschka konnte wirklich nicht tot im Schnee gelegen haben, dachte er dabei, so liebevoll wie Oma Peschka jetzt noch sein Foto umsorgte.

Backen zählte zu ihren Lieblingsbeschäftigungen. Zu Fasching machte sie jedes Jahr Krapfen und befüllte sie wahlweise mit Senf oder Marmelade, hatte eines der Kinder Senf erwischt, so aß die Peschka den restlichen Krapfen, und es war erlaubt, sich einen neuen zu nehmen. Diesmal biss Pax verwundert auf den Haupttreffer, ein in Klebeband gewickeltes Zweimarkstück, von dem er Tante Beatrix als Trost für seine Abwesenheit eine Hyazinthe kaufte.

Manchmal lud ihn Oma Peschka zu Heidelbeerpfannkuchen ein, bei ihr hießen sie Eierkuchen mit Blaubeeren, sie sagte auch Erdäpfel statt Kartoffeln, Tunke statt Soße und Leni ist unter der Brause statt Dusche, wenn er einmal wieder an der Tür stand, um zu fragen, ob er mit Leni Verkleiden spielen durfte.

Die Truhe mit den Kostümen war aus Sperrholz, rot und gelb lackiert, darin die abgelegten Kleider von Oma Peschka, Schmuck aus dem Keller, ein paar Faschingskostüme und der Duft nach Mutters Parfum. Anfangs hatte Pax großzügig ein paar Stöße über die Stoffe gesprüht, später ging er sparsamer damit um, benetzte manchmal sein Handgelenk, oder roch nur vorsichtig an dem goldenen Zerstäuber, der wie ein Docht in eine Petroleumlampe in das dunkelrote Glas des aufwendig gestalteten Flakons führte. Normalerweise, wenn Leni und er sich Kleider und Schmuck aus der Truhe gesucht, wenn sie den Deckel wieder verschlossen hatten, verlor sich der Geruch nach einer Zeit, heute aber war es, als stünde Mutter hinter Pax und sähe ihm über die Schulter, er drehte sich um, da war sein Vater und meinte, er hätte heute gute Lust, einmal den Mond anzuheulen, und Mutter, John an der Hand, sprach davon, Organismen zu sehen, schau doch, sagte sie zu Pax, und tatsächlich, im Flakon ihres süßen Parfums waren feinste Partikel zu sehen, die sie selbst, den Vater und John miteinander verbanden. Indem sie diese winzigen Organismen ausatmeten und wieder einsogen, fand ein Austausch zwischen ihnen statt, von dem Pax ausgeschlossen war. Mutter deutete nach draußen, und Pax ging zum Fenster, öffnete die Flügel, kletterte hinauf und stellte sich außen auf das Fensterbrett. Mit der Linken umfasste er den Fensterbalken, bevor er das rechte Bein und den Oberkörper über den Garten schweben ließ. Über ihm der Himmel, weit unter ihm die ersten blühenden Büsche. Erst Oma Peschkas Schrei holte ihn zurück, fast wäre er gefallen, ins Rote und Weiße und Rosafarbene. Da war so eine Sehnsucht, in diesem unglaublichen Duft zu vergehen. Tante Beatrix erzählten sie nichts, spielten weiter Schminken mit den Rohrkolben aus dem Garten, die aussahen wie Wimperntuschbürsten. Du musst doch rasieren spielen, murmelte Tante Beatrix verlegen in Richtung von Lenis Eltern, die aber ineinander verwoben wie die Fäden der kaukasischen Kelims, die sie noch am Vorabend auf der Messe für Bodenbeläge bewundert hatten, nur ein abwesendes Lächeln für sie übrig hatten, um die Augen noch dunkle Schatten, Spuren von Graublau und Erschöpfung. Trotzdem, neue Länder brauchten auch neue Bodenbeläge, um blühende Landschaften zu werden, im Lager musste man also dringend Platz schaffen, und die Umgestaltung der Schaufenster stand an, am besten noch vor Ladenöffnung, ob Leni vielleicht doch noch eine weitere Nacht hier bleiben könnte? Lenis Vater sah nicht seine Tochter, sondern Oma Peschka an, während er sich seinen in gleichem Maße grauer und dünner werdenden Zopf neu band.

Wie siamesische Zwillinge, sagte Tante Beatrix später auf dem Weg zum Hallenbad und leiser, dass man sonst bei Männern mit solchen Frisuren ja nicht so recht wisse. Jeder trug einen Henkel der Badetasche auf den Hügel am Rand von Blauenklingen hinauf, wo die Schwimmhalle hell in der dämmerigen Landschaft stand, an den Scheiben große Aufkleber, schwarze Vögel, wie sie auch über die

Fenster der Schule flogen. Im Bad teilten sie sich auf, links die Männer, rechts die Frauen, Pax fröstelte, als er aus der warmen Dusche in die Schwimmhalle kam. Tante Beatrix war schon im Becken, sie schwamm immer gleich, aufrecht, die Haare im Nacken mit einer Klammer hochgesteckt, dieselbe Bahn auf und ab, während Pax vom Beckenrand ins Wasser sprang, so lange, bis jemand ihn ermahnte und er sich in das Kinderbecken zurückzog, wo er etwas schüchtern zu ein paar Gleichaltrigen hinübersah, zwei kannte er vom Sehen. Er tauchte ab, um die Lampe herum, mit den Füßen schlug er Luftblasen, bestaunte sie unter Wasser im Gegenlicht, schaute sich um, sah einen roten Ring vor sich in die Tiefe sinken und brachte ihn nach oben. Am Beckenrand stand der Bademeister, gebräunt unter seinem weißen Hemd und zwinkerte ihm zu, aber zurückbringen, sagte er, und Pax nickte stolz, warf den Ring, tauchte ihm nach, bis er irgendwann Tante Beatrix' Beine sah, er zog ein wenig am linken, nur zum Spaß. Nicht, sagte sie, als er wieder auftauchte, allein der Gedanke, unter Wasser zu geraten, ließ sie panisch werden. Keine Angst, sagte er, und schlug vor, komm wir spielen Baby. Für einige Sekunden durfte er Tante Beatrix auf dem Arm halten, sie lag im Wasser, leicht, er trug sie ein Stück, fühlte die rauen Fugen zwischen den Kacheln unter seinen Zehenspitzen, sah, wie das Wasser sich um ihre Schultern brach, um ihre Knie, ich bekomme Krampfadern, sagte sie, da schau, das tut weh. Für einen kurzen Moment dachte er daran, sie unterzutauchen, erschrak dabei über sich selbst, drückte sie ungeschickt an sich, aus einem plötzlichen Überschwang an Liebe. Dass sie auf ihre Beine zurückwollte, sagte Tante Beatrix, und er fand, dass sie gut roch, merkte ihren Widerwillen und ließ sie los.

Später saßen sie zusammen vor dem Fernseher und aßen Brote mit Leberwurst, Tante Beatrix gähnte, und Pax war ganz ruhig, Schwimmen macht müde, würde sie gleich sagen, fürsorglich nahm er die Kamelhaardecke und breitete sie über ihr aus, damit sie nicht wieder krank würde.

WIE LANGE brauchst du denn noch? Leni, längst zufrieden mit ihrer Verkleidung, einer Schweinemaske zur geblümten Kittelschürze, fischte den chinesischen Strohhut aus der Truhe und versuchte, ihn umgedreht auf der Spitze ihres Zeigefingers zu balancieren – das dazugehörige Kostüm, ein hochgeschlossenes gelbes Nachthemd mit schwarzen Fantasiezeichen bestickt, war für Pax an ein bedrückendes Gefühl geknüpft, seit Tante Beatrix ihm erzählt hatte, dass sie es jedes Jahr zum Schulfasching hatte tragen müssen und dass ihre Haut von der selbstgemachten Schminke auch Tage danach noch nach den Zwiebelschalen und dem Schmalz gestunken hatte, aus denen die Großmutter sie hergestellt hatte. Wie sie ausgelacht worden war, gelb im Gesicht, alle Jahre wieder, und was sie gegeben hätte für so ein schönes Kostüm, wie ihr es heute habt, Max, aber immer musste ich als Chinese gehen, weil wir sparen mussten, immerzu sparen. Woraufhin jedes Mal die bittere Pointe der Geschichte folgte, wie sie sich einmal gegen den Spott gewehrt hatte, indem sie Ruß aus dem Kanonenofen im Klassenzimmer einer Mitschülerin im Prinzessinnenkostüm ins Gesicht gerieben hatte und zusätzlich am Kragen ihres Kleides gerissen, so fest, bis der Geruch nach Mottenkugeln den ihrer Zwiebelschalen übertüncht hatte, und wie sich hinterher die Kratzer im Prinzessinnengesicht durch die Kohlepartikel entzündet hatten und wie sie dann verprügelt worden war, von dem zornigen Dorflehrer, der doch nur auf die nächste Gelegenheit gewartet hatte, eines der Kinder entblößt und über den Tisch gebeugt vor sich zu haben, und hinterher zuhause gleich nochmal, Tatzen von der Großmutter mit dem Kochlöffel auf die gestreckten Handflächen und für die Tränen gleich wieder über den Tisch, diesmal mit dem Teppichklopfer. Pax empfand die Scham der kleinen Beatrix, deren viel zu großen Kindermund er nur von einem Foto kannte, und er dachte so lange und so intensiv an ihr Leid hinter den trotzig zusammengepressten Lippen, bis es endlich die Tragik in sein Make-up brachte, die er vorher vergeblich versucht hatte zu erreichen.

Sieht gut aus, Leni reichte ihm den Taschenspiegel, woraufhin sie beide sich noch etwas mehr von dem mintgrünen Lidschatten bis unter die Brauen tupften, Lippenstift fehlt noch, sagte Leni jetzt und hielt Pax den dunkelroten hin.

Jedes Jahr bekam sie zum Fasching von ihren Eltern ein neues, zu enges Ballerinakostüm, los, zieh du es mal an, du bist dünner als ich, sie richtete eine Spielzeugwaffe auf Pax, sicher nicht, sagte er, tippte sich an die Stirn, nahm ihr die Waffe ab und steckte sie in das Halfter seines Patronengürtels, den er jetzt mit dem grauen Plastikbrustpanzer seiner Ritterrüstung und dem von Oma Peschka selbstgenähten glitzernden Zaubermantel kombinierte. Schön, *mein* Mantel, sagte Leni, während sie das Ballettkostüm zurück in den Schrank hängte und unvermittelt einen Sprung auf Pax zu machte, ihm die Waffe aus dem Halfter riss und ein paarmal hintereinander auf ihn schoss, Mantel her oder den Brustpanzer, du kannst nicht alles haben. Doch nicht drinnen, sagte Pax, während Oma Peschka schon die Wohnzimmertür aufriss, um Leni den Revolver abzunehmen und das Fenster zu öffnen, gegen den Geruch nach verbrannten Plastikpatronen. Und der Schminkkoffer ist auch tabu, sagte sie und sah die beiden kopfschüttelnd an, obwohl weder Pax noch Leni sich daran erinnern konnten, sie jemals auch nur mit einem Hauch Make-up gesehen zu haben.

Dass sie im Keller nachsehen konnten, ob noch Pfandflaschen da waren, um sie im Kaufmarkt gegen Süßes einzutauschen, schlug Leni draußen vor, Taschengeld habe ich auch noch übrig, sie klimperte mit den Münzen in der Hosentasche.

Ihr Anblick ließ Tante Beatrix hinter der Fleischtheke hervorpreschen, wie einen Hund, durch dessen Revier eine Katze schlenderte. Panisch riss sie der erstaunten Leni die Schweinemaske vom Kopf und drückte sie Pax grob über sein geschminktes Gesicht. Im Gummiband hatte sich eine von Lenis Haarnadeln verfangen und ritzte ihn an der Stirn, vor Schmerz schrie er auf, sah Tante Beatrix durch die Schlitze der Maske an, bevor er losrannte, innen sein Atem, warm gegen das weiße Plastik, außen das lachende Schwein zwischen den bunten Regalen, sein wippendes Sichtfeld ohne Himmel ohne Boden, Autolichter, Laternenmasten, der Bordstein, die Aschetonne und endlich das grüne Versteck unter der Tanne, wo Pax die Maske noch immer nicht abnehmen wollte.

Nach einer Weile kam Leni, setzte sich neben ihn auf den weichen Boden, eine Tüte bunter Gummibonbons in der Hand, die sie ihm hinhielt. Nimms nicht so schwer, sagte sie, gegen mein Ballerinakostüm hatte Tante Beatrix letztes Mal auch was, vielleicht ist sie neidisch. Die Augen leicht zusammengekniffen, stellte er sich Leni vor, wie sie im Treppenhaus zu Tante Beatrix getänzelt war, in dem fahlen Licht, das durch die Marmorstufen noch blasser wirkte, sogar das Ticken des Schalters konnte er hören, diese nicht auszulöschenden Sekunden, die Leni neben Tante Beatrix vor dem Fenster gestanden hatte. Sie hatten beide hinausschauen wollen, doch sie sahen nur die eigenen Silhouetten, Leni sich in der unteren Hälfte des Fensters und Tante Beatrix sich in der oberen, und Leni hatte gesagt, schön sehe ich aus, in dem neuen Kleid, oder?

Eine Schönheit bist du gerade nicht, Tante Beatrix hatte mit den Schultern gezuckt, Lenis Spiegelbild entgegen, aber wer ist das schon?

Pax wollte gerne Lenis Hand nehmen, stattdessen griff er in die Bonbontüte und holte eine Colaflasche für sie heraus, um die sie sich sonst gerne zankten, sie meint es nicht so, sagte er, und dass sie eben manchmal einfach das Erste sagte, was ihr in den Sinn kam. Leni griff in die Tüte und nahm eine ganze Handvoll Gummibärchen heraus, die sie sich auf einmal in den Mund schob. Sie meint es genau so, sagte sie undeutlich.

Eine ganze Weile blieben sie dort sitzen, kauend, in der kalten Stille, atmeten den feinen Geruch des Baumharzes ein, bis die Laternen angingen und Leni nach Hause musste.

Nach Feierabend erschien Tante Beatrix vor der Tanne, ich finde einfach, es reicht jetzt mit dem ganzen Verkleiden, sagte sie, du bist doch kein kleines Kind mehr. Pax hielt still, bis sie endlich in die Hocke ging, ihr Gesicht in das Dunkelgrün tauchte, eine Haarsträhne fiel ihr über die Augen, woraufhin sie den Kopf zurückwarf und gleichzeitig Luft in Richtung der Strähne blies. Es roch nach Gebratenem, ihre Hände hingen in den Schlaufen zweier Plastiktüten, darin die Einkäufe und ein Styroporbehälter, ein halbes Hähnchen, sie hielt ihm einen der Beutel unter die Nase, extra für dich. Im Treppenhaus fiel ihm ein neuer, orangefarbener Haarkamm auf, den sie etwas oberhalb des rechten Ohrs in ihr Haar gesteckt hatte. Seine Wut löste sich in dem weichen Kastanienbraun ihres Hinterkopfs auf, lass mich das tragen, sagte er, und er nahm ihr die Beutel ab.

ZU SEINEM DREIZEHNTEN Geburtstag bekam Pax endlich richtige Fußballschuhe. Ehrfürchtig betastete er die Stollen, die aus dem elfenbeinfarbenen Plastik ragten, und sog den Geruch des glänzenden schwarzen Leders ein. Riechen die gut, sagte er. Noch, sagte Tante Beatrix und fragte weiter, ob er sich das auch wirklich überlegt hatte? Monatelang hatte sie ihre Bedenken wiederholt, wenn du erst mal im Verein angemeldet bist, musst du auch jedes Wochenende auf dem Platz stehen, wo wir stattdessen irgendwas anderes Schönes unternehmen könnten, und deine Schienbeine, Max, die ersetzt dir kein Mensch, nicht für Geld würde ich da mitmachen wollen! Aber Kai, Gregor und Ralf spielen auch im Verein, hatte Pax gebettelt, ich weiß, hatte Tante Beatrix gesagt, aber wie oft die Lubinski im Kaufmarkt jammert, wozu sie eine Familie hat, wenn sie die Wochenenden immerzu allein verbringen muss, weil alle auf dem Fußballplatz stehen, das bekommst du ja nicht mit. Inzwischen musste sie ihre Meinung geändert haben, zumindest schien sie sich Mühe zu geben, seine Freude über die Vereinsmitgliedschaft zu teilen, auch wenn ihr Gesichtsausdruck dabei noch immer an eine Spielermutter erinnerte, die im kalten Wind am Spielfeldrand dem Abpfiff entgegenfieberte. Wie gern sie früher mal irgendeinem Hobby nachgegangen wäre, sagte sie jetzt, aber ich musste ja immer nur helfen auf dem Hof, Wasser hineinschütten in die Mäuselöcher, und die Jungs haben die Biester dann totgeschlagen. Dafür versprichst du mir aber, dass dieses Verkleidungsspiel mit Leni aufhört, überhaupt zu der Peschka gehst du jetzt erst mal nicht mehr, Max, sonst stinkst du auch noch so nach Kraut, dass die aus dem Osten immer so viel Kohl kochen müssen, Tante Beatrix zog die Brauen hoch. Das rosafarbene Muster auf seinem

Fahrrad, dem Pax bislang keine Beachtung geschenkt hatte, fand sie mit einem Mal kindisch und ließ es bei der nächsten Reparatur in der Werkstatt übermalen.

Zum Aufwärmen mussten sie jedes Mal große Runden um den Fußballplatz laufen, danach folgte ein Zirkeltraining mit Dribblings um bunte Hütchen, Übungen zur Ballannahme, Krafttraining und am Ende kurze Sprints. Der Trainer stoppte die Zeit und notierte die Ergebnisse auf seiner Klemmmappe. Heute wurden die drei Schnellsten mit Schokoriegeln geehrt, nur der ältere Miroslav hatte ihn um einige Hundertstel schlagen können. Anerkennend klopfte der Trainer Pax auf die Schulter, lobte seine schnellen Pässe und vor allem die Abschlüsse, wie du den Torwart jedes Mal alt aussehen lässt, ihn einfach umtanzt, du bist ja auf dem besten Weg, ein zweiter Roberto Baggio zu werden, sagte er, fehlt nur noch der Haarzopf.

Kommt noch, verlegen strich Pax sich über die Haarlocke im Nacken. Seit er nicht mehr zu Oma Peschka hineindurfte, verbrachten Leni und er die Nachmittage draußen, jede freie Minute spielten sie Fußball im Hof, dass er beim nächsten Spiel in die Startelf aufgerückt war, erzählte er ihr stolz.

Dann frag doch jetzt endlich mal, ob ich auch zum Training mitkommen darf, sagte Leni. Sie spielte besser als viele Jungs aus der Mannschaft, aber für Mädchen gab es im Ort keine Möglichkeit, es gab für sie nur Völkerball, Softball und Gummitwist. Ich versuchs, versprach Pax, zweimal die Woche, bevor er nach oben lief, um seine Trainingstasche zu holen und seine Bananen-, Erdbeer- oder Schokoladenmilch zu trinken, die Tante Beatrix ihm extra aus dem Kaufmarkt mitbrachte, und Müsliriegel sollte er mitnehmen, sonst bekommst du noch Unterzucker, sagte sie besorgt und strich ihm vorsichtig über den Rücken. Ob sie vielleicht auch mal *KickStar* kaufen konnte, fragte er, wobei er sich gegen ihre Hand lehnte, damit sie ihn richtig streichelte oder gar nicht, das kitzelt sonst – das ist so ein Getränkepulver, das die anderen Jungs auch dabeihaben und eigentlich sowieso alle

Sportler. Kai, Gregor und Ralf, die trinken das auch, Frau Lubinski bringt das immer aus dem Kaufmarkt mit, und sie füllen es dann in Plastikflaschen, die sie an den Fahrrädern haben, Kai hat sogar ein richtiges Rennrad, wie bei der Tour de France.

Pulver zum Anrühren, notierte Tante Beatrix auf ihrem Einkaufszettel.

Unten im Hof ertönte ein Konzert aus Fahrradklingeln, Pax lief ans Fenster, sobald die Jungs auftauchten, schien er Lenis Bitte vergessen zu haben, und er bemerkte auch nicht, dass sie ihnen manchmal heimlich bis zum Fußballplatz folgte, um sie aus der Ferne zu beobachten.

Tante Beatrix hatte ihm heute lange Unterhosen mitgegeben, und immer wenn ihm Kai, der beim nächsten Spiel seinetwegen auf der Ersatzbank sitzen würde, beim Aufwärmen entgegenlief, rief er Mädchen! so laut, dass die anderen es hörten, und dieser Umgang mit Pax begann sich zu verselbstständigen. Andere Jungs trugen die gleichen Strumpfhosen, ihn aber hänselten sie, erst Kai, dann seine Brüder und bald jeder Einzelne, der Pax entgegenkam, selbst diejenigen, denen man ansehen konnte, dass sie einfach nur froh waren, dieses Mal nicht selbst Opfer zu sein. Einer gab ihm im Vorbeilaufen eine Kopfnuss, ein anderer lachte, und Pax stellte sich vor, wie er aus dem Gehege um den Platz ausbrach, aus einer Runde scherte, abzweigte, die Herde verließ durch die Gittertür, durch den Vorhang aus Flutlicht und Schneeregen in das weiche Dunkel des Tannenverstecks. Mädchen! Ralf riss ihn aus seinen Gedanken, dass er still sein sollte, sagte Pax und verfolgte ihn, Mädchen mit Nackenspoiler!, rief Ralf über die Schulter und sein dummes Lachen, Pax schubste ihn, aber Ralf lachte nur und hänselte ihn weiter, bis Pax die Geduld verlor. Von hinten grätschte er Ralf mit Anlauf in die Beine, sodass er einknickte und zu Boden stürzte. Dass er aufhören sollte zu jammern, ich hab dich gewarnt, Idiot, Pax warf ihm den Ball an den Kopf. Kai nutzte die Gelegenheit und stürzte sich auf Pax, um seinen jüngeren Bruder zu verteidigen. Gregor sprang ihm bei, woraufhin es auch Leni nicht mehr in ihrem Versteck hielt. Sie rannte auf den Platz, um Pax gegen die Lubinski-Brüder zu unterstützen. Es gab ein großes Gerangel, erst der schrille Ton aus der Pfeife des Trainers brachte sie zur Besinnung. Nach Hause, alle, sagte er knapp und erklärte das Training für beendet, weil er keine Lust hatte auf solche Schwachköpfe. Betreten klopften die Jungs ihre Hosen ab, Leni lief davon, nur Ralf, der inzwischen ganz ruhig geworden war, blieb zusammengekrümmt auf dem Rasen liegen.

Da hast du dir ja heute was geleistet, Tante Beatrix war schon telefonisch darüber informiert worden, dass der Krankenwagen hatte kommen müssen, weil Ralfs Bein tatsächlich angebrochen war. Und Leni hast du auch noch hineingezogen, die wäre nicht mal versichert gewesen im Falle einer Verletzung, wie kommt das Mädchen auf den Fußballplatz? Ob er sich nicht einmal überlegt hatte, wie sie jetzt dastand, Frau Lubinski ist eine Kollegin von mir, und du prügelst ihren Sohn krankenhausreif? Es ist ja nur angebrochen, versuchte Pax zu erklären, er konnte sich nicht daran erinnern, Tante Beatrix je so aufgebracht erlebt zu haben, ihre Wut aber fand keine Entsprechung in ihren fast unbewegten Gesichtszügen, und die brüchig erhobene Stimme ließ sie eher traurig wirken. Tut mir leid, murmelte Pax, und er versprach, Ralf zu besuchen und sich bei Lubinskis gleich morgen zu entschuldigen.

In der Badewanne tastete er seine Beine ab, massierte sich vorsichtig die Oberarme, so musste sich ein Boxer am Tag nach dem Kampf fühlen, Pax schloss die Augen und sah noch einmal Ralf am Boden liegen. Wenn sie ihn nun anzeigten und Tante Beatrix als seine Erziehungsberechtigte dafür ins Gefängnis kam? Unsinn, sie war hereingekommen, um ihm ein frisches Handtuch zu bringen. Natürlich musst du dir nichts gefallen lassen, aber doch nicht so grob, von wem er das nur hatte, murmelte sie. Sicher von meinem Vater, sagte Pax, und ob der auch Fußball gespielt hatte? Tante Beatrix drehte sich um und starrte ihn an. Es war ihm etwas unangenehm, sodass er sich zur Seite drehte. Also wirklich, sagte sie, jetzt stell dich nicht so an, weißt du nicht, wie oft ich dich in deinem Leben schon gebadet und abgetrocknet habe? Da, sie deutete auf das hellblaue Kinderthermometer aus Plastik, das noch immer am Wannenrand lag. Nur noch zwanzig Grad, ihn fröstelte, ach du meine Güte, etwas ungeschickt kontrollierte Tante Beatrix seinen Ellbogen, den ein Bluterguss jetzt schon blau verfärbt hatte. Vorsicht, sagte Pax, und dass sie sich keine Sorgen zu machen brauchte. Und deine Knie, erschrocken deutete Tante Beatrix auf die Schürfwunden, und die Lippen, die sind ja schon ganz lila, raus jetzt aus der Wanne, sie breitete das Handtuch aus, wobei sie selbst etwas verlegen zur Seite sah. Dass er sich schnell frische Wäsche anziehen sollte und zu ihr ans Sofa kommen, weil sie Salbe auf die Wunden auftragen wollte. Das kann ich doch selber, sagte Pax, ob sie ihm aber für morgen das Trikot nähen konnte? Kai hat ein Loch hineingerissen. Tante Beatrix nickte, ihr Widerwillen gegen das Nähen aber war dem Ergebnis anzusehen, sie hatte eilig mit einem Garn der falschen Farbe genäht, grob und lustlos. Pax konnte seine Enttäuschung nicht verbergen, dass sie wirklich überhaupt gar nichts konnte, sagte er, und obwohl es ihm sofort leid tat, ließ er Tante Beatrix stehen und lief in sein Zimmer, wo er ihre Naht auftrennte und das Trikot selbst zu flicken versuchte, bis er sich schmerzhaft ins Nagelbett stach. Wütend schleuderte er das doppelt vermurkste Stoffstück in Richtung seines Schreibtisches. Auf dem Poster darüber war jetzt statt des Labradorwelpen ein pink- und orange- und grünfarbenes Mandala zu sehen, im Zentrum Mutter, Vater und John, im Stil seiner Comichefte gezeichnet. Es war eine Einladung zu einem Konzert mit anschließender Antikriegskundgebung – *Let Sunshine Do* –, las Pax im Näherkommen, sein Bruder reichte ihm eine Gasmaske, die setzen wir später auf, als Schutz vor der feindlichen Außenwelt – aber eben, als er mit ihnen sprechen wollte, ihnen erzählen, was heute los gewesen war, auf dem Fußballplatz, da saß an ihrer Stelle nur wieder der weiche Welpe mit den treuen Augen, hechelte ihn aus seinem alten Herrenschuh an. Enttäuscht ballte Pax die Hände zu Fäusten, hielt dann aber in der Bewegung inne und legte stattdessen still seine flache Hand auf den Kopf des Tieres. Seine Mutter hätte sein Trikot bestimmt liebevoll genäht, sie hätte sich Mühe gegeben, bis es ausgesehen hätte wie neu.

Jetzt lass dir doch wenigstens ein Pflaster über deinen Finger kleben und die Blutergüsse versorgen, sagte Tante Beatrix im Wohnzimmer, nachdem Pax ihr das Trikot reumütig wieder überlassen hatte. Ausnahmsweise gönnte sie sich heute eine Piccoloflasche Sekt, darf ich auch mal?, fragte Pax, nippte kurz und verzog dabei sein Gesicht. Zieh dich nochmal aus, Tante Beatrix räumte das Sofa und kam mit in Essig getränkten Tüchern zurück. Das stinkt, sagte Pax, sie nickte, weil es hilft, sagte sie und schenkte sich nach, und während sie vorsichtig die betroffenen Stellen umwickelte, nahm er seinen ganzen Mut zusammen. Wie sie eigentlich genau ausgesehen hatten, seine Eltern, hörte er sich fragen, und ob er ihnen ähnlich sah? Tante Beatrix verknotete die Tuchenden, griff nach ihrem Glas und nahm einen großen Schluck von dem roséfarbenen Getränk. Er hatte wie immer keine Antwort erwartet, umso mehr wunderte es ihn, als sie heute freimütig sagte, dass seine Mutter eher ihr ähnlich gesehen hatte, auch wenn Oma immer behauptet hat, dass ihre Schwester die Hübschere gewesen wäre, dabei war sie bloß jünger und musste eben nicht immer so früh aufstehen wie ich, ganz lange Haare hatte die, und dein Bruder hatte ihre grünen Augen und deine Gesichtsform.

Und weiter?

Nichts weiter, dein Vater war dunkel, mit so einem Akzent, sagte Tante Beatrix, ganz gut sah er aus, einen großen Mund und immer mit Sonnenbrille und aufgeknöpftem Hemd, an jeder Straßenkontrolle hat man die rausgezogen, weil man sich so wie ihn damals die Terroristen vorgestellt hat, Tante Beatrix fasste sich an die Wangen, bin ich eigentlich rot im Gesicht? Dass ihr nämlich ganz heiß wäre auf einmal, das kommt vom Alkohol, sagte sie jetzt, sah auf die Uhr und erschrak. Was für ein Akzent? Tante Beatrix zuckte mit den Schultern, so ein bisschen wie Französisch, sie stand auf, dass er sich ja aber nicht herabgelassen hatte, viel mehr als zwei Sätze mit ihr zu wechseln, ich hab den kaum gekannt, der war bloß ein paarmal drüben bei Oma, und da hatte er nur Augen für deine Mutter, aber Schluss jetzt damit, ob er nicht wusste, wie spät es war?

Und hat er Fußball gespielt?, versuchte Pax noch einmal herauszufinden, aber Tante Beatrix zuckte nur mit den Schultern, Bettzeit, sagte sie, und dass er ja morgen noch was vorhatte, bevor sie ihr Sektglas in einem Zug leerte und dabei unglaublich müde aussah.

Soll ich dir etwas zu essen zurechtmachen?, fragte sie am nächsten Morgen und etwas zu trinken?, bedrückt bestrich Tante Beatrix zwei Schwarzbrotscheiben mit Butter, fragte ihn, was sie darauflegen sollte, da werde ich heute ja sehr einsam sein, sagte sie weiter.

Ob er besser hierbleiben sollte?, fragte Pax, gerne hätte er es vermieden, den Lubinskis wieder zu begegnen, ohnehin war ihm nicht wohl, es konnte ja sein, dass seine Frage nach den Eltern es gewesen war, die Tante Beatrix jetzt so niederdrückte. Wir zwei hätten doch heute ins Kino gehen können, sagte sie, oder ins Schwimmbad. Seit Wochen hatte er ihr damit in den Ohren gelegen, einmal nach Ulm ins Kino zu fahren, in die Stadt überhaupt, und ausgerechnet heute nun hätte sie endlich Zeit gehabt, überlegs dir, sagte Tante Beatrix, da hörten sie schon Lubinskis Auto unten in den Hof fahren. Pax traute sich nicht, jetzt noch abzuspringen, schulterte seine Umhängetasche und winkte Tante Beatrix. Die Treppenstufen schienen sich unter ihm zu vervielfältigen, und mit jeder einzelnen lastete die Sorge mehr, sodass er unten, als er das Haus verließ, sich bewegte, als wäre er schwer beladen. Der ist ja schon besoffen, lachte Lubinski, und die Jungs kicherten hinten aus dem Wagen, zeigten Mittelfinger durch die Scheibe. Herr Lubinski deutete auf den Beifahrersitz und Pax ging einmal um den Wagen herum. Wegen dir Arschloch kann Ralf jetzt nicht mit, rief Kai von hinten. Lubinski drehte sich um, was haben wir besprochen?, fragte er scharf, woraufhin Kai etwas Unverständliches murmelte. Dann halt dich dran, warnte ihn sein Vater, und nachdem auch Pax seine Entschuldigung kleinlaut hinter sich gebracht hatte, klopfte er ihm versöhnlich auf die Schulter, richtige Jungs prügeln sich halt auch mal, sagte er, aber Verletzte dürfe es dabei in Zukunft nicht mehr geben. Ralf muss eine Weile pausieren, sagte Lubinski weiter, aber er freut sich sicher trotzdem über einen Besuch und eine Tafel Schokolade. Und jetzt Schluss damit, er drehte den Motor an.

Im Vorbeifahren sah Pax Leni mit einem neuen, aus dickem schwarzen Leder genähten Ball spielen, einzelne Fünfecke waren in Neongelb und -grün und -rosa in das Leder eingesetzt. Er hatte keine Ahnung, wie er ihr beibringen sollte, dass er verwarnt worden war und dass sie ihre Hoffnung auf einen Platz im Verein nun völlig begraben konnte. Noch so ein Ding und du fliegst raus, hatte der Trainer gesagt, und dass er nie wieder jemanden absichtlich verletzen und seine Freundin mit auf den Platz bringen sollte. Gleich würde Leni eine Straße weiter bei den Garagenhöfen ihren heimlichen Sport gegen den Frust betreiben, der darin bestand, Döberleins Metalltor mit gezielten Schüssen möglichst viele Dellen zu versetzen, oder heimlich mit Hendryk, dessen Lager sich in einer leerstehenden Garage befand, zu rauchen und ihn zu gefährlichen Stunts mit seinem neuen Mountainbike zu überreden. Meistens sollte er über von ihr gebaute Hindernisse springen, die Pax Schanzen für Lebensmüde nannte. Hendryk war angetrieben von seiner Dauerfantasie, deren Erfüllung Leni ihm jedes Mal wieder in Aussicht stellte, einen Grashalm bei ihr unten einklemmen zu dürfen. Aber nicht einmal heute, als er über die Todesschanze gesprungen war, die sie aus Wut darüber, mal wieder nicht mitfahren zu dürfen, besonders gefährlich gebaut hatte, löste sie ihr Versprechen ein. Sie vergewisserte sich nur kurz, dass er nicht tot war, bevor sie ihn auf dem Rücken liegen ließ und den Ball mit solcher Wucht gegen das Garagentor trat, dass er abprallte und den Kühlergrill eines in der Nähe geparkten Wagens zerschmetterte.

Kai und Gregor lachten, als Herr Lubinski vor dem Vereinsheim mit quietschenden Reifen anfuhr und sie in die Sitze gepresst wurden, nach ein paar Metern zündete er sich eine Zigarette an. Der Rauch zog vor Pax, der jetzt auch hinten saß, durch den geöffneten Fensterspalt ab, er lehnte den Kopf gegen die Scheibe. Es war immer das Gleiche, mit Daumen und Zeigefinger formte einer einen Ring und hielt ihn dem anderen so lange vor die Nase, bis er versehentlich hindurchschaute, das wurde dann mit einem Schlag gegen den Oberarm geahndet, es folgten Ausrufe des Schmerzes, nicht so fest, der hat mich geschlagen, wieder und wieder. Pax musste an seinen Bruder denken, ob sie auch solche Spiele gespielt hätten? Er versuchte sich Johns grüne Augen vorzustellen, Mutters Augen. Aber er fand nur eine Stimme, den nehmen wir mit und den nicht, flüsterte sie – John ja. Pax nein.

Immer übertreibt der so, Gregor schrie auf und rieb sich jammernd die Schulter, selber schuld, mahnte Lubinski, von hinten fiel Pax' Blick auf seine sehnige braungebrannte Hand, die nervös abaschte, weiter zu dem Beifahrer, einem älteren Jungen aus der B-Jugend, der jetzt Lubinskis Fragen mit rauer Stimme beantwortete. Bewundernd schauten sie auf zu diesen Jungs, die auf den Vereinsfeiern rauchten und Cola-Bier tranken, auf manchen wartete sogar ein Mädchen am Spielfeldrand. Der Junge hieß Emre, dass er *im Tal* wohnte, erklärte er jetzt, und Pax schämte sich für Lubinski, der von diesen Bruchbuden da unten sprach, ständig müssten sie dorthin, weil ihr wohl einfach selber an den Stromleitungen rumbastelt, macht man das so bei euch?, fragte er ungeachtet dessen, das Emre den gleichen Dialekt sprach wie er selbst. Einen großen Mund hatte Emre, mit vollen Lippen, Pax musterte den schwarzen Flaum darüber. Dass ihm selbst ein Bart möglichst lange erspart bliebe, das hoffte er, ja er betete in diesem Moment, dass er keinen bekäme, niemals. Es roch nach Zigarettenrauch, und Lubinski fuhr so furchtbar schnell und aggressiv, dass Pax mit der Übelkeit kämpfte. Vorne, am Rückspiegel zwischen Emre und

Lubinski baumelten zwei Miniaturboxhandschuhe, eine Feder und ein Namensbändchen von Frau Lubinski. Pax fand es nervtötend, dieses ständige Schaukeln, dieses Klappern nach jedem Kuppeln, jedem Bremsen, aber er traute sich nicht, etwas zu sagen, bis Emre die Feder zwischen seine schlanken Finger nahm. Mein Vater hat auch viele Anhänger im Auto, sagte er, einen uralten Maşallah-Anhänger und einen von Beşiktaş und ein blaues Auge aus Glas gegen den bösen Blick, vorsichtig strich Emre den Federkiel entlang. Finger weg da, sagte Herr Lubinski, und wenn schon, dann einen Anhänger von Galatasaray. Pax begegnete Lubinskis Augen im Vorderspiegel, der aber schien ihn nicht zu sehen, hektisch bewegten sich seine Augäpfel hin und her, bevor sie starr wie ein Raubtier seine Beute die Lücke im Verkehr auf der Gegenspur fixierten und er wieder zu einem seiner sinnlosen Überholmanöver ansetzte, ihr Leben riskierte, während die Anhänger am Spiegel weiter baumelten, zum lauten Mainstream eines lokalen Radiosenders.

Der Treffpunkt befand sich außerhalb des Stadtzentrums auf einem großen Park&Ride-Platz, wichtig, sagte Lubinski, ihnen zugewandt, dass ihr alle gemeinsam in den Bus steigt und zusammenbleibt, schwungvoll verließ er das Auto und steuerte gleich auf die anderen Eltern zu, den ersten Spruch, den ersten Lacher auf seiner Seite, er klopfte auf Schultern, schüttelte Hände, bevor er sich daranmachte, lauwarme Hotdogs zu verteilen, mit Würstchen, die er aus den Thermoskannen des Vereinsheimes angelte. Sicher hatte Lubinski sich nicht die Hände auf dem Rastplatz gewaschen, dachte Pax, und dass Tante Beatrix beleidigt sein würde, wenn er ihre Brote nicht schaffte. Er versuchte die Gedanken daran abzuschütteln, was Tante Beatrix mit ihrer Zeit alleine anfangen konnte, er würde ihr als Trost, heimlich, wenn sie zur Arbeit musste, mit Leni Kuchen backen, Schneebälle aus Baiser, leicht und weiß, innen noch ein wenig flüssig, genau wie Oma Peschka es ihnen gezeigt hatte.

Um ihn standen die anderen Jungs aus den Vereinsjugendmannschaften und Hunderte weiterer Fußballfans in Gruppen zusammen, Rot und Weiß dominierten die fahle Wiese, dazu lautes Lachen, Gesänge, Fangeschrei und das Ploppen und Zischen von Bierdosen und Kronkorken. Mit Kai und Gregor teilte Pax sich heimlich ein Bier, dass es sein erstes war, gab er nicht zu, es schmeckte nicht, aber es ließ die Menschenmassen angenehm verschwimmen. Wie albern sein Vater aussah, dort im Gegenlicht – dunkel jetzt, aber keinesfalls so verwegen, wie ihn Tante Beatrix beschrieben hatte, eher ungepflegt bärtig und lächerlich in seiner Lammfellweste, was seine Mutter nur an ihm fand, er trat zu ihr, sog ihn tief ein, den Duft aus dem roten Flakon, der die Geräusche verhüllte, das Geschubse und Geprügle und die derben Sprüche, er legte ihre langen Haare über seine Schultern, hielt sie fest im Arm, fast zu fest, warum haut ihr nicht endlich wirklich ab, das wollte er ihr ins Ohr hauchen, aber er konnte es nicht, Tränen stiegen ihm in die Augen, ich lasse meine Haare wachsen, erzählte er ihr.

Träumst du, Spast?, lachend hielt Kai ihm die Bierdose hin.

Pax nahm einen Schluck, es war keine Kohlensäure mehr darin, nur ein Spuckrest – besorg du noch eines, mein Vater schaut schon, sagte Kai, und während Pax einem Älteren für zu viel Taschengeld noch ein Bier abkaufte, fuhren schon die Busse heran, die Ersten hatten sich jetzt durch das Gedränge vor den Türen gekämpft, Pax sah sie den schmalen Gang entlangrennen, nach ganz hinten, auf die begehrten Plätze, da war Kai, er drängelte sich bis zu ihm durch, von allen Seiten schoben sie, es stank nach Bier, Pax konnte seine eigene Fahne riechen, auch, dass Kai geraucht hatte, einer rülpste jetzt laut unter bewundernden Ausrufen des Ekels, vom Spiel würde er kaum mehr etwas mitbekommen, mehr und mehr Menschen pressten sich in den Bus, ein kleiner Junge drehte eine Holzratsche. Emre saß am Fenster, da rein, Pax wurde auf Emres Schoß geschubst, Kai und Gregor teilten sich den Nachbarsitz und fingen sofort wieder an mit ihrem Spiel, Kai schrie laut auf vor Schmerz, Pax aber wurde still, sah nur kurz und unsicher Emre an. Endlich setzte sich der Bus in Bewegung.

Draußen zog eine Landschaft vorbei, Strommasten, Überlandleitungen – mit den Augen verfing Pax sich darin, hielt sich an den Krähen fest, die darauf saßen –, bald gab er auf, konnte sich auf das Schauen nicht länger konzentrieren, weil er Emres Hand spürte, zum Fenster hin, außen, an der Seite, wo niemand sie sehen konnte, an seinem Oberschenkel. Die Hand hielt inne, wie in Erwartung eines Schlages, eines Spruches, wie um ihm die Gelegenheit zu geben, sich zu wehren, nicht aufdringlich, eher sanft und tastend, und statt sich seiner Annäherung zu entziehen, presste Pax sich noch fester in Emres Schoß. Draußen begleitete jetzt ein Fluss die Autobahn, drinnen schloss Pax die Augen, er spürte Emre durch seine Trainingshose, wie er auf ihn reagierte, seinen Umfang, seine Form und wie er mit jeder der fast rhythmisch wiederkehrenden Fahrbahnwellen unter ihm anschwoll, mit der Lust aber befiel Pax die Furcht, und je mehr er sich wünschte, nichts zu empfinden, desto weniger Kontrolle hatte er über sich, er versuchte seiner Erregung zu entkommen, indem er sich an der Lehne des Vordersitzes ein Stück nach oben zog, nur um sich gleich von Emre, der ihn mit den Spitzen seiner Finger an der Hüfte berührte, zurückholen zu lassen, körperlos schien er, reduziert auf die Stellen, die Emre berührte, bis der Bus zum Stehen kam und Pax aufsprang, ohne Emre anzusehen, um möglichst als Erster an der Tür zu sein. Hatte Kai etwas bemerkt? Gregor vielleicht? Nein, sie spielten weiter ihr Spiel, begutachteten jetzt die roten Flecken auf ihren Oberarmen, nur einmal noch sah Pax zu Emre, heimlich aus den Augenwinkeln, als sie im Stadion auf den Anpfiff warteten, Emre aber schaute nicht zurück.

Abends konnte Pax nicht einschlafen, er setzte sich im Bett auf, es war sicher nur passiert, weil Emre so etwas Mädchenhaftes hatte, er lief ins Wohnzimmer, um die Socken zu stopfen, über denen Tante Beatrix eben eingenickt war, Emre aber hatte gar nichts Mädchenhaftes, Pax befahl sich, nicht weiter an ihn zu denken, und legte die Socken entschieden in den Wäschekorb zurück – so aufgewühlt fühlte er sich, dass er fürchtete, seine bloße Anwesenheit könnte Tante Beatrix wecken, und mit einem Blick würde sie erkennen, dass ihn etwas umtrieb, worüber sie niemals mit ihm sprechen konnte und er nicht mit ihr. Er schlich zur Schrankwand, um ein Lexikon herauszusuchen, vielleicht war er krank, seine Finger tasteten die Bücherrücken entlang, Tante Beatrix drehte sich, was suchst du denn da so spät noch, Max?, fragte sie. Ich weiß nicht, fing er an, machte eine Pause, suchte ihren Blick, fand ihn nicht. Spucks aus, sagte sie, und da schien sie ihm plötzlich viel zu neugierig, schon gut, sagte er lächelnd, nichts Bestimmtes, er ging zum Sofa, zog ihre Decke zurecht und setzte sich in den Sessel, wartete dort, bis sie wieder gleichmäßig atmete, bevor er sich den Schlüssel um den Hals hängte und über die Treppen nach unten schlich, wo er sachte die Haustür ins Schloss fallen ließ. Langsam durchquerte er den nächtlichen Garten bis zur Wasserpumpe, die er einmal betätigte, magisch gegen jedes Unglück. Im Kaninchenstall setzte er sich auf einen Strohballen in die muffige Wärme. War es schön gewesen auf Emres Schoß? Sicher nicht, unruhig schlich er zurück auf die Wiese, oder vielleicht doch? Ein Luftzug bewegte den Mond über die Oberfläche des dunkelblauen Wassers, das sich im Schubkarren gesammelt hatte und von dem niemand sicher wusste, ob es nicht immer noch radioaktiv verseucht sein konnte, weshalb noch keiner den Karren je wieder bewegt hatte, obwohl Tschernobyl inzwischen sieben Jahre her war. Nein, es war nichts weiter als ein Streich unter Jungs gewesen, der ihn jetzt viel zu sehr verwirrte, nein, er dachte laut, riss dabei Gras büschelweise aus, Löwenzahnblätter und lange Halme, die in die Handflächen schnitten, es brannte, es roch gut, nach Erde, nach der Feuchtigkeit der Nacht. Ihn fröstelte, als er zurück im Stall für jedes Kaninchen eine kleine Menge durch den Maschendraht steckte, siebzehn Grasbüschel, gleichmäßig verteilt, bis auf eines, das besonders liebevoll ausgewählt war, für das riesige rotbraune Tier.

Oben zwang Pax sich zu den übriggebliebenen Broten. Es fiel ihm schwer, die Masse hinunterzuwürgen, etwas oberhalb des Magens verursachten die Bissen einen trockenen, stechenden Schmerz. Pax aber wollte nichts trinken, er hatte Freude an dieser Gewalt, etwas Tröstliches lag in ihr, Emre sollte nichts erzählen, davon hing jetzt alles ab, wenn er doch nur mit Tante Beatrix ins Kino gegangen wäre, ins Schwimmbad, unter Wasser, vor den Augen bunte Tauchringe, in die Tiefe sinkend, und dumpfer die Geräusche, ohne Richtung.

Der Gedanke an das Fußballtraining dienstags und donnerstags hielt Pax jetzt abends im Bett wach. Er täuschte eine Zerrung vor, und wenn er mit offenen Augen dalag, geschah es manchmal, dass sich aus den Lichtspielen an den Wänden bedrohliche Fratzen formten, etwas Hämisches lag in ihrem Mienenspiel, lachten sie ihn aus? Für einen Moment gelang es ihm, sich vorzustellen, John wäre am Leben, würde mit ihm zum Fußballplatz gehen, und gemeinsam würden sie jedem Einzelnen, der über ihn lachte, Gewalt androhen, sein großer Bruder, er sah ihn in den neuen Turnschuhen, die er sich eigentlich selbst wünschte. Niemals wäre John so ein lächerlicher Hippie wie sein Vater, dem es zu kalt war im Winter, weshalb er abhauen musste, nach Afrika, sein Bruder wäre ein Boxer, ein Ringer, ein Schwimmer, breiter als die anderen, stärker, jederzeit bereit, mit ihm zu kämpfen. Pax drehte sich gegen die Wand, vielleicht hatte sich alles längst herumgesprochen. Je mehr er sich zwang, nicht an Emre zu denken, desto weniger gelang es ihm. Über Wochen konnte er nicht mehr richtig essen, so wenig war es, dass Tante Beatrix nachfragte, sich die Antwort, zur Sicherheit, gleich selber gebend, dein Körper bereitet sich wohl gerade auf den nächsten Wachstumsschub vor, sagte sie, und wenn der erst losginge, wäre sicher auch der Appetit zurück.

An einem dieser Abende kam ihm die naheliegendste Idee wie eine Offenbarung in sein nächtliches Zimmer. Statt zum Fußball zu gehen, lief er über die Auwiesen, hinter denen der Wald begann, breitete seine Decke in der Nähe einer Kiefer aus, deren breite, nach oben abgeflachte Krone ihm das Gefühl gab, auf einem fremden Kontinent zu sein. Die Landschaft hier erinnerte ihn an die Tierdokumentationen, die sie manchmal abends sahen – fressen und gefressen werden, sagte Tante Beatrix jedes Mal, sobald Löwen, Tiger oder Hyänen in wechselnden Schnitten mit geschwächten Tieren oder spielenden Tierkindern auftauchten, bis irgendwann die unvermeidlichen Paarungsszenen folgten, zu denen sie tief in ihrem Leseheft versank.

Über seiner Decke mischte die Sonne bald Sommer-, dann Herbstfarben, dunkles Bunt und tiefes Blau, durch das zwei gestreifte Fesselballons zogen, darunter Vögel in Formationen, als wären die Ballons nichts weiter als Requisite, Bühnenbild für ihre Flugschau. Pax holte Nadel und Faden aus seiner Sporttasche, er blickte sich um, war da auch niemand, der ihn hinterher verspotten konnte, zur Sicherheit nahm er auch die Stäbe, den Klebstoff und die Schnur heraus. Mehrere Nachmittage bastelte er an seinem Drachen, aber als er endlich fertig war, wollte kein Wind gehen. Frustriert suchte er die Trinkflasche aus seiner Tasche und nahm einen Schluck von dem Sportgetränk, das Tante Beatrix ihm jetzt extra anrührte, es schmeckte zu dünn, da ist die Hälfte von dem Pulver noch zu viel, sagte sie jedes Mal, und dass die das süße Zeug selber trinken konnten. Wie er aus dem Mittelfeld heraus zuletzt richtig gute Vorlagen gegeben hatte, fiel Pax jetzt ein, wie der Trainer ihm später die Hand zum Abklatschen entgegengestreckt hatte, wie die Kärtchen auf der Anzeigentafel zu ihren Gunsten umgeklappt wurden. Wie er einmal den Torwart getunnelt hatte, zum verdienten Ausgleich, kurz vor dem Abpfiff. Emre, der Flaum über seiner Lippe, die Hand auf seinem Oberschenkel, außen, wo niemand sie sah. Kai, Gregor und Ralf. Sofort kochte seine Wut wieder hoch, wegen den Lubinski-Brüdern saß er jetzt hier, statt zu trainieren. Sicher hatten sie längst ein neues Opfer für ihre Hänseleien.

Er legte sich auf den Bauch, ein Zitronenfalter saß vor ihm auf einem Grashalm, flog von dort aus über einen Teppich aus Heidekraut – Pax behielt ihn im Blick, lauschte den Geräuschen, dem Zirpen und

Summen zwischen den Gräsern, dem Motorrad, das in der Ferne auf der Bundesstraße beschleunigte. Endlich schloss er die Augen. Der Falter blieb als ein heller Fleck unter seinen Lidern, während Pax noch seinen Gedanken nachhing. Er spürte die warme Sonne über seinem Körper, bevor er in farbige Träume fiel.

Das Meer, wie eine zerwühlte Decke, Flicken aus Blaugrün und dunklem Weiß, träge darin die Nacht wie ein traumloser schwarzer Hund. Eine Kette aus bunten Stoffblumen, am Rückspiegel baumelnd, zwischen ihren braungebrannten Körpern, offene Fenster in die Nacht und ein salziger Fahrtwind, der die Blüten bewegte.

Musik aus den Lautsprechern über ihren Köpfen.

Sein Bruder, der nach einer Blüte griff.

Er schreckte auf, und für einen Moment waren da noch immer die Blüten, farbige Flecken über der herbstlichen Wiese, so fein und grell, als habe jemand sie nachkoloriert, um sie vor dem Verblassen zu bewahren.

Auf der Wasseroberfläche in der Mitte des Bachs stand die Sonne in hellweißen Flammen, flackernd um strömende Pflanzenteilchen. Frösche sprangen mit jedem Schritt, den Pax sich vorwärtsbewegte, aus den feuchten Gräsern ins Wasser. Nach genau anderthalb Stunden packte er seine Sportsachen aus, befeuchtete das Trikot und die Strümpfe und zog die Hose mehrfach durch die schwarze Erde am Ufer, mit der er auch die Stollen seiner Schuhe verklebte, als plötzlich etwas gegen seinen Rücken prallte. Er fuhr herum, Lenis schwarzer Ball mit den Neonecken rollte über das Heidekraut. Schöner Drachen, sie grinste. Schade nur, dass kein Wind geht.

Spinnst du, fragte Pax, dich so anzuschleichen? Leni zuckte nur mit den Schultern, ob sie mal seine Fußballschuhe anziehen durfte? Du hältst sie ja bloß in den Händen.

Nein, sagte Pax unnötig heftig, und mit einem Mal kamen ihm Tränen. Was ist denn los? Leni setzte sich zu ihm. Ich gehe jetzt auch nicht mehr zum Fußballtraining, sagte er. Doch nicht wegen diesen idiotischen Lubinskis? Pax schüttelte den Kopf, wischte sich mit dem Unterarm über die Augen, griff nach ihrem Ball und rannte ein Stück weg. Nein, schrie er, eben einfach so, weil Fußball im Verein nur was für Vollpfosten ist, und dabei schoss er das Leder so hoch er konnte. Stimmt, schrie Leni zurück, nur Spießer spielen im Verein, und mutig hechtete sie zwischen die Heidelbeeren, wo sie den Ball gerade noch erwischte.

Zweimal die Woche trafen sie sich jetzt am Waldrand zum Anti-Training. Leni hatte einen kleinen Esbit-Kocher, in dessen Flamme sie hinterher manchmal Würstchen hielten, obwohl man an gegrillten Wienern sterben konnte, wie Oma Peschka behauptete. Schmeckt trotzdem, Leni biss eben in eine verkohlte Wurst, als der Förster kam. Übermütig warf sie seinem Hund den letzten Happen zu, woraufhin der Förster den Kocher konfiszierte. Außerdem sprach er einen Platzverweis aus, so ein Unsinn, sagte Pax, der Wald gehört doch niemandem. Dass sie bald sowieso nicht mehr zum Anti-Training hätte kommen können, Leni zuckte mit den Schultern, weil ihre Eltern Hilfe im Laden brauchten, ich soll mich ab jetzt nämlich mehr einbringen, weil es ja auch meine Zukunft ist, die sie da aufbauen, sie verdrehte die Augen.

Schade, Pax sah nach unten, mit der rechten Schuhspitze nahm er den Ball auf und begann ihn zu jonglieren, rechts, links, und mit dem Knie zu Leni, und er bewunderte die Präzision, mit der sie selbst noch aus dem Gespräch heraus zu ihm zurückköpfen konnte.

In der Woche darauf regnete es tagelang, weshalb ihm nichts Besseres einfiel, als Hendryk an den Nachmittagen in seinem Lager bei den Garagen zu besuchen, danach stanken seine Klamotten jedes Mal nach Zigarettenqualm. Tante Beatrix schien etwas zu ahnen, aber solange sie nichts sagte, würde er seine neue Freiheit nicht aufgeben, außerdem hatte Hendryk, mit dem sonst wenig anzufangen war, einen kleinen Fernseher installiert. Sie sahen zusammen amerikanische Serien und aßen dazu Kartoffelchips, die Hendryk im Kaufmarkt in die Brusttasche seines Anoraks schob, dass er nicht so übertreiben sollte, sagte Pax, als Hendryk wieder einmal stolz seine Beute aus Kinderschokolade und geklauten Zigarettenschachteln präsentierte. Noch interessanter wurde es, als Hendryks Vater einen ganzen Monat auf Montage fuhr und Hendryk die Gelegenheit nutzte, den Videorekorder aus dem Schlafzimmer mitzubringen, obwohl seine Mutter versuchte, ihn davon abzuhalten. Sie hat Panik, dass er mich verprügelt, falls er was mitbekommt, Hendryk lachte, aber ich hab keine Angst vor dem Penner.

In der Schule prahlten sie damit, Filme zu sehen, die erst ab sechzehn oder achtzehn Jahren freigegeben waren, am liebsten sah Pax Sylvester Stallone als boxenden Außenseiter *Rocky Balboa* oder als von der Gesellschaft im Stich gelassenen Vietnam-Veteranen *Rambo* auf Rachefeldzug. Abends im Bett kamen ihm die Bilder wieder vor Augen, und dann wunderte er sich, warum er für die Menschen, die *Rambo* im Wald von Hope erledigte, nicht halb so viel Mitleid aufbringen konnte wie für die bedrohten Antilopen aus den Fernsehdokumentationen oder den unterernährten Hund des Försters. Kurz vor dem Einschlafen erfand er ein neues Genre, eine Mischung aus One-Man-Action- und Naturfilm. Er würde ein Drehbuch schreiben, wie Sylvester Stallone, und die Bedingung für die Verfilmung wäre, genau wie bei Stallone, dass er selbst den Helden spielte.

Hendryk hatte zuhause Pornos gefunden, und als Pax das Garagentor hochschob, war er gerade dabei, eine Frau zu beobachten, die sich die Schamhaare rasierte, er machte sich nicht mal die Mühe, seine Hand aus der Hose zu nehmen, du kommst genau richtig, sagte er, weißt du, was Kai mir erzählt hat? Dass sie beim Fußball einen neuen Co-Trainer haben, mit einem Schwanz, der so lang ist, dass er ihn nach dem Duschen einrollen muss, um ihn überhaupt in seine Hose zu kriegen. Interessiert mich nicht, sagte Pax. Wieso denn?, grinste Hendryk, Kai hat es genau beobachtet, so ein Teil hat der, Hendryk nahm die Hand aus seiner Hose und deutete mit beiden Händen einen Abstand von mindestens dreißig Zentimetern an, was meinst du, was erst los ist, wenn der hochgeht, und ob sie nicht auch mal vergleichen wollten? Nein. Ach komm schon, Hendryk ging mit der offenen Hose auf Pax zu, der erst einen Schritt zurücktrat und es sich dann anders überlegte, er packte Hendryk mit der Linken am Kragen, die rechte Faust hielt er direkt vor sein Gesicht, du fasst mich nicht an, mit deinen Wurstfingern. Schlag doch, Rocky, lachte Hendryk, lustvoll die zitternde Faust im Blick, aber Pax spuckte nur neben sich aus, bevor er die lange Narbe über Hendryks linkem Auge fixierte, die er angeblich bei einem seiner spektakulären Fahrradstürze davongetragen hatte, jetzt mach endlich deine Hose zu. Einen Moment schien Hendryk noch darüber nachzudenken, ob er nicht doch einen Schlag provozieren sollte, dann aber entschied er sich lieber für eine beschwichtigende Geste. Du siehst zu viele Actionfilme, sagte er, und vorsichtig, Pax noch immer im Blick, drehte er sich zur Seite und griff in seinen Rucksack. Wie wärs also heute mit ein bisschen Horror? *Tanz der Teufel*, er hielt Pax die Videokassette hin, vielsagend hob er die Brauen, in Deutschland verboten, zu viel Gewalt.

Also schön, sagte Pax und versuchte möglichst cool zu klingen, während Hendryk an seinem Gürtel nestelte und ihn dabei angrinste.

Zuhause konnte Pax schon von der Tür aus sehen, dass Tante Beatrix mit ihm sprechen wollte, es aber noch nicht konnte. Stattdessen wechselte sie die Sender, bis die Sängerknaben bootfahrend auf dem Rhein auftauchten, wo warst du, Max?, fragte sie endlich mechanisch, den Blick starr auf den Fernseher gerichtet, und Pax sagte schlicht, als wollte er ihren Mut belohnen, bloß spazieren, ich gehe nicht mehr zum Fußball.

Von seiner Ehrlichkeit verblüfft, ließ sie die Sängerknaben kurz vor den Rheinfällen bei Schaffhausen im Stich, ob er neue Schuhe brauchte, ob seine schon wieder zu klein seien?

Seit der Rauferei darf ich nicht mehr mitspielen, wenn wir samstags zu den Turnieren fahren, erklärte Pax, ich sitze dann bloß auf der Bank, und an kühlen Tagen friere ich. Die anderen behaupten schon, ich wäre wie ein Mädchen.

Was?, sagte sie, die spinnen wohl, und dass ihr dafür der Spaß aber zu teuer wäre.

Außerdem hat mich einer ewig beobachtet in der Dusche.

Wie beobachtet?, fragte Tante Beatrix. Na du weißt schon, murmelte Pax verlegen, so eher ein bisschen aufdringlich. Er hat mich angestarrt, bis ich mich angezogen hatte. Ein Austauschschüler war das, der jetzt aber schon wieder zurückgereist ist.

Tante Beatrix schüttelte den Kopf. Es gibt schon komische Typen, sagte sie, so einen musst du gleich in seine Schranken weisen. Also wegen mir brauchst du da nicht mehr hin, auch wenn es schade ist um die Jahresgebühr, aber ständig zu diesen Turnieren zu dackeln, da bin ich auch nicht wild darauf. Pax nickte, dabei war sie nur einmal als Aufsicht mitgekommen, bei einem Heimspiel. Ich glaube, ich werde krank, hatte sie mit tatsächlich heiserer Stimme am Spielfeldrand halblaut geflüstert und sich allgemein, wie sie es nannte, verabschiedet, was bedeutete, dass sie kurz nach dem Anpfiff grußlos nach Hause gelaufen war, ohne je ein Gespräch, das über die aktuelle Wetterlage hinausging, mit den anderen Eltern geführt zu haben. Fußball, sagte sie jetzt, ist wohl doch eher etwas für die einfacher Gestrickten, mit solchen Lubinskis musste man ja vielleicht auch nicht allzu viel Zeit verbringen.

Ob er stattdessen in die Filmkunst-Arbeitsgemeinschaft in der Schule könnte?, fragte Pax. Kostet nichts, nur das Filmmaterial muss man selbst bezahlen. Und möglicherweise konnte man ja einen Teil von der Fußballvereinsgebühr zurückerstattet bekommen?

Nur, wenn du vorher zum Friseur gehst.

Aber ich will lange Haare.

Kommt nicht in Frage, überlegs dir.

Zwei Tage später saß Pax in Bienes Friseursalon und diskutierte, sich selbst und die verzerrte Biene im Spiegel gegenüber, seine zukünftige Haarlänge, nur bis hier, bettelte er.

Ach, das lohnt sich doch gar nicht, Tante Beatrix machte eine eindeutige Geste in Richtung der Friseurin, die bedeutete: alles ab.

Fassonschnitt, Herren, sagte Biene, nein, sagte Pax, doch, sagte Tante Beatrix.

Wer zahlt, schafft an, sagte Biene.

Später spendierte Tante Beatrix im Café an der Hauptstraße Sahnewindbeutel, teuer, so ein Friseurbesuch, und jetzt noch der Kuchen, mit einem Mal wirkte sie etwas bedrückt, jetzt bin ich ganz schön pleite, sagte sie, und Pax tat es leid, dass er ihr nicht helfen konnte, denn alles Taschengeld war längst ausgegeben, heimlich, für einen schönen, einen roten Kanarienvogel, dessen Flügel- und Schwanzfedern elegant ins Weiße übergingen und um den er sich kümmern wollte, ihn genauso liebevoll umsorgen wie *Rocky Balboa* seine beiden Schildkröten, *Clay* und *Frazier*, und *Moby-Dick*, seinen Goldfisch im Glas.

HERR KÖPPSCHE IS TAKING OVER, sagte die Direktorin, in einem furchtbar deutschen Englisch. Sie stand vor der Klasse und stellte den neuen Lehrer vor. Pax betrachtete seine langen Beine, die Herr Köppsche bald lässig übereinandergelegt unter dem Pult hervorstreckte, sodass seine gemusterten spitzen Lederstiefel, die er unmöglich in Blauenklingen und Umgebung gefunden haben konnte, direkt in Pax' Blickfeld gerieten. Er musste auch solche Stiefel haben, auch eine solche Armbanduhr, auch einen solchen Aufkleber auf dem Englischbuch, auch einen solchen Akzent, einen solchen Ring, eine solche Kette um den Hals, eine solche Tasche, eine solche Frisur, einen solchen Geruch. Pax lernte alle Vokabeln sorgfältig und übergenau, und trotzdem hatte er furchtbare Angst davor, aufgerufen zu werden, weil ihm dann das Blut ins Gesicht schoss und sein Herz so sehr klopfte, dass er kaum Luft bekam. Überhaupt war seine Stimme mit einem Mal völlig unkontrollierbar geworden. So sehr fürchtete er seine Reaktion auf Herrn Köppsche, dass er vor jeder Englischstunde ein Papiertaschentuch an einer Ecke verzwirbelte, bis es zu einem festen, länglich-spitzen Gebilde wurde, das er sich in die Nase einführte, verborgen hinter dem vorgehaltenen Rest des Tuches, damit er in den gewünschten Momenten niesen konnte, und er berührte Mutters Parfum in der Schultasche am Sprühkopf, rieb sich die Finger in die Augen, bis die roten Gefäße hervortraten, und diese erfundene Pollenallergie im Frühjahr, seine Hausstauballergie im Herbst ließen ihn in dem suchenden Blick des Lehrers verzweifelt schnauben und prusten und schniefend sämtliche möglichen Abwehrreaktionen produzieren – vergeblich – alles, was Herr Köppsche von sich gab, fand Pax einzigartig, beeindruckend und groß. Bei gutem Wetter trug der Englischlehrer eine teuer aussehende Sonnenbrille mit hell umrahmten Gläsern, und Pax beteiligte sich bereitwillig an den Recherchen seiner Banknachbarin Tanja, die verträumt alles protokollierte, was sich herausfinden ließ: Haarfarbe, Körpergröße, Familienstatus – *verheiratet zwei Kinder,* notierte sie und setzte kichernd ein Fragezeichen dahinter. Pax, der die Augen verdrehte, konnte hinzufügen, Lieblingsspeise: Tiramisu. Dass er am Wochenende auch mal schnell mit dem Sportwagen in die Großstadt raste, um dort Tiramisu zu kaufen, weil das der einzig interessante Nachtisch sei, natürlich nur, wenn es ein echter Italiener zubereitete, das hatte Pax nahe des Lehrerzimmers belauscht. Beeindruckt notierte Tanja, und tatsächlich fuhr Herr Köppsche einen roten Sportwagen, der Kies schien ehrfürchtig zu knirschen, wenn er damit den Parkplatz verließ. Ich weiß noch was, sagte Tanja. Sein Geruch, sie hielt ihm ihr Halstuch hin. Pax schnupperte daran.

Weichspüler, sagte sie, Vanille-Orchidee, gibt es im Kaufmarkt, und wie gern wäre Pax mit ihr dorthin, du spinnst ja, sagte er stattdessen.

Sie wurde nicht mal rot dabei, die Liebe ist ein Geschenk, sagte sie.

Herr Köppsche trug einen großartigen Wintermantel, eine coole Mütze dazu, einen eleganten Schal und tolle Boots, Herr Köppsche kam braungebrannt aus den Osterferien, erzählte von Venedig, den Geistern über der Friedhofsinsel, vor denen sein Sohn sich gefürchtet hatte, von der Glaskunst aus Murano und wie gut die sich machte auf dem heimischen Kaminsims. Warum sie keinen offenen Kamin hatten, wie die Italiener, fragte Pax zu Hause, nur die Nachtspeicheröfen? Was stellst du denn für Fragen, sagte Tante Beatrix, mach lieber den Vogelkäfig sauber, wenn man ein Haustier hat, muss man sich auch kümmern, während sie dreizehn Mark Taschengeld aus ihrem Portemonnaie zählte, eine fehlt noch, sagte Pax, es sind doch längst vierzehn, und dass er den Käfig schon längst gereinigt hatte, wie er es immer tat, während der Kanarienvogel sich seiner täglichen Stunde Freiflug hingab und dabei das Zimmer mit schwarz-weißen Exkrementen verzierte. Alle Versuche, ihn zum Landen auf Pax' Schulter zu bewegen, ignorierte er beharrlich. Du musst es mir nicht immer noch extra sagen. Ach so, Tante Beatrix verzog den Mund, wie du das alles schaffst, wo du ja jetzt so viel unterwegs bist mit dem Gefilme, man sieht dich ja kaum noch.

Köppsche war zum ersten Mal in diesem Jahr mit offenem Verdeck unterwegs, er schwitzte nie, gut roch er, immer gut, Wasserlilie, schrieb Tanja unter Vanille-Orchidee in ihr Büchlein, neben Pax in der alten Turnhalle, in der sie Stuhlreihen aufgebaut hatten, und Pax sah sich selbst im Dunklen auf der hellen Leinwand mühsam mit seinem Drachen kämpfen, in einem Rupfensack über der Jeans lief er durch die Auwiesen, auf einen Kameramann zu, der nur mitgemacht hatte, weil dafür eine Stunde Deutsch ausfiel. Kannst du nicht etwas ausprobieren?, hatte Pax gefragt. Was denn? Lembke war genervt gewesen, das wird nichts mit deinem hässlichen Drachen, der ist viel zu schwer ohne Wind. Schau doch, das Licht, hatte Pax gesagt und dass sie den Drachen in den Baum hängen könnten als Landschaftsbild, oder in die Stromleitungen werfen, als Falle – Lembke hatte sich an die Stirn getippt, jedes Kind weiß, dass man dann stirbt, na eben, hatte Pax geantwortet, das ist wenigstens eine Geschichte. Es stimmt schon, hatte Lembke gesagt, was sie beim Fußball behaupten, ganz normal bist du nicht.

Pax' Drehbuch trug den Titel *Dragon-Man*, er hatte eine idyllische Stimmung schaffen wollen, wie er sie auf seiner Decke am Waldrand erlebt hatte, Sonnenstrahlen, die sich über Gräsern brachen, bunte Zerstreuungskreise im Gegenlicht, das Zirpen der Grillen und er selbst als Einzelkämpfer, der mithilfe seines lachenden Drachens Vergeltung an einer Bande von Tierquälern übte. Und am Ende würde er sich, mit zusammengepressten Lippen, gegen einen Baum gelehnt, selbst die Wunden nähen.

Albern fand er sich in dem Kostüm, außerdem hatten sie nicht daran gedacht, Ton zu den Bildern aufzunehmen. Langatmig wirkten die Sequenzen, und die Stille schien das Rattern des Projektors und die Komik seines Auftritts noch zu verstärken. Hörte er da nicht einzelne Lacher? Pax schämte sich, als das Licht anging, ihm war heiß, sein Film kam weder gut an noch schlecht, er kam gar nicht an, es gab braven Applaus, Pax sah zu Herrn Köppsche, der klatschte im hellen Sommeranzug, sah nicht her und zwinkerte nicht. Später hörte er ihn über Kurts Dokumentarfilm in der Bäckerei Holzmann reden und über Katjas eindrückliche Führung durch den Bauernhof ihrer Eltern, und Matthes, der die Eisblumen an den Innenseiten der Fenster des Wintergartens seiner Eltern in sanften bläulichen und weißen Farbnuancen aufgenommen hatte, erhielt von Köppsche genau das Lob, das Pax sich so sehr gewünscht hätte. Eisblumen am Fenster, wohl zu geizig für eine ordentliche Heizung. Tante Beatrix hätte seinen Film gut gefunden, dachte Pax jetzt, das hätte sie, und daran, dass sie nicht hier war, trug er selbst die Schuld, weil er sich lieber vorgestellt hatte, seine Eltern hätten in einer der Stuhlreihen gesessen und seinem Film applaudiert, der in Afrika im Dickicht der Dattelpalmen gespielt hätte. Er selbst mit der Waffe, lässig wie Harrison Ford als *Jäger des verlorenen Schatzes*. Und hinterher hätten seine Eltern, genau wie Matthes' Familie jetzt, Köppsche in einem Gespräch mit ihrer Weltläufigkeit beeindruckt. Herr Köppsche und sein Vater hätten gefachsimpelt über das Reisen, und sein Vater, der heute wie Belmondo aussah, hätte den Arm um seine Schulter gelegt, während er in seinem wunderschönen französischen Akzent von dem alten Postbus erzählt hätte, vor dessen Fenstern kopflose Giraffen vorüberschritten, in einer Landschaft, wie Pax sie aus dem Fernsehen kannte. John wäre nicht dabei gewesen, er allein hätte im Mittelpunkt gestanden, sein Bruder hätte ihm erst später auf die Schulter geklopft, wie es große Brüder in amerikanischen Vorabendserien taten, gut gemacht, Kleiner. Pax sah nach vorne zwischen die Stuhlreihen, wo keine Mutter stand und nicht ihren Daumen mit einem stolzen Lächeln nach oben hielt.

Sein Nacken schmerzte, er richtete sich auf, verschränkte seine Finger ineinander und dehnte die Arme, bis es knackte. Im Grunde brauchte er niemanden. Er würde einen besseren Film machen, nächstes Mal, genauso gut wie Matthes oder besser noch, Köppsche jedenfalls würde beeindruckt sein.

Kurz darauf fuhr er draußen an Pax vorbei, mit seinen beiden Kindern und seiner Frau – Saskia, wie Tanja herausgefunden hatte, den Namen abfällig betonend, als spräche sie von einem Kaugummi an ihrer Schuhsohle. Über Saskias hübsches Gesicht legten sich in regelmäßigen Abständen die Spiegelungen der Laternen – wie um sie auszulöschen, dachte Pax, der so gerne mit in den Wagen gestiegen wäre, besser noch, Saskia hätte aussteigen sollen und sagen, dass hier von nun an sein Platz war, und ihre Kinder hätte sie gleich mitnehmen können. Er trat aus dem Dunkel, inszenierte sich, angeregt durch den Filmabend unter dem Schein einer der Hoflaternen, um Köppsche die Gelegenheit zu geben, langsamer zu fahren, ihn zu fragen, ob sie ihn nicht irgendwohin mitnehmen konnten, grußlos aber fuhr er an Pax vorbei, drehte nicht einmal den Kopf, mit leicht zusammengekniffenen Augen starrte er geradeaus, wie kurzsichtig, als könne er auf diese Art Pax weder sehen noch selbst von ihm gesehen werden, als wäre Pax ein Polizist oder gar ein Stalker, ein Kranker. Ja, vielleicht war er das, denn während Köppsche Tanjas Schwärmerei zu schmeicheln schien, gab er sich ihm gegenüber betont neutral, fast etwas abweisend. War es nicht umzutauschen, dieses verdammte Geschenk? Er wollte es nicht, ich will es ja nicht, dachte er laut und tat dabei etwas, das er lange nicht getan hatte, er hielt die rechte Hand an die Laterne und lief, wie ein Kind, schneller und schneller und immer schneller, bevor er losließ und taumelnd im Dunkel des Hofes verschwand.

Der Einzige, der auf eine leise Art weiter seine Arbeit unterstützte, war Herr Steiner, der Kunstlehrer. Pax war weder herausragend gut im Malen noch im Zeichnen, doch was auch immer er tat, er bekam eine Eins, und diese Note war wie ein Zuruf, der ihm etwas Mut machte, wenn er sich nicht gerade einredete, dass er sie nur bekam, weil er nachmittags weiter freiwillig an der Filmkunst teilnahm, die Steiner eine Herzensangelegenheit war. Mit Matthes übte er im Schneideraum, lernte die verschiedenen Kameras kennen, lief mit dem Mikrofon durch Blauenklingen, um Töne zu sammeln, Geräusche, von denen sie ein Archiv anlegen wollten, dass es keine absolute Stille gäbe, erklärte Matthes, und er zeigte ihm, wie er unter seinen Drachenfilm Grillenzirpen schneiden konnte und wie das Zirpen, verlangsamt abgespielt, zu einem mehrstimmigen, überirdischen Chorgesang verschwamm, ein Motiv, das er doch immer wieder einsetzen könnte, sobald der Held auftauchte. Halt mal kurz meine Brille, Matthes ging ans Fenster und hielt einen Filmstreifen gegen das Licht. Schau, das habe ich in Kolumbien gefilmt, das ist nicht weit von der Siedlung, in der meine Eltern gearbeitet haben, Pax sah eine riesige Blüte, weiß und violett marmoriert, in der Mitte einen bräunlich-gelben Stempel, der aus einem tiefen Loch ragte, ob die Fliegen fraß? Bestimmt, Matthes lächelte, dann zeigte er Pax eine aus Bambusstäben gefertigte Brücke, die über einen schlammigen Bach führte, und Aufnahmen eines Marktes – ein buntes Durcheinander aus Plastikverpackungen, Kanistern, Stoffen, Früchten und Blumen –, mitten im Gedränge fand eine Lotterie statt, Stauden mit gelbgrünen Kochbananen hingen an einem Vordach über dem Losverkäufer, dass man Chips daraus machen konnte, erklärte Matthes, die gibt es dort so häufig wie bei uns Kartoffeln, wenn Pax mochte, konnte Matthes ihn nächstes Mal einladen, wenn seine Eltern wieder ein Grillfest veranstalteten, dann können wir die Bananen probieren – oder Arepas, ob er Arepas kannte?

Pax schüttelte den Kopf. Wie schön es wäre, dachte er, Matthes zu besuchen, aber gleich fiel ihm Tante Beatrix ein, und wie sie allein zu Hause saß und dass er sie auf keinen Fall mitbringen wollte, nirgendwohin, schon gar nicht zu Matthes' Familie.

In der Arbeitsgemeinschaft sollten sie jetzt reihum einen Regisseur anhand eines Filmes vorstellen – der Kunstlehrer begann mit Fassbinder, *Angst essen Seele auf*. Pax war derart beeindruckt, dass er sich unbedingt eine der Schulkameras ausleihen wollte, um zu üben und diesmal einen besseren Film zu drehen. Feierlich schloss Steiner den Schrank auf und reichte ihm die alte Super-8-Kamera, in die sie gemeinsam eine Kassette einlegten, du kannst sie eine Weile behalten, sagte er, zum Ausprobieren, und weiter, dass Pax sich aber nicht zu viel erwarten und nicht vergessen dürfe, dass das Gerät viele Aufnahmen gar nicht hergab. Wirklich ablenken von seiner Enttäuschung über den misslungenen Drachenfilm konnte ihn allerdings nur ein Zwinkern von Herrn Köppsche, Herr Köppsche in der neuen Lederjacke, lässig über weiten T-Shirts getragen, Herr Köppsche mit neuer Frisur, neuem Gürtel, die Zigarette in der hohlen Hand.

Spätestens seit Pax Tante Beatrix die Attraktionen von Venedig erklärt hatte, warum jeder gebildete Mensch einmal im Leben dorthin gereist sein sollte und um wie viel edler Tiramisu als der Vanillepudding mit Sahnehaube aus dem Kaufmarkt schmeckte, den er allerdings liebte, während keiner von beiden jemals mit Tiramisu in Berührung gekommen war, schien sie alarmiert. Vielleicht also kam ihr die Idee spontan, vielleicht handelte sie versehentlich, wie sie es behauptete, sicher aber wusste Pax, die Kamera in der Hand, vor dem leeren Käfig auf dem Balkon, dass er ihr vielfach erklärt hatte, wie das Gittertürchen zu schließen war, das Häkchen über, nicht unter diesen Draht, schau doch her, hatte er gesagt, Tante Beatrix, schau doch einmal her, es fehlte das Gezwitscher zur Tiefkühlkost, ich verstehs nicht, sagte sie, der muss es von allein aufbekommen haben, nicht so schlimm, sagte Pax, während er die Kamera auf ihr Gesicht hielt und auf den Auslöser drückte, es surrte. Lass das, sie drehte sich weg, und er ließ die Kamera sinken, der Haken am Käfig war sicher locker gewesen. In seinem Zimmer aber hörte er das Flügelschlagen, so laut, dass es ihm den Hals zusammenzog.

Zwei Gärten weiter meinte er später das leuchtende Gefieder zwischen den Zweigen des Apfelbaumes zu sehen. Er klingelte an der Tür, ein großer schwarzer Hund verbellte den Farbfleck, der aufflog, feuerrot, um kurz darauf den Zweig eines Rittersporns im Nachbargarten aus dem Gleichgewicht zu bringen, Pax rannte zurück, auf der Suche nach dem Apfelpflücker. Im Hof stand Leni, stark geschminkt, leider keine Zeit, sie zuckte mit den Schultern, weil sie gleich ihren Freund treffen würde, und was Pax sagen wollte, zerriss das Geräusch einer lauten Fehlzündung nicht weit entfernt an der Landstraße. Drüben verschwand der Vogel zwischen den Tannen, und kraftlos, als hätte eine Kugel den Knall verursacht, die ihn eben getroffen hatte, sackte Pax vor Leni auf dem Asphalt zusammen.

Auf der Bühne sterben die Tänzer genau wie du jetzt, sagte Leni und streckte ihm die Hand hin, er aber hielt den Kopf zwischen den Armen verborgen, ach komm schon, sagte sie, und versprach hierzubleiben, um ihm zu helfen, weil es sich um einen Notfall handelte. Er ließ sich hochziehen, verharrte für Sekunden in ihrem schweren Vanilleduft, und wenn er später an Leni dachte, war es genau dieser Geruch, der sich in diesem Moment im Inneren seines Kopfes mit ihr verbunden haben musste.

Stundenlang suchten sie die Umgebung ab, fragten die Nachbarn, teilten sich auf, der wird sowieso gleich gefressen – auffällig wie die sind, den packen die Raubvögel, der fliegt gegen die Scheibe, er erfriert nachts, er geht ein – bis Pax irgendwann, erschöpft und verschwitzt, zurück in den Kaninchenschuppen kam, um seine Kamera aus dem Versteck zu holen. Opa Peschka hatte ein verschiebbares Gehege aus Holzlatten und Maschendraht gebaut, dort hinein setzte Pax jetzt die Tiere unter einen schattigen Baum, legte sich zu ihnen ins Gras, sah sie von der Seite an und wie sie fraßen, und weiter durch den Sucher hoch zu den beschlagenen Fenstern, hinter denen Tante Beatrix bügelte, bis in den Himmel – wenn sich doch der rote Vogel in sein Bild bewegte, aber da war nichts, nur der Zweig eines Kirschbaumes, eine

Ecke des Schaukelgerüsts, Lenis Stimme – Nichts!, erschöpft ließ sie sich zu Pax ins Gras fallen.

Sicher ist er schon nicht mehr am Leben, sagte er.

Leni griff nach der Filmkamera, er ist zu jemand mit einer riesigen Vogelvolière im Garten geflogen, weil er da andere Kanarienvögel singen gehört hat, bei denen darf er einziehen. Ich weiß nicht, Pax wischte sich die Augen, dass sie nicht filmen sollte, weil das Material teuer sei. Ich tu doch nur so, Leni machte einen Schwenk über die Kaninchen, der braune mit den Schlappohren ist Albert, daneben das schlummerige Dornröschen, und Odette, weiß mit roten Augen, das graue hier ist Siegfried, das schwarze Odile und dort, verträumt in der Ecke mümmelnd, Mascha, ob er auch Namen für die Kaninchen hätte? Sie gab ihm die Kamera zurück.

Pax schüttelte den Kopf, aber ein Lieblingskaninchen habe ich, das riesige Rotbraune mit den blauen Augen, der Blesse und den schwarzen Wimpern, wie geschminkt sieht das aus. Eine Weile lagen sie so, auf dem Rücken, zwischen sich das Gehege, weit in der Ferne sägte jemand Holz, sonst war nichts weiter zu hören als von Zeit zu Zeit das Geräusch eines Apfels, der hinter ihnen ins Gras fiel, bis Leni schließlich sagte, ich gehe bald weg.

Wohin?

USA, bis zum Anfang des nächsten Schuljahres. Ich soll einen Sprachaustausch machen.

Und dein Freund?

Leni zuckte mit den Schultern, ist denen doch egal, sagte sie dann, Hauptsache, ich bin irgendwo untergebracht und sie können sich um ihr Geschäft kümmern. Sie haben ernsthaft überlegt, ob ich nicht irgendwo hinkönnte, wo man Farsi spricht. Ihr Pech, dass sie mich nicht gleich mit einem Händler verheiraten können. Sollen sie doch endlich in ihren Laden einziehen und auf den Teppichen pennen.

Immerhin hast du Eltern, murmelte Pax.

Leider, sagte Leni, viel lieber war sie hier, mit dir, sie sah Pax an, bis sich sein Gesicht kurz aufhellte.

Über ihnen zog jetzt ein Segelflieger lautlos durch den Sommerhimmel, Pax folgte seinen Bahnen, ließ sich ablenken, von einer Amsel, deren Schatten ihre Körper kreuzte, bis sein Bild wieder verschwamm, er schloss die Augen, blinzelte erst wieder, als er meinte, Leni aufstehen zu hören, wenn man in New York allein U-Bahn fährt, stirbt man, sagt Frau Lubinski.

Leni lachte, dass sie doch sowieso nicht in New York leben würde, sondern in irgendeinem Kaff in Nebraska, mit Highschool-Besuch und Cheerleader-Training. Das ist ja auch ein bisschen wie Ballett, hat mein Vater zu allem Überfluss gesagt, dabei habe ich ihnen schon fünftausendmal erklärt, dass ich mich schon ewig nicht mehr für Ballett interessiere. Wenn ich zurückkomme, werde ich die Kaninchen umbenennen. Vielleicht hilft das was.

Pax nickte, und wenn du erst mal dort bist, machst du einfach, worauf du Lust hast, sagte er, bevor seine Stimme wieder in ein Schluchzen kippte, dass er den Vogel so gerne hatte zwitschern hören. Meinst du wirklich, er hat einen Platz gefunden?

Ja, antwortete Leni voller Überzeugung, und wer weiß, vielleicht hat er auch aus Sehnsucht gezwitschert – wirklich, und jetzt ist er glücklich, sie streckte ihm die Hand hin, komm, wir machen uns ein Eis. Nicht mit Wasser, sondern mit Sahne. Mit Erdbeeren, Vanillezucker und Sahne.

Geht ja nicht, wandte Pax ein, weil er Tante Beatrix versprochen hatte, mit ihr ins Freibad zu gehen, aber vielleicht kannst du mit?

Dass sie keinen Badeanzug hätte, leider, sagte Leni knapp.

Das Naturfreibad war eine ehemalige Kiesgrube, mittels einer Betoneinfassung in Nierenform gebracht, umgeben von einer Liegewiese, die, einer Sportarena gleich, in einem Neigungswinkel von etwa zwanzig Grad einmal um das Becken führte. Es gab einen kleinen Spielplatz, Umkleiden, die nach Urinstein rochen und die kaum jemand außer Tante Beatrix nutzte, einen Wachturm, auf dem sich der Bademeister und die Mitglieder der Wasserwacht sonnten, wenn sie nicht gerade auf orangefarbenen Surfbrettern über den See paddelten. Zwei Armschläge zum einen, zwei zum anderen Ufer, wo sich ein großer Kiosk befand, mit Freisitz zur Selbstbedienung. In der Mitte des Sees lag eine kreisrunde künstliche Insel, über zwei Brücken von den beiden Längsseiten aus zugänglich, dort trafen sich die Jugendlichen, die aus Blauenklingen und den umliegenden Dörfern mit ihren Mopeds kamen und die, wie es Tante Beatrix nannte, schon irgendwie leicht ausgeflippt waren. Sie hörten laute Musik aus einem Ghettoblaster, stießen sich unablässig gegenseitig ins Wasser, manchmal nahmen die Jungs eines der kreischenden Mädchen an Händen und Füßen, zählten auf drei und warfen es ins Wasser. Sie soffen und sie schlugen sich, und manchmal fielen zwei so hemmungslos übereinander her, dass das Publikum nicht zu kurz kam. Meist waren sie gegen Abend dermaßen betrunken, bekifft oder auf andere Art zugedröhnt, dass der Bademeister, der für Ordnung sorgen sollte, schon an der ersten Brücke zur Insel wippenden Schrittes kehrtmachte, als hätte er seine Aufgabe zur Zufriedenheit erfüllt.

An den kurzen Seiten des Sees saßen die Rentner, an der langen Seite Pax und Tante Beatrix, gegenüber die Gymnasiasten, die aufgeschlagene Bücher und Zeitungen gegen die Sonne hielten, um zu lernen oder zu lesen oder vielleicht auch nur, um sich das Gesicht zu beschatten, manchmal spielten sie Ball oder Tischtennis. Pax konnte von seinem Platz aus beobachten, wie sich ein Pärchen direkt gegenüber im Schatten eines Baumes küsste, weniger auffällig als die Inselbadegäste, eher verstohlen, aber ebenso publikumswirksam und zunehmend selbstvergessen, und erst als Pax bemerkte, dass Tante Beatrix auch dorthin sah, blickte er in die andere Richtung. Die haben wohl kein Zuhause, hörte er sie neben sich sagen, unter den Weidenbäumen, etwas abseits der Mütter mit den Kleinkindern, die sich dort niederließen, weil es schattig war, das Wasser flach, und weil es eine Dusche gab. Der Friedhof rückte von der Nordseite her Jahr für Jahr näher an das Becken, die Rede war von Leichensaft, der sich mit dem Grundwasser mischte, sodass die Mütter ihre Kinder nach jedem Baden unter die eiskalte Dusche zwangen. Väter waren nicht im Freibad, wer sich als Mann über achtzehn, aber unter sechzig nachmittags ohne triftigen Grund dort blicken ließ, konnte nur arbeitslos sein oder ein Perverser. Willst du uns ein Eis holen, Max?, fragte Tante Beatrix, und Pax wollte gern, längst tat es ihm leid, dass er ihr Absicht in der Sache mit der Käfigtür unterstellt hatte, er nahm das Kleingeld und beeilte sich. In kindlichem Slalomlauf zwischen Decken und Handtüchern wich er einem alten Mann aus, der ihn mit erhobenem Zeigefinger aufhalten wollte.

An einem der Tische vor dem Kiosk sah er ein paar Klassenkameraden sitzen, die mit den Älteren Cola-Bier tranken, Süßigkeiten aßen und Zigaretten rauchten. Erst jetzt bemerkte Pax, dass auch Matthes dabeistand, in roten Badeshorts, ein Eis in der Hand, er kam auf Pax zu, wir liegen da drüben, sagte er, vorbräunen für den Urlaub, und ob er nicht auch dazukommen wollte? Pax fühlte sich geschmeichelt, das knatternde Motorengeräusch eines Mofas lenkte sie ab, obwohl es verboten war, fuhr Hendryk bis auf die Terrasse, zog sein T-Shirt aus und präsentierte seine frisch gestochene Tätowierung, eine mit Schlingpflanzen gefesselte Meerjungfrau mit großen Brüsten. Die macht gleich die Insel unsicher, rief er, und als Nächstes lässt Pax sich piercen, ihr ahnt schon wo, vielsagend hob er die Brauen und steckte sich dabei eine Zigarette aus Lembkes Schachtel in den Mund. Die Jungs am Tisch lachten wieder, aber Matthes sah Pax nur an und verdrehte die Augen. Er stand im Gegenlicht, und die Sonne schimmerte durch seine Ohren, gerade als Pax sich die Augen mit der Hand beschatten wollte, zog eine große Sommerwolke auf, vielleicht hatte er deshalb mit einem Mal Gänsehaut am ganzen Körper. Hendryk gab Lembke ein Zeichen, dass er hinten aufs Mofa aufsteigen sollte, und was ist mit dir, er sah Pax an, kommst du auch mit rüber und führst uns dein Piercing vor? Und wovon träumst du nachts, du Schwuchtel? Pax machte einen Schritt auf Hendryk zu, der lachte nur und wollte den Motor anlassen, aber der soff ihm immer wieder ab. Dass er in den zweiten Gang schalten sollte, sagte Pax, wie er es von Lubinski am Vereinsheim gelernt hatte, und zusammen mit Matthes schoben sie das Mofa ein Stück die Böschung hinunter, bis der Motor endlich ansprang und Hendryk und Lembke grölend über die Liegewiese Richtung Insel steuerten.

Matthes tippte sich an die Stirn, halt mal mein Eis bitte, sagte er, oder das, was noch davon übrig ist, er band sich die Shorts neu, die beim Anschieben verrutscht waren. Kannst auch probieren, er zwinkerte Pax zu. Verlegen saugte Pax einmal an der Eiscreme, bevor er sie doch lieber wieder ein Stück von sich weghielt.

Wohin fahrt ihr denn in den Urlaub?, fragte Matthes, und dann erzählte er von ihrer geplanten Karibikreise, gib mir das mal wieder, sagte er, es schmilzt ja.

Wir bleiben dieses Jahr mal hier, sagte Pax, lieber wollte er die Eiscreme nicht von seinem Handrücken lecken, Matthes könnte ihn eklig finden, er wischte die Tropfen an seinen Hosenbeinen ab, fühlte die Münzen in seiner Tasche. Sicher wartete Tante Beatrix schon, ich muss jetzt wieder, sagte Pax, wünschte *bon voyage*, wie sie es gerade im Französischunterricht gelernt hatten, und drängelte sich eilig in die Schlange am Kiosk. Er kaufte zwei Eis, bevor er zurückrannte, ein Wettrennen gegen sich selbst, als ein Teenager, als ein Kind, auf Tante Beatrix zu. Er hatte vergessen, Matthes zu sagen, dass er sich gern zu ihnen gelegt hätte, nur nicht heute, und wie albern, *bon voyage*, warum hatte er nicht einfach *gute Reise* sagen können? Er sah Tante Beatrix aus der Ferne, dort im Halbschatten unter der Weide, und im Näherkommen bemerkte er, dass sie die Träger ihres Badeanzuges ein wenig von den Schultern gezogen hatte, damit sich keine weißen Linien abzeichneten, und er schluckte seine Rührung darüber mit der Eiscreme hinunter, friedlich und kühl zwischen den hängenden hellgrünen Zweigen.

DIE ZAHNRÄDER passten im besten Fall genau ineinander, wurden anschließend mit zwei Klammern befestigt und probeweise geschüttelt, wobei zu prüfen war, ob das Getriebeteil auch das notwendige Spiel aufwies – falls nicht, war mit der Metallfeile nachzubessern, möglichst zügig, sagte der Meister. Es war einzig die Aussicht auf das erste selbst verdiente Geld, das diese großen Ferien erträglich machte, in denen Pax den größten Teil seiner Tage eingezwängt in das Drei-Schicht-System des Autoteile-Zulieferbetriebes am Ortsausgang von Blauenklingen verbrachte. War ein Wagen mit Zahnrädern geleert, wurde schon der nächste herangefahren, Pax' Körper hatte einen Rhythmus gefunden, der zu der stillen Hitze passte, zu den Maschinen, die ab und an blinkend riefen, wenn sie wieder für eine Weile ausgeschaltet werden wollten, um herunterzukühlen. So vergingen diese Sommerwochen, in denen es so trocken war, dass der Rasen zu beiden Seiten der Fabrikeinfahrt ausgebrannt und verblichen war. Pax saß im Trägerhemd an der Werkbank auf dem Holzhocker, an den Füßen geliehene Arbeitsschuhe, zu groß, aber vorgeschrieben, drehte sich dann und wann ein wenig nach links, manchmal nach rechts, um den Stuhl in der Höhe zu verstellen.

Schon das vierte heute, kopfschüttelnd legte ihm Frau Möller von der Qualitätskontrolle die fehlerhaft gefertigten Getriebeteile zurück auf seinen Platz, was denn los sei mit ihm an diesem Morgen, ob er sich die ganze Nacht um die Ohren geschlagen hätte, so müde, wie er aussah?

Pax lächelte sie an, sobald sie aber verschwunden war, geriet er wieder ins Grübeln. Er hatte von Matthes geträumt. Der Traum hatte in der Karibik gespielt, oder jedenfalls an einem Ort, der so aussah, wie er es sich dort vorstellte. Den Anfang hatte er vergessen, sicher wusste er aber noch, dass Matthes und er sich lange in einer Hängematte zwischen riesigen tropischen Pflanzen geküsst hatten. Überall nasse farbige Blüten. Beim Aufwachen war er über die Flecken in seiner Schlafanzughose erschrocken. Zum Glück hatte das Laken nichts abbekommen. Es war ja ganz normal, so versuchte er sich seit dem Morgen zu beschwichtigen, Hendryk jedenfalls prahlte ständig mit seinen feuchten Träumen. Aber die handelten immer von älteren Frauen, gerade bevorzugt von Pamela Anderson oder der neuen Geschichtsreferendarin.

Mach nicht so ein Gesicht, sonst bleibts dir, hatte Tante Beatrix beim Frühstück gesagt, aber dabei versucht zu zwinkern, andere Leute müssen auch arbeiten gehen, aber schau, wie fürsorglich Oma Peschka mal wieder an uns gedacht hat, sie schnitt ihm ein großes Stück von dem Johannisbeerbaiserkuchen ab, wo denn seine Pausenbox sei, dass er die doch nach der Arbeit aus dem Rucksack nehmen sollte, ausspülen und offenlassen, wie oft sie das noch sagen musste?

Andere Leute, die arbeiten gehen, fahren dafür auch mal in den Urlaub, sagte Pax. Tante Beatrix hatte ihn ungläubig angesehen. Dann musst du halt von deinem Gehalt verreisen, statt für einen Fernseher zu sparen, was meinst du, wer das Geld für deine Klassenfahrt verdient? Denkst du, ich stehe gerne jeden Tag im Kaufmarkt?

Meine richtigen Eltern wären sicher mit mir verreist, und ein Rennrad hätten sie mir auch gekauft. Pax war aufgestanden, hatte die Box aus dem Rucksack genommen und sie in die Spüle geschleudert.

Tante Beatrix hatte kein Wort mehr gesagt, ihn nicht angesehen und mit zittrigen Bewegungen trotzdem Kuchen für ihn eingepackt.

In der Pause verließ Pax das Fabrikgelände, er hatte keine Lust auf die anderen im Frühstücksraum, lieber setzte er sich auf einen Baumstamm in der Nähe des Parkplatzes und starrte auf das aufgeweichte Baiser, das von den Beeren gerutscht war und am Rand der

Dose klebte. Er wollte nach Hause und nochmal aufwachen, nach einer traumlosen Nacht und einem neuen Morgen, aber es gab nur diesen, an dem er schon auf dem Weg zur Fabrik mit seiner Selbstbefragung begonnen hatte. War es schön gewesen im Traum, Matthes zu küssen? Und wenn ja, was war dabei? Träume sind Schäume, das Sprichwort hatte ihn beruhigt, während er seine Stempelkarte aus der Jackentasche gezogen und in die Stechuhr gesteckt hatte. Er überließ den Kuchen den Spatzen und stand auf, wenn er sich sehr beeilte, konnte er bis halb zwölf zurück sein. Rennen war gut, er zog das Tempo noch an, er sprintete, wie damals beim Fußball, bis er Seitenstechen bekam und trotzdem nicht anhielt, er hetzte zwischen zwei Kinderwägen hindurch und um eine Spaziergängerin herum, die ihm hinterherschrie.

Im Kaufmarkt traf er atemlos auf Frau Lubinski. Sie musste wohl beschlossen haben, ihn seit der Sache mit Ralf für den Rest ihres Lebens mit vorwurfsvollen Blicken zu bestrafen, deine Tante ist im Lager, sagte sie knapp.

Tante Beatrix tauchte zwischen den Reinigungsmitteln auf, ob etwas passiert sei, fragte sie, und Pax schüttelte den Kopf. Ich wollte nur, also das mit dem Urlaub und dem Rennrad, dass er doch Glück hatte mit ihr.

Tante Beatrix nickte, schade, dass du so unzufrieden bist, aber wer würde nicht mal gerne ans Meer? Alles kann ich eben doch nicht bieten, auch wenn ich versprochen habe, mich immer gut um dich zu kümmern.

Aber ich will doch gar nicht mehr. Alles ist prima, so wie es ist. Es war nur – es tut mir leid.

Tante Beatrix wischte sich die Hände an ihrem Kittel ab, Schwamm drüber, sagte sie jetzt, obwohl er sie schon arg traurig gemacht hatte. Ein lautes Klingeln aus der Pfandannahme unterbrach sie, umso besser, sagte Tante Beatrix, die Hand gegen ihren unteren Rücken gestützt, soll sich der Hämmerle hier selber um die schweren Paletten kümmern.

Ob sie sich nach der Arbeit nicht im Freibad treffen wollten und dort Pommes frites essen?

Heute mal nicht, sagte Pax, weil ein Fußballländerspiel im Fernsehen kam. Außerdem wollte er den anderen auf der Terrasse nicht mit Tante Beatrix im Schlepptau begegnen. Aber dass sie doch zusammen fernsehen könnten, schlug er vor.

Abends gab es Wiener Würstchen, sogar Eis hatte Tante Beatrix als Dessert erstanden, dabei war nicht mal Wochenende, ob es ihm nicht gut ginge, sie musterte ihn, du hast ja ganz glasige Augen. Pax schüttelte den Kopf, alles bestens, sagte er, aber nicht einmal beim Fernsehen gelang es ihm, seine Gedankenkreise zu verlassen, er hatte angefangen, sich an jedem einzelnen Spieler abzuarbeiten, ob dieser ihm gefiel und ob er sich vorstellen könnte, jenen zu küssen, und wenn er verneinte, so glaubte er sich nicht, und wenn er bejahte, so schlug ihm die Angst, anders zu sein, jedes Mal in die Magengrube. Gleich nach dem Abpfiff ging er ins Badezimmer, er hatte keine Lust mehr auf Fußballspieler, die stolz ihre Körper präsentierten. Dass er schon furchtbar müde war, von der Arbeit, erklärte er, und in seinem Zimmer zog er sich zwei Unterhosen übereinander an, bevor er schnell unter die Decke schlüpfte.

Endlos schienen ihm die Stunden an der Werkbank, halt mal meine Brille, er stellte sich Matthes vor, damals im Schneideraum, im hellblauen Hemd, mit hochgekrempelten Ärmeln, den Filmstreifen, den er gegen das Licht gehalten hatte und die riesige violette Blüte darauf, und vermisste er ihn nicht, seitdem er in die Ferien verreist war? Matthes im Schulhof, Emres großer Mund, tropische Pflanzen und alles von vorn, und irgendwann musste Pax aufstehen, um sich selbst zu entkommen, und für einen Moment vor das Werkstor, von dem die lindgrüne Farbe platzte und wo der Meister stand und ihn fragte, warum er so blass war, und selbst antwortete, kein Wunder, bei der Hitze, und ihm mit schwarzen Fingern die Zigarettenschachtel hinhielt und das Feuerzeug. Geht schon rum, die Zeit, sagte er, und dann führst du deine Freundin aus von dem Geld, und kurz schien es, als wolle er ihm auf die Schulter klopfen, aber er musste es sich noch in der Bewegung anders überlegt haben, und vorsichtig zog Pax den Rauch ein, der giftig schmeckte und gut.

Täglich nach Feierabend lief er jetzt am Elektroladen Laschke vorbei, um ins Schaufenster zu sehen, ob sich der gebrauchte Fernseher mit Videorekorder noch dort befand, ob ihm niemand zuvorgekommen war, bis er endlich seine erste Anzahlung machen konnte. Nichts hätte er lieber getan, als endlich die zweite Rate zu übergeben, die Vorhänge zuzuziehen, um in seinem abgedunkelten Zimmer in den Filmen zu verschwinden, aber er musste sich noch eine ganze Weile gedulden, Laschkes verreisten für zwei Wochen an die Adria, und ihr Geschäft blieb geschlossen, bevor das neue Schuljahr mit einer Fahrt für die oberen Klassen begann.

SCHAU, DA IST LENI, sagte Tante Beatrix laut, Mensch, hat die wieder zugelegt, die Arme. Sei doch still, sagte Pax, Matthes im Blick. Zwei Busse standen auf dem Parkplatz hinter der Schule bereit, daneben Schüler und Eltern in kleinen Gruppen. Er folgte Leni in den Bus, den auch Matthes gewählt hatte, um sich in die leere Reihe hinter sie zu setzen. Durch die Löcher im Jeansstoff seiner Hose musterte Pax die eigenen Knie, braungebrannt, als wäre er verreist gewesen, an der kolumbianischen Küste, wie Matthes, er hörte ihm zu, schloss für einen Moment die Augen, um sich alles noch genauer vorstellen zu können, den Schlammvulkan, in dem Matthes gebadet hatte, den morgendlichen Ausblick auf die zu blassgrünen Hügeln gefaltete Landschaft, den Geschmack von gesalzenen Mangos, und Matthes' Eltern, Entwicklungshelfer, die in Pax' Vorstellung in beigen Safarihemden gegen Landspekulation und Entwaldung kämpften. Er blinzelte, da stand Tante Beatrix unterhalb der Busfenster und wartete auf seine Aufmerksamkeit, und auch Leni vor ihm wartete, er konnte es spüren. Leise Musik aus dem Radio drängte sich jetzt in den Vordergrund, zudem Lembke und Hendryk, die blöde Sprüche klopften, bis der Bus sich endlich in Bewegung setzte. Pax beobachtete Tante Beatrix, wie sie neben den anderen Eltern stand, ein Stück abseits, allein, sie hob die Hand, ihr Blick suchte nach ihm und war abwesend zugleich, er winkte nicht zurück, bis sie außer Sichtweite war.

Durch den Spalt zwischen den Sitzen vor sich sah er jetzt Leni amerikanische Süßigkeiten auspacken, die stark nach Fruchtaroma dufteten, das Wasser lief ihm im Mund zusammen, willst du nicht?, fragte sie vorsichtig, mit einem Gesichtsausdruck, den er nicht an ihr kannte, und der jetzt fast eingeschüchtert wirkte, dass er auch die Colaflaschen haben könnte, ausnahmsweise.

Nö, sagte er knapp und starrte schnell wieder aus dem Fenster.

Was ist denn los mit dir?, hörte er Leni.

Dass sie ihn einfach in Ruhe lassen sollte, sagte Pax, und er stellte sich Tante Beatrix vor, die jetzt niemanden hatte, und dann fühlte er etwas wie Heimweh, da hatten sie gerade das erste Dorf hinter Blauenklingen passiert.

Kühe sahen kauend dem Bus hinterher und Pax versuchte die Augen an jeweils ein Tier zu heften, eine braune Kuh, eine cremefarbene, eine weiße, weil ihm flau im Magen wurde und Frau Jehle, die neue Englischlehrerin, gesagt hatte, die Augen auf einen festen Punkt zu fixieren würde helfen gegen die Übelkeit. Eine Allee aus Bäumen, ein Stoppelfeld, zwei Häuser, die Dächer eingestürzt – wie gerne er sich jetzt zu Leni gesetzt hätte. Schade, dass jetzt die Alte mitfährt statt Köppsche, Tanja raunte es hinter Pax ihrer Sitznachbarin zu, na da hat er Pech, aufgeregt flüsternd verlas sie die Aufzeichnungen über ihren neuesten Schwarm: Matthes, Haarfarbe: dunkelblond, Augen: blau, Freundin: Svenja (bald nicht mehr!) – und abstehende Ohren, dachte Pax, und da waren wieder die Bilder, Matthes am Fenster, im hellblauen Hemd, die Ärmel hochgekrempelt, Matthes im Freibad und wie er seine Badeshorts band, seine Ohren, durch die die Sonne rot schimmerte, und die fleischfressenden Blüten – er war einfach – nein – es wäre sicher toll, mit ihm befreundet zu sein, einen Kumpel zu haben wie Matthes, einen wie Emre, einen Vater wie Herrn Köppsche, Pax fand kein Mittel gegen die Gedanken, die inzwischen auftauchten, wann immer sie wollten, dort im Garten, da in der Sonntagsmesse, in der Küche, während er einen Apfel für Tante Beatrix in Schnitze teilte. Er sah aus dem Fenster, während alles zwanghaft von vorn begann, eine braune Kuh, eine cremefarbene, eine weiße, es wäre sicher toll, einen Vater wie Herrn Köppsche zu haben, einen Kumpel wie Emre, der schöne Lippen hatte, einen Freund wie Matthes, ob er wirklich so gut küssen konnte wie im Traum, wen interessierte es, Pax jedenfalls nicht, und darum war er froh, als Svenja nach der Zimmervergabe ausgerechnet ihn fragte, ob sie heimlich tauschen konnten, Svenja würde dann in Matthes' Zimmer liegen können, und Pax müsste sich doch nur im Mädchenzimmer unter der Decke verstecken, falls eine Lehrerin hereinkommen sollte.

Von neidischen Sprüchen begleitet, packte er seine Sachen und räumte sie heimlich in Svenjas Zimmer, wo er mit lautstarken Ausrufen des Ekels empfangen wurde – immerhin, er würde nicht nachts im Halbschlaf aus Versehen in Matthes' Bett kriechen können, aber warum sollte er das denn tun, unwillkürlich schüttelte Pax den Kopf. Leni kam herein, warf ihre Tasche auf das Bett neben seinem, ausgerechnet, er drehte sich weg.

Mit der Super-8-Kamera lief er in den Sommerabend hinaus, sah die anderen sich im Souterrain des schon beleuchteten Haupthauses versammeln, dass er Kopfschmerzen hatte und sich hinlegen wollte, erklärte er Frau Jehle, bevor er sich eilig von dem Landheim entfernte und am Ufer eines kleinen Badesees entlang weiter zu einer ungemähten Wiese spazierte, die gesäumt von dunklen Eichen und Buchen im Abendlicht lag. Eine Zeitlang blieb er im Schatten stehen, versuchte an nichts zu denken. Erst nach einer ganzen Weile konnte er sich lösen, um ein Stück auf einem Kiesweg weiterzugehen, der bald unter knorrigen Linden entlangführte. Die Allee endete an einer fast völlig mit Efeu überwachsenen Kapelle. Auf den abgegrasten Wiesen zu beiden Seiten waren Gehege abgegrenzt, einige Schafe darin, die neugierig näherkamen, als er Klee und Löwenzahn pflückte. Pax hielt das Futter über den Elektrozaun, dabei filmte er das Gebiss der Tiere. Menschlich wirkte es, auf eine unheimliche Art unter den großen Augen mit den schwarzen waagrechten Sehschlitzen, die fremd waren und wie blind. Was Tante Beatrix wohl machte, ob sie auf dem Sofa lag, ob es ihr gut ging? Er sah sie dastehen, unterhalb der Busfenster, allein zwischen den anderen, und wie er es fände, Matthes zu küssen.

Nahe des Teiches setzte er sich unter einen Baum, eine Bremse flog an seinen Unterschenkel, und er verjagte sie nicht, die Kamera surrte, und durch den Sucher beobachtete er das Insekt, wie es schmerzhaft im Halbdunkel an ihm saugte, bis sein Bild verschwamm, nicht lang, nicht einmal kurz, eigentlich war es nichts weiter als ein Aufweichen der Umrisse zu dem leisen, regelmäßigen Ticken der Weidezäune, Kletten hingen im dichten Fell der Schafe, er schloss die Augen, legte die Kamera neben sich, saß lange so, den Rücken am Stamm, in einem leichten Dämmerschlaf, der noch zuließ, dass er die Mücken über seine Beine herfallen spürte, über seine Arme, seine Ohren, den Hals und endlich das Gesicht.

Irgendwann hörte er aus der Ferne ein Glockenläuten, er rieb sich die Augen, seine Uhr zeigte Mitternacht, sicher würde es Ärger geben, er raffte sich auf und machte sich auf den Rückweg, vermutlich hatten sie längst nach ihm gesucht. In der Unterkunft war alles still, für einen Moment wusste er nicht, was er davon halten sollte. Na und wenn schon, tröstete Pax sich, wahrscheinlich war er einfach in dem Wechselspiel zwischen den Zimmern untergegangen. Er wollte sich gerne waschen, die juckenden Stiche vom Staub befreien, doch er fand die Duschräume verschlossen. Leise schlüpfte er in das Mädchenzimmer, verstaute die Kamera, zog seine Schuhe aus und legte sich völlig bekleidet unter die Decke, sein Magen knurrte, heiß war ihm, und er hörte ein Kichern, das ihn erneut hellwach werden ließ. Er lag so, lange Stunden im Dunkel, bis es in dem Spalt zwischen den Vorhängen in ein Blau überging.

Irgendwo bellte ein Hund, und leise verließ Pax das Landheim wieder, ging zurück an das Ufer des Badesees, wo er sich auszog und langsam in das kalte Wasser watete, sich vor den Schlingpflanzen ekelte und bei jeder noch so kleinen Berührung in das dunkle Wasser schlug. Da waren sein Vater, einen gelben Ball in der Hand, seine Mutter und John. Sie spielten zusammen, warfen sich den Ball zu. Die Mutter warf ihn über Pax hinweg, das Wasser begann alle möglichen

Farben anzunehmen, Musik erklang über ihren Köpfen, sein Vater warf den Ball seinem Bruder zu, Pax hechtete danach, erreichte ihn nicht, tauchte kurz unter, und als er wieder hochkam, um in Johns Richtung zu schwimmen, da war der Bruder nicht mehr zu sehen, und auch Vater und Mutter mussten versunken sein, Stille lag jetzt über dem See, nur der gelbe Ball trieb noch für einen kurzen Moment an der Wasseroberfläche.

Nicht Mutter, Vater oder John, nein, Tante Beatrix war es gewesen, die ihm das Schwimmen beigebracht hatte im Naturfreibad, sie brauchten kein Meer dazu, keinen Urlaub in der Ferne, jetzt sah er sie, genau wie damals hob sich ihr Umriss hüftaufwärts aus dem Wasser ab. Je näher er kam, desto weiter bewegte sie sich rückwärts, langsam, sagte sie, atmen, gleichmäßig, langsam. Es war ihm nicht möglich, ihr näher zu kommen, zäh waren seine Bewegungen und beschwerlich, während er sich selbst dabei beobachten konnte, wie er sich an ihrem Arm festhielt, das hast du wirklich gut gemacht, hörte er sie sagen, und er wollte ihr winken, sich zu erkennen geben, sein Mund aber war nicht zu öffnen und sein rechter Arm wie eingefroren, und als er wieder aufwachte in dem taufeuchten Ufergras, da war der Arm noch immer taub und so schwer eingeschlafen, dass er den linken zu Hilfe nehmen musste, um ihn zu bewegen.

Vor dem Frühstück gelang es ihm endlich, in die Duschräume zu kommen, er aß hungrig und ausgiebig und spielte danach gleich mit den anderen Jungs Fußball. Es tat gut, hart gegen Lembke in die Zweikämpfe zu gehen, mehrmals brachte er ihn zu Boden. Jetzt mach mal halblang, du Schwuchtel, brüllte Lembke, Pax aber lachte nur, half ihm auf, und während sie am Rand des Strafraums darauf warteten, dass Hendryk den Ball holte, den er über den Zaun gekickt hatte, erzählte Pax Lembke, dass er es nachts bei der Fetten versucht hatte, aus lauter Geilheit, sie aber wollte nicht. Die Geschichte verbreitete sich schnell und besser noch, als er es befürchtet hatte – jedes Mal, wenn Lembke Leni jetzt sah, schrie er fette Lesbe. Dass sie noch genug übriglassen sollten für die fette Lesbe, rief er im Speisesaal und bei der Paddeltour, der See schwappt noch über, wenn die einsteigt, und wenn sie ihr T-Shirt nachher zum Trocknen aufhängt, liegt die ganze Wiese im Schatten. Wann immer Leni zu ihnen auf die Terrasse trat, machte er sich auf so gemeine Art über sie lustig, dass Pax hoffte, sie würde sich endlich lauthals wehren, sie aber setzte sich abseits, und als Kekse herumgereicht wurden und Lea ihr versöhnlich die Packung bringen wollte, da konnte er den tief verletzten Blick, mit dem Leni eilig ablehnte, kaum ertragen. Im Grunde war er froh, als Frau Jehle endlich einschritt. Er hat damit angefangen, Lembke deutete auf Pax, und zur Strafe sollten sie sich gemeinsam um den Fußballplatz kümmern. Papierkörbe leeren, Müll sammeln, und wenn euch dann noch Zeit bleibt, fällt mir sicher noch was ein, sagte sie. Pax fand es sogar in Ordnung, dass die Jehle sie hinterher auch noch zum Abspülen verdonnerte, vielleicht konnte er sein schlechtes Gewissen auf diese Art etwas bereinigen, es hatte nur ausgerechnet Käsespätzle gegeben, Lembke formte einen großen Klumpen aus den Teigresten, die sich im heißen Wasser nur noch fester an den Rand der großen Schüssel geklebt hatten, alles nur wegen dir, Spast. Er warf Pax den Klumpen an den Kopf, igitt, Pax kratzte den Teig vom Küchenboden und steckte ihn Hendryk in den Kragen, woraufhin die nächste Rangelei entstand, die erst durch Frau Jehles Drohung, sie beim nächsten Zwischenfall wirklich nach Hause zu schicken, beendet werden konnte.

Am Mittwochabend fragten ihn Svenja und Matthes, ob er mit ihnen spazieren wollte, Pax nickte, dass er nur kurz seine Kamera holen würde, sagte er, und den ganzen Weg über ging er ziemlich verlegen neben den beiden her, filmte sie und sich, seine Füße und die vom Wind bewegten Schatten über dem sandigen Weg, und er konnte keinem von beiden richtig in die Augen sehen. Später will ich mal unbedingt an die Filmhochschule, sagte Matthes, vielleicht gehen wir ja zusammen hin? Er sah Pax lange an, und dann malten sie sich aus, wie sie eine Wohngemeinschaft gründeten, und ich?, fragte Svenja gespielt beleidigt. Du spielst in jedem meiner Filme die Hauptrolle, Matthes drehte sich zu ihr, umarmte sie und begann sie zu küssen, Pax versuchte ein Lächeln, filmte in den Himmel und lief dabei unter den Wolken ein Stück voraus, als er sich aber umdrehte, da sah er sie nur noch Hand in Hand zwischen den Baumstämmen verschwinden.

Von draußen filmte er durch die Scheiben des Gemeinschaftsraumes die bunten Lichtflecken der Discokugel, über dem Boden, an den Wänden, in Leas Haaren. Sie winkte, leg doch endlich mal die Kamera weg. Vielleicht war sie es ja, die seine kreisenden Gedanken endlich heilen konnte, aus seinem Kopf löschen, den ganzen Tag lang hatte er schon darüber nachgedacht, den Discoabend zu nutzen, um sie zu küssen, es war nicht schwer, Lea selbst war es, die ihn fragte, ob er nicht mit ihr tanzen wollte. Er war aber viel zu scheu, sich nüchtern zur Musik zu bewegen, ob er ihr etwas zu trinken holen sollte, fragte er, und als sie ihn nicht verstand, flüsterte er in ihr Ohr, spürte ihre Haare an seiner Oberlippe, und sie wich nicht zurück, kam ihm im Gegenteil so nahe, dass es ihm fast unmöglich wurde, sie nicht zu küssen. Lea fand ihn gut, er war ein Glückspilz, so musste er denken, und während sich ihre Lippen berührten und Lea sich vorsichtig mit ihrer Zunge in seinen Mund vortastete, beschwor sich Pax, dass er das jetzt gut finden würde und achtete penibel darauf, ob sein Körper nicht bald eine Reaktion zeigte. Ein wenig ekelte er sich vor ihren dünnen Lippen, und warum musste sie sich so an seinen Hals hängen, seine Beine wichen einen Schritt zurück, er wollte sich wieder konzentrieren und Matthes aus seinem Kopf verscheuchen, er fasste sie um die Taille und zog sie zu sich, und fühlte er jetzt nicht doch etwas? Ja vielleicht, nur hatte er vorher noch Lust auf Alkohol. Er lächelte Lea an, während er sie losließ, um an der Bar, an der Hendryk heimlich Säfte mit Schnaps und Likör zu scheußlichen Cocktails mischte, einen riesigen dunkelgrünen Krug aus Orangensaft und Blue Curaçao zu trinken, später einen zweiten, und dann endlich war er in der Lage, sich engumschlungen mit ihr zur Musik zu bewegen, dabei knutschten sie den ganzen Abend, und nur manchmal hob Pax seinen Kopf, um zu überprüfen, ob sie auch gesehen wurden, bis Frau Jehle schließlich auf ihre Uhr tippte und er froh war, endlich einen Grund zu haben, Lea loszulassen. Er versuchte ein Lächeln in Richtung ihrer Kusshand, die im Dunkel verschwand. An der Bar ließ er sich noch eilig einen dritten Krug geben, Spezialgemisch, Hendryk grinste, letzte Runde, Multivitaminsaft mit Korn, arglos sah er zu Frau Jehle, den Saftbeutel in der Hand, sieben Punkte bekommt die von mir noch, sagte er, und das, obwohl die über dreißig ist. Pax zündete sich draußen eine Zigarette an, er musste noch abwarten, bis er ins Mädchenzimmer konnte, bis die Lehrerin sich vergewissert hatte, dass jede im richtigen Bett lag. Lembke war zu ihm nach draußen gekommen, drehte sich ein Stück weg und pinkelte gegen einen Baum. Dass er verdammt müde sei, von der blöden Strafarbeit, sagte er, hoffentlich ist Matthes heute auch erschöpft, das war ja nicht auszuhalten gestern, das Gestöhne und Gekicher die halbe Nacht.

Später im Mädchenzimmer zwinkerte Pax Lea nur kurz zu und legte sich dann so breit in sein Bett, dass garantiert kein Platz mehr neben ihm war. Leni hatte sich von ihm weggedreht. Pax schloss die Augen, als er bemerkte, dass Lea sich aufsetzte, die Leiter hinunterkletterte und sich an den Rand seines Bettes setzte. Vorsichtig streichelte sie ihm über den Kopf, am liebsten hätte er ihre Hand weggeschoben, stattdessen stellte er sich schlafend, und als sie noch immer nicht von ihm abließ, drehte er sich demonstrativ zur Wand. Lea schien nichts zu begreifen, ausdauernd setzte sie ihr Streicheln fort, vielleicht empfanden die anderen ja auch nicht mehr als er, nur warum brachten sie sich dann um, in den Filmen, für die Liebe? Er stellte sich vor, heroisch für Lea in den Tod zu gehen, und dann fiel ihm Matthes ein, der sich drüben mit Svenja das Bett teilte. Er griff nach Leas Hand, legte sich auf den Rücken und legte ihre Finger um seinen Penis, aber der Widerstand, den er an ihr spürte, war das einzige, das ihn befriedigte, das hatte sie nun davon, dass sie ihm so nahe gekommen war. Er durfte jetzt nur nicht an Matthes denken. Schon gar nicht an Emre. Er durfte an gar nichts denken, an nichts außer Lea. Nach einer Weile schob er ihre Hand von sich. Dass er einfach zu viel getrunken hatte, flüsterte er und rutschte keinen Millimeter zur Seite, bis sie endlich aufgab und in ihr Bett verschwand.

Am nächsten Tag war Pax blass, als er sich zu den Jungs auf die Decke warf, er hatte Kopfschmerzen und schlecht geschlafen, keine Lust, sagte er zu Hendryk, der Spielkarten Karten mischte, lieber schaute Pax in den Himmel, als sich auf die bunten Symbole zu konzentrieren, die vor seinen Augen tanzten, bis ihm schlecht wurde. Das ewige Gerede über die Mädchen, in das er eben noch hatte großspurig einsteigen wollen, die ständige Bewertung ihres Aussehens, Lea bekam heute acht von zehn Punkten, Hendryk sagte es provokativ in seine Richtung, und hätte er sie jetzt nicht verteidigen müssen? Leni bekam null Punkte, nein, Lembke lachte, minus fünf Punkte wegen Übergewicht, und Svenja, er sprach leiser, weil sie alle Respekt vor der Selbstverständlichkeit hatten, mit der sie und Matthes, nicht weit entfernt, wie ein in die Jahre gekommenes Ehepaar auf ihrer karierten Wolldecke thronten, Svenja bekam neun Komma fünf, und den Abzug auch nur, weil ihre Brüste noch ein wenig größer sein könnten, aber vielleicht wachsen sie ja noch, sagte Hendryk, so wie mein Schwanz, der täglich wächst und hier sicher der größte ist.

Matthes rief von seiner Decke herüber, ob jemand Lust hätte, im Tausch gegen ein paar Zigaretten aus seiner Tasche im Zimmer die Flasche Apfelkorn zu holen, die in einer Tennisballdose versteckt war. Klar, sagte Pax, froh, dem Gespräch und Leas fragenden Blicken zu entkommen. Betont lässig schlenderte er in Richtung des Landheimes, gleich hinter den ersten Büschen aber fiel er in einen Laufschritt, bis in das Zimmer und zu Matthes' Sporttasche hin, und aufgeregt durchwühlte er dessen Kleidung, befühlte einen bunten Pullover, den er aus der Schule kannte, seine Unterwäsche und seine Socken, seinen Rasierer und sein Deo. Kurz überlegte er, einen Stoß auf sein Handgelenk zu sprühen, ließ es dann aber, nicht, dass ihn der Duft verriet. Er fand ein Magazin für Filmkritik, eine Packung Kondome und einen Walkman, er setzte sich die Kopfhörer auf, es war Bob Marley, vorsichtig nahm Pax eines der Kondome aus der Schachtel. Er spürte seine Erregung, während er durch die Folie über den Gummiring tastete, nahm den Kopfhörer ab, stand auf, lauschte Richtung Flur, aber nichts war zu hören. Von innen lehnte er sich gegen die Tür, knöpfte seine Hose auf, seine Finger glänzten jetzt von dem Gleitmittel, das Kondom ließ sich nicht abrollen, vielleicht andersherum, er sah zum Fenster, nicht einmal die Vorhänge hatte er zugezogen, und die anderen warteten, Bob Marley sang leise aus den Kopfhörern auf der Tasche. Pax schloss die Augen, holte tief Luft, wenn nun doch jemand kam, besser er beherrschte sich, und eilig wickelte er das Kondom in ein Papiertaschentuch, steckte es ein und wusch sich die Hände.

Ganz unten, neben Matthes' Turnschuhen, fand er die aneinandergeklebten Tennisballdosen. Er knickte die Konstruktion, zog den Schnaps heraus und öffnete die Flasche, schon vom Geruch wurde ihm schlecht – Apfel, Vanille, Zimt und wieder Schnaps –, trotzdem nahm er einen Schluck, musste ihn eine Weile im Mund behalten, bis er ihn hinunterwürgen konnte. Am Waschbecken füllte er die Schnapsflasche mit Wasser auf, verschloss sie, schüttelte das Gemisch und betrachtete sich für einen Moment im Spiegel. Einen Kater konnte man also wirklich mit Alkohol bekämpfen, nur die Müdigkeit blieb. Noch einmal öffnete er Matthes' Tasche, um sicherzugehen, dass sich keine Hautschuppen auf den Schaumstoffpolstern über den Kopfhörern befanden und dass er die Schachtel mit den Kondomen wieder an ihren Platz gepackt hatte.

Wir wollten dich fast schon suchen gehen, sagte Matthes, als Pax sich neben ihn und Svenja ins Gras setzte, eine Zigarette anzündete und sie im Mundwinkel behielt, die Jehle hat mich noch zugetextet, die wollte den Schnaps für sich, behauptete Pax, während er selbst die Flasche aufschraubte, damit keiner bemerkte, dass das Siegel längst zerrissen war. Der Apfelkorn ging herum, schmeckt jedes Mal anders, sagte Svenja, und Lea nickte, ihre Freundin Kerstin saß jetzt neben ihr und starrte Pax so feindselig an, dass er den Blick abwenden musste. *Three little birds*, wiederholte sein Hirn, hatte er die Kassette in Matthes' Walkman auch wirklich exakt zurückgespult? Pax behielt sein Feuerzeug im Blick, schnippte vor sich hin, bis die Flasche geleert war und bis ihm seine Schuld an der Enttäuschung, die Lea ins Gesicht geschrieben stand, nicht länger erträglich war. Schließlich sprang er auf, hat niemand mehr was zu saufen?, fragte er laut, und Lembke lachte, klar, sagte er, bei uns im Zimmer ist noch was.

Auf dem Weg ins Haus quatschte Lembke dummes Zeug über die Riesenbrüste der Meerjungfrau auf Hendryks Rücken. Hendryk lief jetzt bei jedem Wetter oberkörperfrei, damit die Tätowierung auch gut zur Geltung kam. Breitschultrig wirkte er und klein gegen den schlaksigen Erik, der, im Zimmer angekommen, aus seinem Spind eine Flasche Wodka herausholte – ein paar Runden könnten sie doch Flaschendrehen spielen, schlug er vor –, ist doch langweilig ohne Mädchen, sagte Pax, und Lembke nickte.

Die ersten Runden bestanden darin, dass derjenige, auf den der Flaschenhals zeigte, ein halbes Glas Wodka leeren musste, bevor Hendryk *Wahrheit oder Pflicht* vorschlug, es folgten die albernen Sachen, eklige Mutproben: eine fremde Zahnbürste in den Mund nehmen, in die Toilette fassen, eine Chipstüte mit Wasser befüllen und gegen die Wand im Speisesaal schleudern, bis sie wieder in der Runde saßen, die Augen gerötet, glasig der Blick, bis endlich genug Mut gefasst war, ausgeschmückte Wahrheiten über Mädchen, Drogen und Alkohol zum Besten zu geben, bis sich der Wodka dem Ende zuneigte, bis Pax – *Pflicht* – sagte und Hendryk an der Reihe war. Dass Pax doch auch so eine Art Mädchen sei, sagte er, also nimm ihn mal in den Mund!

Lembke ließ einen Ausruf des Ekels vernehmen, das sage ich doch nur im Spaß, Schwuchtel zu dem …

Was denn, sagte Hendryk, stimmt doch, oder, Pax? Kerstin hat erzählt, dass du bei Lea keinen hochgekriegt hast.

Pax nahm noch einen Schluck Wodka, starrte ihn an.

Brings hinter dich, sagte Lembke, irgendwie angeregt, Erik glotzte betrunken und stumm, nein, sagte Pax, und eben als er aufstehen und gehen wollte, da packten ihn Lembke und Erik und drückten sein Gesicht in Hendryks geöffnete Hose. Pax riss sich los, schlug um sich und traf Erik am Kinn, nein, schrie er nochmal und konnte sich aufrappeln. Da will man dem einen Gefallen tun, Hendryk grinste, dann eben nicht, er zuckte mit den Schultern, und obwohl Pax sich wenig später mehrfach bis zur Galle übergab, war nicht etwa Hendryk, sondern er selbst nach diesem Vorfall für alle die Tunte.

Tante Beatrix hatte keine Zeit, um ihn abzuholen, und darüber war er froh. Svenjas Mutter hingegen, an der Hand den hübschen kleinen Bruder, stand wie selbstverständlich neben ihrem gepflegten Wagen mit dem auswärtigen Kennzeichen, um ihre Tochter und Matthes in Empfang zu nehmen. Pax beobachtete die beiden, wie sie sich von allen verabschiedeten und in das Auto stiegen, als wären sie keine Teenager, sondern viel zu früh erwachsen geworden.

Dass sie an diesem Freitag arbeiten musste, hatte Tante Beatrix ihm erklärt, mit seiner Sporttasche betrat er den Kaufmarkt und ging durch den Gang mit dem Kaffee und den Marmeladen bis zur Fleischtheke. Sie stand an der Schneidemaschine, und das Hellrosarot von Schweinefilet und Teewurst ließ ihr vom Neonlicht beleuchtetes Gesicht unnatürlich wirken, als hätte man es erst weiß geschminkt und hinterher mit Rouge bestäubt wie am französischen Königshof. Sein Anblick freute Tante Beatrix, sie strahlte kurz. Den Bereich hinter der Theke mit Straßenschuhen zu betreten war verboten, ob sie nicht für einen Moment hervorkommen wollte, fragte er, und sie umarmten sich flüchtig. Das ist schon schön, dass du wieder da bist, sagte sie, und dass er sich was aussuchen dürfte, mit Blick auf die Süßigkeitenregale, zuhause ist noch Essen auf dem Herd, das kannst du dir aufwärmen, und dass er gleich mal unter die Dusche gehen sollte, weil er nach Schweiß riechen würde.

Und was hast du die ganze Zeit gemacht?, fragte Pax. Nichts Besonderes, antwortete sie, bevor eine Nachbarin kam, um Schnitzel zu kaufen, und Pax gab die Idee auf, ihr noch schnell etwas zu erzählen von sich, er suchte sich stattdessen eine Tüte Fruchtgummis aus und zeigte sie an der Kasse vor, wo Frau Hämmerle selbst saß und die Packung auf Tante Beatrix' Liste notierte. Na, wars schön im Schullandheim?, fragte sie, und ohne seine Antwort abzuwarten, wie gut ihrs habt, das lernt man immer erst hinterher zu schätzen.

Überfall, sagte Pax, nahm die Kamera aus der großen Reisetasche und hielt sie auf Frau Hämmerles Gesicht – he, weg damit, rief sie, und dass das hier im Markt verboten sei, er drückte auf den Auslöser, es ratterte kurz, als hätte sich ein Teil in der Kamera gelockert, neben Frau Hämmerle tauchte ihre Enkelin Anja auf, ein Gerät zum Auspreisen in der Hand, sie kicherte, als Pax sie filmte.

ETWAS WAR VERÄNDERT an Peschkas Haus, und es waren nicht die ersten trockenen Blätter, die über den asphaltierten Platz vor den Garagen wehten, und es war nicht der Geruch nach Kraut, der ihm abstoßend und heimelig zugleich im Treppenhaus entgegenschlug. Pax stieg die Treppe nach oben und schloss auf, drinnen war es ordentlich wie immer, mehr noch, als hätte Tante Beatrix seine Abwesenheit genutzt, um akribisch aufzuräumen, kein Haar, nirgendwo, kein Staub und kaum mehr etwas Persönliches, nur ein Lesezeichen, das er einmal im Werkunterricht gebastelt hatte, und ein Kinderfoto, auf dem er einen Ast wie ein Schwert trug. Das Lesezeichen steckte in einem neuen Gesundheitslexikon aus dem Buchclub, das auf dem Küchentisch lag. In einer mikrowellenfesten Form daneben befand sich ein Gemisch aus Hörnchennudeln und Gulasch, es sah nach Resteverwertung von Oma Peschka aus, Pax wollte warten, bis Tante Beatrix zurückkam, damit sie zusammen essen konnten. Er setzte sich an den Tisch, öffnete die Tüte mit den Fruchtgummis und blätterte in dem Lexikon, *Abstrahlung, radioaktive*, *Aflatoxin* und *AIDS* in Großbuchstaben, und wenn er sich bei Hendryk infiziert hatte, aber er hatte ihn doch nur kurz berührt, und Tante Beatrix hatte doch gesagt, es gibt die Krankheit nicht hier im Ort, es gibt sie nur da, wo solche Männer sind und so viel Müll.

Einige Tage nach der Ansteckung können grippeähnliche Beschwerden auftreten, später Fieber, Müdigkeit, allgemeine Abgeschlagenheit, Benommenheit, Lymphknotenschwellungen, Nachtschweiß, Appetitverlust, Hautausschlag, Gelenksschmerzen, Gewichtsverlust, Kopfschmerzen. Er schlug das Buch zu, suchte die Kamera aus seiner

Reisetasche, hängte sie sich quer über die Brust und lief nach draußen, von einem Licht umgeben, das den Herbst vorwegnahm. Sein Hals schmerzte jetzt, er tastete nach seinen Lymphknoten, ja, sie waren geschwollen, dick, ganz so, als bekäme er eine Grippe. Pax blieb am Gemüsebeet stehen, eine Ringeltaube flog auf, es roch nach feuchter Erde. Wie er als Kind mit Tante Beatrix Zuckererbsen gesteckt hatte, fiel ihm ein, das war lange bevor sie jede lebendige Frucht, bis auf ein paar keimfreie Äpfel oder Kartoffeln, aus der Küche verbannt hatten. Er sprang über das Beet auf eine Steinplatte zu Oma Peschkas Anpflanzungen, seine Knie waren schwer, Gelenkschmerzen, und war ihm nicht heiß vom Fieber? Da steckten noch Mohrrüben im Beet, vorsichtig zog er eine heraus, sie war verwachsen, zweigeteilt, etwas oberhalb der Mitte, er befreite sie von der Erde, schüttelte sie, das Kraut in der Hand. Die Peschka mochte es gar nicht leiden, wenn er an ihrem Beet war und erntete, heute aber war es ihm egal, die Taube war inzwischen auf der Wasserpumpe gelandet, starrte ihn an, er filmte das Tier, sah eine zweite Taube auf der Wäschestange sitzen, schwenkte zum Kaninchenstall, er konnte es jetzt kaum abwarten, in die weiche, nach Heu und Tier duftende Wärme zu kommen, noch bevor er eintrat aber hatte Pax diese Ahnung. Er hielt den Sucher nach oben, stellte sich vor, gleich würde ein Schwarm Vögel über ihn hinwegfliegen, um ihn anzugreifen, wie in Hitchcocks Film, aber da war nichts – nichts als der leere Himmel, kein Tier, nicht draußen, nicht drinnen. Kühl war es, und die Käfigtüren standen offen. Der Boden war ordentlich zusammengefegt worden, das Beil in den Bock geschlagen, das rotbraune Fell hing dort, gebündelt mit den anderen am Haken, Opa Peschkas altes Fahrrad und mehrere Getränkekisten hatten ihren Platz gefunden.

Das Klappern von Topfdeckeln, der sich verstärkende Geruch nach Kraut und heißem Fett, was sitzt du denn da rum, komm rein, Oma Peschka ging Pax voraus in ihre Wohnung und gleich in die Küche, wo sie ihm einen Platz anwies und fragte, weiß oder gelb, du trinkst doch noch Limonade, groß, wie du geworden bist?

Pax nickte, Zitrone, wollte er sagen, aber er sagte, die Kaninchen sind tot.

Oma Peschka kam nah zu ihm an den Tisch, nahm ihm die Mohrrübe aus der Hand und umarmte ihn, seine Finger hinterließen Erdspuren auf ihrer Bluse. Darf ich das noch?, fragte sie, und als Pax nickte, drückte sie ihn fest an ihre Brust. Oma Peschka hatte einen großen Busen, an den sein Kopf jetzt gebettet lag wie auf einem weichen Kissen. Fast begann er zu weinen, merkte dann aber mit einem Mal ein wütendes Bedürfnis nach Abstand. Ach, sagte sie, die Kaninchen, der Nachbar war da, das erledigen wir gleich vor dem Winter noch, hat der gesagt und den Bock raus und eins nach dem anderen, aber das wars jetzt mit Kaninchen für mich, mein Leben lang ging das so mit denen, keine Namen hatten die für ihre Zeit bei uns, und dann haben wir sie gegessen, uns sogar einen Schal aus dem Fell gemacht oder einen Mantel, schick war das, da hat keiner was gesagt, vielleicht nicht mal gedacht, aber jetzt ist der ganze Kaufmarkt voll mit Fleisch, als wärs Pfennigkram, Leni spricht ab jetzt nicht mehr mit mir, dass sie nie wieder kommt, hat sie gesagt.

Pax schluckte, wieder schossen ihm Tränen in die Augen, er versuchte sich aus ihrer Umarmung zu lösen, die ihm unerträglich wurde, sein Hals kratzte, und hatten sich nicht längst rote Pusteln an seinen Handgelenken gebildet? Leni beruhigt sich schon, sagte er, und dann wird sie uns sicher wieder besuchen. Ach, sagte die Peschka und strich ihm über den Kopf, du musst mich nun wirklich nicht trösten, wenn man so alt ist wie ich, ändern sich die Zeiten, so lange, bis man nicht mehr hineinpasst.

Dass er sich ausgeschlossen hatte, sagte Pax, und endlich ließ sie ihn los und fragte, wann Tante Beatrix nach Hause käme. Da hast du sicher Hunger, ich hab noch Eierkuchen mit Blaubeeren, sagte sie und nahm die Eisenpfanne aus dem Backrohr, Pax schüttelte den Kopf. Seine Armbeugen juckten, ich kann nicht, lehnte er ab, weil er sonst nachher keinen Appetit mehr hätte, wenn er mit Tante Beatrix essen wollte. Also gut, aber ich darf dir doch wohl welche einpacken, sie holte einen Plastikbehälter aus dem Schrank, legte die kalten Pfannkuchen aus der Speisekammer hinein und füllte Pax eine Limonadenflasche mit Vanillesoße ab, und hör mal auf, da ständig herumzukratzen, sie drückte die kalte Limoflasche auf seine Armbeuge und sah ihn an. Vielleicht habe ich Fieber, sagte er leise, sie hielt ihm die Hand auf die Stirn, alles gut, das kannst du mir glauben, und weiter, als Pax sie erschöpft anlächelte, weißt du, bald interessieren dich die Mädchen, dann hättest du sowieso keine Zeit mehr für die Kaninchen gehabt.

Wieso klingelst du denn?, fragte Tante Beatrix, als er, kurz nachdem er sie im Treppenhaus gehört hatte, Oma Peschkas Fernsehsessel verließ und ihr in die Wohnung folgte. Noch im Mantel hatte sie schon in seiner Reisetasche gewühlt. Hast du nichts gegessen?, wollte sie wissen, während Pax im Wohnzimmer verschwand und den Fernseher einschaltete, im Dritten kommt Musik, rief Tante Beatrix, und er wechselte auf das Dritte und in sein Zimmer, wo er sich an den Schreibtisch setzte, die Kamera wie eine Waffe neben sich legte und Rocky Balboas verschneite Mütze auf seinem Lieblingsposter fixierte, er starrte konzentriert, bis die Graustufen in einzelne Rasterpunkte zerfielen und bis er mit einem Mal Gänsehaut auf seinen Unterarmen spürte.

Kommst du?, rief Tante Beatrix.

Gedankenverloren stand er auf und ging zum Kleiderschrank, um einen neuen Pullover herauszusuchen, Svenjas Mutter, wie sie da gestanden hatte, den kleinen Bruder an der Hand, das auswärtige Kennzeichen, es musste ein ähnlicher Dialekt gewesen sein.

Tante Beatrix schien verblüfft.

Du weißt ganz genau, wen ich meine, sagte Pax, auch weil er spürte, wie ihn ihre Ratlosigkeit verunsicherte. Eine Frau mit einer langgezogenen Aussprache und dunklen Haaren, so vielleicht – er versuchte, die scharfe Kontur ihres Ponys über seiner Stirn anzudeuten, kurz nachdem sie verschwunden waren, da hat sie bei uns auf dem Sofa gesessen, auf dem hellbraunen, das jetzt im Keller steht.

Wer ist verschwunden?, fragte Tante Beatrix, und da spürte er die Wut aufsteigen. Dass sie wirklich dachte, es sei genug, sich an den richtigen Stellen dumm zu stellen. Na wer denn wohl?, äffte er sie nach, dass er alt genug war, jetzt endlich zu erfahren, was genau aus seinen Eltern geworden war. Diese Frau, die musste doch damit zu tun haben.

Ich verstehe nicht, was du meinst, sagte Tante Beatrix jetzt ehrlich hilflos, und da wusste Pax, dass er schnell schreien musste, schnell, bevor sein Zorn in Mitleid kippen würde, blöde, verlogene Kuh!, schrie er, und daraufhin folgte der erste Versuch seines Lebens, eine Tür laut zuzuschlagen.

Eine Stunde lang vergrub er sich in seinem Zimmer, den Blick auf einen Artikel über François Truffaut und Jean-Pierre Léaud geheftet, bis er den Zustand nicht länger aushielt, außerdem plagte ihn inzwischen ein unerträglicher Hunger, sein Magen knurrte, als er die Kamera vom Schreibtisch nahm und ins Wohnzimmer trat. Tante Beatrix lag unter ihrer Kamelhaardecke, unter der sich ihr Körper abzeichnete, als läge sie am Strand und als hätte jemand sich die Mühe gemacht, sie einzugraben. Ihre Augen wirkten etwas geschwollen. Dass es ihm leid täte, murmelte er leise und weiter, versöhnlich, was es denn zu essen gäbe?

Irgendein Gulasch von der Peschka, sagte Tante Beatrix, wiedererwacht, und erhob sich langsam, und für einen Moment schien ein ironisches Lächeln über ihr Gesicht zu huschen, als sie mit ihrer Gabel über die Emaille am Topfboden kratzte. Nudeln isst du doch gern, sagte Tante Beatrix, und dass sie hoffte, sie waren jetzt nicht zu weich geraten.

Was für ein Gulasch?, fragte Pax, Tante Beatrix zuckte mit den Schultern, na, Ragout sagen die im Osten dazu, Kaninchen, nehme ich an, leg doch das Ding weg. Ich filme doch gar nicht, sagte er, die

Kamera in der gestreckten Hand, du hörst doch, wenn ich filme, dann rattert es. Hör auf damit, bitte, diese Kaninchen, erzählte sie jetzt, sei froh, dass du nicht da warst, die haben geschrien wie Kinder, dabei sind das sonst so stille Tiere, Pax filmte die Raufasertapete und das geriffelte Glas der Küchentür, in das seine Wut keinen Sprung geschlagen hatte, und dann hielt er auf die Heidelbeerpfannkuchen, die er jetzt am liebsten statt des Gulaschs gegessen hätte, aber er wollte Tante Beatrix nicht verletzen, weil sie sich Mühe gemacht hatte mit dem Essen und weil die Klassenfahrt teuer gewesen war und weil er sie beleidigt hatte und durcheinandergebracht. Tapfer aß er jetzt von den Nudeln, an denen das kalt gewordene Fleisch klebte.

Tante Beatrix setzte sich ihm gegenüber, beobachtete ihn, dass da doch mal jemand da gewesen sei, sagte sie zögernd, dass sie sich im ersten Moment nur gar nicht mehr richtig daran habe erinnern können, so gut wie du, Max, und wie gerne sie das auch so könnte, wie genau du die so beschrieben hast, mit dem norddeutschen Dialekt und der Frisur, sie sah vor sich auf den Tisch, zupfte ein wenig an ihrem gummierten Tischset.

Und? Pax ließ die letzte Gabel sinken und sah sie an.

Nichts und, das war irgendeine Reisebekanntschaft von deinen Eltern, und die hat damals bestätigt, dass sie für immer verschwunden sind, irgendwo in Nordafrika.

Wie für immer, tot?

Tante Beatrix schaute ihn nicht an, sondern zuckte nur mit den Schultern. Dann hob sie doch den Kopf in seine Richtung, sah an ihm vorbei aus dem Fenster und nickte, ein Unfall, aber das weißt du doch eigentlich längst, sagte sie.

Pax erwiderte nichts. Ob er noch einen Nachschlag mochte? Tante Beatrix stand auf, stocherte wieder in dem Topf, ein Brocken Nudeln fiel auf seinen Teller, aber wie genau die hieß, diese Bekannte. Und mein Vater, sagte Pax, da muss doch irgendjemand sein?

Der hatte keinen Kontakt mehr zu seinen Eltern, weil er ja so frei war, Tante Beatrix zog das o lang, und deine Mutter auch, die war ja auch soooo frei, sie zuckte mit den Schultern, und wenn, dann wären die längst gestorben, wirklich, das ganze Gefrage ist Zeitverschwendung, da gibts einfach nichts mehr zu wissen, das ist ewig her. Ich verstehe ja, dass dich das beschäftigt, aber da ist niemand, sie machte eine Pause, versuchte die verklebten Nudeln auf seinem Teller zu zerteilen, ihre Gabel quietschte über das Porzellan, niemand außer mir, und warum das jetzt eigentlich auf einmal nicht mehr reichen sollte, flüsterte sie, den Blick gesenkt, und da meinte er zu sehen, wie sich ihre Augen mit Tränen füllten, und der Anblick war ihm so unerträglich, dass er aufstand und verkündete, dass er sich um einen Nachtisch kümmern würde, und er schnitt einen Schokoladenriegel in zentimeterbreite Stücke, und weil es eine ungerade Zahl war, legte er eines mehr davon auf ihren Unterteller.

Am Samstag lieferte Elektro Laschke endlich die Geräte, Pax übergab die zweite Rate, und jedes Mal, wenn er jetzt seinen Fernseher sah, wenn er die Mechanik hörte, mit der eine Videokassette in das Innere des Rekorders transportiert wurde, wenn er vom Bett aus die kleinen Lämpchen betrachtete, die an dem Ladegerät der Batterien für die Fernbedienungen leuchteten, abends rot, morgens grün, überkam ihn ein freudiger Stolz. Wie er Mutter, Vater und John seine neue Anschaffung präsentieren würde, stellte er sich vor, das bisschen Neid in den Augen des Vaters, auf seine größere Bilddiagonale und das feiner aufgelöste Bild, und dann kamen auch ihm die Tränen. Er saß in seinem Sessel, die neue Fernbedienung in der Hand, und weinte. Was er denn erwartet hatte, versuchte er sich zu beruhigen, selbst wenn sie noch am Leben gewesen wären, wollte er denn solche Menschen kennenlernen, die ihn so im Stich gelassen hatten? Nein, für ihn wären sie so oder so gestorben gewesen, mit dem Ärmel wischte er sich über das Gesicht. Tante Beatrix klopfte ausnahmsweise, wie ertappt lächelte er sie an, erklärte ihr den Videorekorder, dass sie auch mal zusammen einen Film ansehen konnten, sagte er jetzt, und dann hielt sie ihm ein Taschentuch hin, ist aber schon einmal benutzt, sagte sie, bloß da, an der Ecke, und weiter, jetzt schalt mal ein, sie deutete auf die Fernbedienung, bevor sie ihm unsicher mit den Fingerspitzen auf die Schulter klopfte, das hast du dir selbst erarbeitet, alle Achtung, eine Weile blieb sie neben ihm stehen, während Michael J. Fox in *Family Ties* das Wallstreet Journal durchblätterte und Pax vor lauter Stolz vergaß, dass er eigentlich hatte hinausgehen wollen, um zur Beruhigung wenigstens kurz an einer Zigarette zu ziehen.

ER SAH SICH JETZT meistens Dokumentarfilme an, die Herr Steiner für die Arbeitsgemeinschaft bestellt hatte. Gemeinsam besprachen sie, wie man Filmprojekte vorbereitete, sie lernten, einen Drehplan zu erstellen und sich Gedanken darüber zu machen, inwiefern mit der bloßen Auswahl der Bilder Aussagen getroffen werden konnten, mit der Kameraführung, mit dem Licht. Um wie viel mehr ihm das Spaß machte als die normalen Schulstunden, erklärte er Tante Beatrix, wo die anderen sich über ihn lustig machten und Sachen riefen. Weshalb das denn?, fragte Tante Beatrix, und was für Sachen? Nichts Schlimmes, wiegelte Pax jetzt doch ab, weil ihn der Gedanke völlig überforderte, sie könnte sich darum kümmern wollen und zu einem der Lehrer gehen, um eine Sorge, die sie nicht kannte, zu einer Sprache zu bringen, die sie beide nicht beherrschten.

Mach dir nichts draus, sagte sie, und dass jeder mal dran wäre, der eine hat eine zu große Nase und der andere einen blöden Namen, und dann folgte die immer gleiche Geschichte, wie sich die Lehrer früher über sie lustig gemacht hatten, über ihren Dialekt, den sie auch in ihr Schriftdeutsch übertragen hatte. Vor allen anderen hat der Lehrer mein Heft hochgehalten und mich ausgelacht. Pax sah sie dasitzen, Tante Beatrix, das unglückliche kleine Mädchen in der Schürze, das eben noch auf dem Feld hatte stehen müssen, in der größten Hitze, wie sie immer betonte, um die Fliegen von den zuckenden Ohren der Kühe zu verjagen, und dann lächelte er ihr aufmunternd zu, soll ich uns Kuchen holen?, fragte er, während er sich schon die Schuhe band, und dabei fiel ihm eine Filmszene ein, in der Soldaten Zentimeter um Zentimeter von einem Maßband abgeschnitten hatten, um die restlichen Tage zu zählen, die sie noch in der Kaserne verbringen mussten, und kurz überlegte er, sich auch ein solches Band zu besorgen, um es dann täglich zu kürzen, bis die Schule endlich geschafft war.

Matthes ging er, wann immer möglich, aus dem Weg. Viel zu groß war seine Angst, dass Matthes selbst es sein konnte, der Abstand zu ihm herstellen wollte, und unerträglich schien ihm der Gedanke, Matthes könnte sich aus Sorge um den eigenen Ruf nicht mehr für ihn interessieren. Auf Matthes aber schien all das Gerede über Tunten und Schwuchteln keinen Einfluss zu nehmen, er musste aus einer anderen Welt sein, in der man, wie Pax sich vorstellte, nicht die üblichen Topfpflanzen im Fenster stehen hatte und weniger mit den anderen als vielleicht mit einem Ausflug ins Kino oder einem Buch beschäftigt war. Von einer Ausstellung im Tierpark, die er am Wochenende mit seinen Eltern besucht hatte, erzählte Matthes jetzt, und vom Klima in der Tropenhalle, in der sich winzig kleine Äffchen frei bewegen durften, bis neulich ein Besucher gebissen worden war. Pax zuckte zusammen, ob die nicht Aids übertrugen? Ach was, Matthes machte eine wegwerfende Handbewegung, die Leute sind selbst schuld, werfen Müll nach den Affen, füttern irgendwelchen Dreck, da waren extra Schilder, aber nein, und wie gerne er dort sonst gedreht hätte, für die Gemeinschaftsarbeit, die Steiner sich von ihnen wünschte, und ob sie die nicht zusammen machen wollten? Matthes hatte jetzt die Idee, den Imker zu porträtieren, der am Waldrand von Blauenklingen ein großes Grundstück besaß. Gleichzeitig sollte der Film auf das Bienensterben aufmerksam machen. Besser nicht, meinte Pax, aber als Matthes wissen wollte, warum, und ihn für die Bilder lobte, die er auf der Klassenfahrt aufgenommen hatte, und schließlich auch noch Steiner mit ins Boot holte, der nicht müde wurde, Pax zu erklären, dass sie ein tolles Team sein konnten, da wollte ihm keine schlüssige Ausrede mehr einfallen.

Für ihre Recherchen durften sie sogar die Biologiestunden nutzen. Schwer bepackt mit ihrer Ausrüstung bewegten sie sich durch die leeren Schulflure, das Geräusch ihrer Schritte, einzelne Stimmen, ein Klatschen, eine leise Melodie hinter den Türen, durch deren Oberlichter die ungewohnte Helligkeit des Vormittags fiel, während die anderen drinnen den Zitronensäurezyklus nachbeteten. Pax' Eifer kannte keine Grenzen, und nur selten noch, abends im Bett, musste er ankämpfen gegen seine Gefühle, die vielleicht doch nichts weiter gewesen waren als teenagerhafte Übertreibungen zwischen tief verbundenen Freunden.

Ein Drittel von dem, was wir essen, gäbe es nicht ohne die Bienen, erklärte er Tante Beatrix, der er ein großes Glas Waldhonig mitgebracht hatte.

Was ist denn das für eine Zeitschrift, fragte sie, griff in seine Tasche und zog das Heft heraus.

Filmkritik, von Matthes, gar nicht so leicht zu lesen, erklärte Pax, und dass er sich dafür extra ein Fremdwörterbuch hatte ausleihen müssen.

Ich möchte aber nicht, dass du so etwas liest, sagte Tante Beatrix, und als er sie verständnislos anblickte, na da, mit dem Finger berührte sie die nackten Körper auf der Titelseite, das muss doch nicht sein.

Spinnst du? Pax nahm ihr das Heft ab. Der Film ist fast für Kinder, hier, FSK ab zwölf.

Gib her, sagte sie, mit ausgestreckter Hand.

Warum denn?

Weil es sich einfach nicht gehört, noch einmal versuchte sie, nach dem Heft zu greifen, komm, ich nehme die Seite heraus, dann bekommst du es wieder.

Aber es ist nicht meins, wiederholte Pax, dass er aber eine Idee hatte. Aus seinem Zeichenblock schnitt er ein Rechteck in der passenden Größe zu und befestigte es über den nackten Körpern mit Tesafilmstreifen, deren Klebeseite er vorher auf seinem Handrücken nahezu unbrauchbar gemacht hatte. Verlegen nickte Tante Beatrix das Ergebnis ab. In seinem Zimmer löste Pax als Erstes die Klebestreifen und las den dazugehörigen Artikel, der ihn im Grunde gar nicht interessiert hatte, und der sich tatsächlich mit der Frage befasste, wie weit man Körper im Film zur Schau stellen durfte oder konnte – mit einer ungeschickten Bewegung verschüttete er dabei seine Cola, ausgerechnet über dem Bild.

Ihre Erzählung auf dem Grundstück des Imkers begannen sie mit Bildern einer verrosteten Hollywoodschaukel, über die sich Kürbispflanzen rankten, wie Lampions leuchteten die ersten orangefarbenen Früchte in der Abenddämmerung, weiter war da eine zerschlissene Couch, in deren Schaumstofffüllung haselnussbraune Mäuse lebten, der Imker lachte, als Pax und Matthes vor den kleinen Tieren Reißaus nahmen. Aus seinem Bauwagen duftete es nach Kaffee, und der Geruch mischte sich mit dem von verbranntem Holz, das er zerstampfte, um es als Düngemittel unter seine Erde zu mischen, wie sie diesen Geruch festhalten konnten im Film, Matthes überlegte laut und rührte dabei in seiner Kaffeetasse. Vielleicht eine Erzählerstimme?, fragte Pax, abgelenkt durch seinen eigenen Herzschlag, für mich den Kaffee schwarz bitte, hatte er gesagt, weil es seiner Meinung nach noch erwachsener klang, mehr nach Gewohnheit als nach der ersten Tasse, immerhin wich das zittrige Gefühl aus seinen Beinen, während sie ans Ende des Gartens gingen, wo unter zwei jungen Birken die Bienenstöcke standen, dahinter schlängelte sich ein klarer Bach, der die Grundstücksgrenze markierte.

Laika, die Hündin des Imkers, folgte ihnen, dabei wahrte sie einen immer gleichen Sicherheitsabstand. Wenn Pax oder Matthes versuchten, ein Stück auf sie zuzugehen, wich sie um genau dieselbe Strecke vor ihnen zurück. Wir hatten mal einen Golden Retriever, erzählte Matthes, der war genau das Gegenteil, immerzu wollte er gestreichelt werden, am liebsten am Bauch. Er kam angerannt und hat sich auf den Rücken geworfen. Eigentlich sollte er auf das Haus aufpassen, aber er hätte einfach jeden in den Garten gelassen. Dreizehn Jahre ist der alt geworden, das war furchtbar traurig, als wir ihn einschläfern lassen mussten, die ganze Familie kam zusammen, und wir haben ihn begraben, im Garten, obwohl das ja verboten ist. Matthes sah den Imker an. Wie alt ist Laika denn?

Genau weiß man es nicht, der Imker zuckte mit den Schultern, vier oder fünf, nehme ich an, sie ist mir in Portugal ständig hinterhergelaufen, ganz abgemagert war sie da, nicht so dick wie jetzt, er grinste. Nach zwei Wochen durfte ich sie zum ersten Mal vorsichtig streicheln. Und am Ende des Urlaubs habe ich sie im Rückspiegel gesehen, wie sie vor meinem Ferienbungalow saß, um wie immer auf meine Rückkehr zu warten, ich wusste, die kommt auch alleine durch, aber trotzdem habe ich noch einmal angehalten und die Beifahrertür geöffnet.

Und?

Laika kam angerannt und hat mich adoptiert, liebevoll kniff der Imker ihr in den Bauchspeck, woraufhin sie mit ihrem langen buschigen Schwanz wedelte.

Klingt nach Hollywood, Matthes lachte.

Na, ein bisschen musste ich sie dann schon noch ins Auto locken, gab der Imker zu, aber ich glaube nicht, dass sie es bereut hat – nur ist ihr bis heute die Angst vor Umzugskartons geblieben, weil ich sie an den Grenzübergängen in einem versteckt gehalten habe. Ich bin mit Hunden aufgewachsen, aber so viel Dankbarkeit, das habe ich noch bei keinem erlebt.

Pax ging in die Hocke, aber er versuchte nicht, Laika anzufassen, er beobachtete sie nur, wie sie sich flach auf die Seite ins Gras legte, während sich ihre Augen zu Schlitzen verengten, durch die nur ab und an zwei weiße Sicheln blitzten. Ich bin auch adoptiert, murmelte er dann.

Der Imker und Matthes sahen ihn an, dass er es noch nie jemandem erzählt hatte, sagte er weiter, nur einmal beim Fußballtraining kam es raus, weil ihm ein Junge nicht glauben wollte, dass er keinen Vater hatte, aber es hatte danach gleich ein Gespräch mit dem Trainer und den Eltern des Jungen gegeben. Seitdem tut jeder so, als wäre nichts.

Jetzt lässt du dich wohl überhaupt nicht mehr blicken, beschwerte sich Tante Beatrix, als Pax ihr zu Hause strahlend ankündigte, dass sie am Samstag den Imker auf den Markt begleiten wollten.

Aber vergiss bitte deine anderen Hausaufgaben nicht, stumm beobachtete Pax, wie sie ihre Badetasche packte, du hast mir doch eigentlich versprochen, so langsam mit der Suche nach einer Lehrstelle zu beginnen, also ich würde nicht mehr lange warten, wenn du einen guten Platz möchtest, soll ich mich mal erkundigen für dich? Das mit den Bienen kann ich dir nur erlauben, wenn nicht alles andere zu kurz kommt.

Dass er sich schon kümmern würde, sagte Pax, keine Sorge, und ob sie jetzt ganz allein schwimmen ginge?

Sie nickte, mach du nur deine Sachen.

Er sah ihr zu, wie sie sich die Sonnenbrille aufsetzte und den Schlüssel vom Küchenschrank nahm, was ist denn?, fragte sie.

Wir haben fast den gleichen Mund, stellte er fest. Tante Beatrix begegnete seinem Blick durch den Flurspiegel, sie verzog den rechten Mundwinkel, als hätte sie etwas zwischen den Zähnen. Er ließ sie nicht aus den Augen, und erst als sie die Tür hinter sich zugezogen hatte, ging er langsam in sein Zimmer. Eine Weile blieb er unschlüssig stehen, noch war Zeit, sie einzuholen, dass er sich von nun an wieder mehr um sie kümmern wollte, nahm er sich stattdessen vor. An seinem Schreibtisch schrieb er die Liste der hundert besten amerikanischen Filme aller Zeiten aus seiner Zeitschrift ab, um sie sich an die Wand zu hängen, dann zog er die Vorhänge zu und suchte einen neuen Dokumentarfilm aus. *Woodstock*, drei Stunden, über fünf Tage verteilt, und ebenso oft unterbrochen von Tante Beatrix.

Am liebsten wollte er heute Kakao trinken, sagte Matthes, solchen wie in Kolumbien, wo er als Kind am Fenster gesessen hatte, um stundenlang hinauszusehen in das milchige Licht der Regenzeit. Er wirkte müde im Halbdunkel des Schneideraums. Sitzt du schon lange an der Arbeit?, fragte Pax, sah Matthes aber nur traurig den Kopf schütteln, dass ihm heute alles egal sei, antwortete er, Svenja hätte ihn verlassen. Eine Tatsache, die noch am selben Nachmittag Schulgespräch wurde und die Pax nicht verstand, hatten die beiden doch eben erst so glücklich zusammen auf ihrer karierten Decke gesessen. Am Milchautomaten rieb Pax eine Münze über den rostig zerkratzten Bereich neben dem Geldschlitz, um kurz darauf zwei Becher Kakao in den Schneideraum zu balancieren. Hoffentlich schmeckte die Schokolade nicht nach der Erbsensuppe, die der müffelnde Geschichtslehrer vor ihm gewählt hatte, versuchte er Matthes aufzuheitern, der lächelte und wollte ihn umarmen. Pax ließ es zu, spürte Matthes' Hand auf seinen Rücken klopfen, dachte, dass es nun an ihm wäre, tröstlich zurückzuklopfen, blieb aber steif. Tut mir leid für dich, sagte er knapp und wünschte sich in diesem Moment nichts weiter, als Matthes der gute Freund sein zu können, den er jetzt brauchte, dabei wusste er längst, dass es nur angehalten hatte, das Karussell in seinem Kopf, eine Pause gemacht, bis zu ihrer Umarmung, Schwung geholt für die nächste Fahrt, und an diesem Abend konnte Pax sich lange nicht auf den Film konzentrieren, den er in seinem Zimmer in den Videorekorder eingelegt hatte, *Das Fenster zum Hof*, hakte er auf seiner Liste an der Wand ab. Er saß in seinem Sessel, ohne etwas zu sehen, und eigentlich war er froh, als Tante Beatrix ins Zimmer platzte, ach ja, anklopfen, Entschuldigung, sagte sie, und da war wieder ihr ertapptes, reumütiges Kinderlächeln, ob er nicht kurz Zeit hätte, um ihr den losen Haken an der Garderobe festzuschrauben?

Für ihren Film bekamen sie eine Eins in Kunst und auch in Biologie und sogar einen kleinen Preis vom Bund Naturschutz. Herr Köppsche stellte sich zu ihnen, als der Lokaljournalist kam. Es gab Sekt, für jeden ein halbes Glas, Matthes aber zog in seinem Übermut heimlich die Flasche aus dem Plastikeimer, den der Hausmeister mit Eis gefüllt hatte, und gemeinsam rannten sie quer durch Blauenklingen bis zu dem Garten des Imkers, um mit ihm zu feiern. Sie rüttelten am Gartenzaun in Erwartung des lauten Gebells, mit dem Laika die Klingel ersetzte, aber da war niemand. Lass uns trotzdem rein, Matthes kletterte durch das Loch in der Hecke, und Pax folgte ihm, sicherheitshalber klopften sie gegen die Tür des Bauwagens, es blieb still. Abgeschlossen, flüsterte Matthes, bevor sie sich im Dunkeln auf die Hollywoodschaukel setzten, vorsichtig, sagte Pax, damit die Kürbispflanzen nicht abrissen.

Matthes vertrug nicht viel, und kaum dass sie den Sekt geleert hatten, kam ihm die Idee, doch in den Bauwagen einzubrechen, um nachzusehen, ob noch mehr Alkohol da war. In seinem schönen bunten Pullover warf er sich gegen die Tür, die kein bisschen nachgab, weshalb Pax, um ihn zu beeindrucken, sie mithilfe des Spatens aufbrach. Wenn er jetzt kommt, sagte er, und fühlte nach einem Holzsplitter, der sich unter seinen Daumennagel geschoben hatte, aber Matthes kicherte nur, dass sie ihm alles ersetzen würden, wenn sie irgendwann große Regisseure waren, sagte er, wir laden ihn dann ein, nach Cannes. Im Küchenregal stand hinter Nudeln, Linsen und Reis eine Flasche mit altem Whiskey.

Matthes trank einen großen Schluck, was ist eigentlich mit deinen richtigen Eltern? fragte er, kennst du sie?

Pax schüttelte den Kopf, und dann erzählte er, was er wusste. Aber ich bin ja nicht allein, sagte er dann, ich habe ja meine Tante.

Also ich würde diese fremde Frau trotzdem suchen wollen, sagte Matthes, vielleicht weiß sie was? Und irgendwann verfilmst du dann deine Geschichte. Oder wir beide. Als Dokumentarfilm.

Ja, vielleicht, Pax schenkte noch einmal nach.

Schade, dass wir keine Musik haben, sagte Matthes, Bob Marley oder so. Im Dunkel des Gartens sah der Whiskey in den Gläsern jetzt fast blau aus. Er brannte angenehm im Hals. Wie selbstverständlich er mit Matthes sprechen konnte, dachte Pax. Nach dem zweiten Glas wurde sein Wunsch, ihn zu küssen, so heftig und unerträglich, dass er aufsprang und an das Ende des Gartens lief, wo er die Füße in den kalten Bach stellte.

Was machst du denn da?, Matthes kam ihm etwas schwankend hinterher, hielt sich am Stamm der alten Walnuss und deutete auf eine Lücke zwischen den dunklen Zweigen. Der Himmel ging an dieser Stelle über von dunklem Blau in ein Gelb und weiter in einen roten Schimmer, jetzt komm doch mal aus dem Wasser und näher her, sagte er, wenn du hier die Kamera in den Himmel hältst, hast du die perfekte Kulisse für einen romantischen Kitschfilm, Pax gehorchte, ein paar glitzernde Sterne fehlen noch, sagte er. Und ein Einhorn, Matthes grinste.

Mit Flügeln.

In Silber.

Und Violett.

Ein Regenbogen in der Mähne.

Und Mondschimmer im Fell.

Pax stand jetzt ganz dicht neben Matthes, spürte seinen Atem, und dann drehte er sich zu ihm und küsste ihn, und im ersten Moment fühlte es sich an, als küsste Matthes zurück, und dieses Gefühl transformierte Pax' Körper zu etwas, das nicht länger aus fester Materie zu bestehen schien, er versuchte, sich mit der Zunge vorzutasten, bis Matthes die Lippen nicht weiter bewegte und ihn vorsichtig, aber sehr bestimmt zurückschob.

Dass er das nicht könnte, flüsterte er, und als Pax sich wegdrehte, hielt er ihn fest, ich bin nicht so wie du, *leider*, sagte er, und ausgerechnet dieses *leider*, das er doch sicher tröstlich gemeint hatte, war es, das ihn als einen auswies, der wie alle anderen war, der keine Ahnung hatte und tatsächlich niemals ähnlich gefühlt haben konnte wie Pax, der jetzt, im Davonlaufen, mit jedem Schritt schon etwas von der Scham spürte, die, noch von Sekt und Whiskey überlagert, längst schon begonnen hatte, sich in ihm auszubreiten, seinen von der ständigen Sehnsucht ausgehöhlten Körper anzufüllen, bis er nicht mehr zu Steiners Arbeitsgemeinschaft gehen wollte, nie wieder.

Wer wusste schon, ob Matthes nicht doch die Macht, die er ihm in die Hände gegeben hatte, irgendwann einmal ausspielen würde? Im Schulhof beobachtete Pax ihn mit einem neuen Mädchen, sein Leben musste leicht sein, sehr leicht. Wenn sich Matthes in seine Richtung bewegte, versuchte Pax schnell zu verschwinden. Wie gerne er alles hier endlich hinter sich gelassen hätte, um seine Liebe zu finden, aber er wusste nicht wie, oder nur, dass er dazu von Blauenklingen wegmusste.

Ich möchte Regisseur werden, sagte er beim Abendessen.

Tante Beatrix legte die halbe Scheibe Schwarzbrot, die sie eben zum Mund führen wollte, auf ihren Teller zurück.

Und ich will das Abitur machen und später studieren, setzte er hinzu.

Vielleicht wird es Zeit, dass du dir mal ein nettes Mädchen suchst, anstatt immer zu schauen, was die anderen machen, sagte Tante Beatrix, und dass er doch erst mal etwas zum gemeinsamen Haushalt beitragen wollte, das haben wir doch alles längst besprochen.

Aber wir könnten jemanden nach Geld fragen, sagte Pax beharrlich, Herr Steiner hat gesagt, dass man beim Schulamt –

Tu mir das nicht an, Max, irgendwo nach Almosen zu fragen, sagte Tante Beatrix, das musst du mir versprechen.

Steiner verstand ihn nicht, passte ihn ab, im Schulflur, und jetzt willst du alles hinwerfen, fragte er, bei deinem Talent, und dass es in seinem Leben doch auch ein bisschen darum ging, was er selbst wollte, er könnte doch auch ohne Abitur an der Aufnahmeprüfung für die Filmhochschule teilnehmen, es gibt eine Ausnahmeregelung bei besonderer Begabung, das müsstest du deiner Tante ja nicht unbedingt erzählen. Die Chance ist zwar gering, aber ich könnte dir helfen, was meinst du? Und als Pax zögerte, fing Steiner wieder an, Matthes macht auch mit und –

Pax sah ihn an, bevor er Tante Beatrix' Worte wiederholte. Sie ist auf meine Unterstützung angewiesen, sagte er.

Das ist doch gar nicht deine Aufgabe, erwiderte Steiner, versuch es doch wenigstens, Pax aber zuckte nur mit den Schultern, wir können uns so was eben nicht leisten, sagte er.

Wie ein Strebermädchen, hatte Lembke jedes Mal gelacht, wenn Pax sich in der großen Pause in seine Filmfachzeitschriften vertiefte, jetzt lachte keiner mehr, weil er zu denen gehörte, die arbeiten gehen würden, statt ewig in der Schule zu sitzen, und weil Bierkonsum mehr Anerkennung brachte als der Besuch der Oberstufe. Pax aber stellte sich selten zu Lembke und den anderen, lieber setzte er sich an den Sportplatz, auf die Reste der bemoosten Tribüne, hielt sich fest an seiner Zigarette und trank für sich allein, euphorisch nach den ersten Schlucken, für Sekunden schwebend, wie der feine Schatten des Zigarettenrauchs über dem Beton. Er hatte es sich angewöhnt, noch vor der Schule einen Abstecher in den Kaninchenschuppen zu machen, um der Peschka eine Flasche Bier zu klauen, später zwei. Die erste trank er gleich auf dem Spielplatz nahe der Garagenhöfe, wo eines Morgens Hendryk auftauchte und ungefragt erklärte, dass er ein bisschen betrunken gewesen sei, damals im Schullandheim, dabei beförderte er ein Tütchen mit Gras aus einem großen Beutel und baute mit drei Blättchen einen Joint. Dass er normalerweise natürlich nicht auf so was abfahren würde, weil er ja nicht andersrum wäre. Pax nickte, steckte das Gras ein, das Hendryk ihm zur Versöhnung schenkte, und fragte, um vom Thema abzulenken, was er nach der Schule vorhatte. Hendryk grinste, die aufglimmende Tüte zwischen den Lippen, das Zeug verticken natürlich, du Penner, und während er den Beutel wieder in seine Sporttasche stopfte, riecht das krass, nein, im Ernst, dass der Neue von seiner Mutter doch Steuerberater sei und sich was für ihn überlegen wollte, ihr zuliebe, Gehilfe oder so, er lachte, und Pax musste auch lachen, konnte nicht aufhören damit, bis er an dem Joint zu fest zog und von dem scharfen, trockenen Gefühl in seinem Hals furchtbar husten musste.

Täglich drehte er sich jetzt etwas von dem Gras in seine Zigaretten, bis das rote Klettergerüst lächerlich verbogen aussah, schief gegen den graublauen Hintergrund. Einmal war es ihm, als schaukelte sein Bruder daran, viel zu hoch über die Waagrechte. He John, rief er, nach den ersten Zügen, den ersten Schlucken Bier, und John antwortete irgendetwas, das sich anhörte wie,

Wirf dich so hoch du kannst
dann aber lass dich,
endlich,

Endlich was? fragte Pax, sah John abspringen, aber nicht aufkommen, bevor er seinen Filter zwischen die vergessenen Sandförmchen schnippte.

TANTE BEATRIX musste noch beim Arbeiten sein, als er nach Hause kam. Er schwitzte, und er trank ein kaltes Bier, bevor er sich auszog und sich nackt vor den Spiegel im Badezimmer stellte. Ob ihn wohl je irgendjemand zu Gesicht bekommen würde, seinen Körper? Er betrachtete ihn, fand ihn nicht hässlich, etwas zu dünn vielleicht, und dann fasste er sich an, legte die Hand um seinen Penis und sah sich im Spiegel dabei zu, als wäre er zu zweit, maßlos und irgendwo anders, bis er meinte, Geräusche in der Wohnung zu hören, und eilig unter die Dusche verschwand.

Beim Abendessen hatte Tante Beatrix ein verklemmtes Lächeln im Gesicht. Frau Hämmerles Enkelin ist so ein hübsches Mädchen geworden, sagte sie, die ist jetzt öfter im Kaufmarkt, macht ihre Lehre da, und ob sie die mal fragen sollten, ob sie Lust hatte, vorbeizukommen, und als er nichts dazu sagte, bohrte sie weiter, dass er aber doch jemanden brauchte, es ist nicht gut, wenn man immer so viel allein ist, weil es schließlich auch Männer gab, die davon kriminell wurden und über andere herfielen, weil sie nie unter die Leute gingen.

Nachts wachte er auf, und dann fiel ihm ein, dass er von Tante Beatrix geträumt hatte, wie sie sich im Freibad zurücklehnte, die Augen geschlossen, wenn er hinter ihr kniete, um sie einzucremen, die linke Schulter noch, Max. Ob sie einsam war und ob sie je mit einem Mann geschlafen hatte oder mit einer Frau? Ob sie ihn etwa gehört hatte, nachmittags, im Bad, und wieder kam das Gefühl von Scham, so stark, dass er aufstehen musste und wie automatisch Dinge aus dem Kleiderschrank in seinen Rucksack räumte, die Zahnbürste noch, sein Portemonnaie, und er schlich durch den dunklen Flur und die

Treppen hinunter, aber schon am Ende der Forststraße blieb er stehen. Um diese Uhrzeit gab es nicht einmal einen Bus, und die Idee, einfach so irgendwohin zu laufen, um eine fremde Frau zu suchen, von der er weder den Namen wusste, noch wie sie heute aussehen konnte, kam ihm so gänzlich kindisch vor und so sinnlos, dass er umkehrte, zu den Garagenhöfen, wo er sich auf den Teerboden setzte, den Rücken gegen eines der Blechtore. Wie gern er jetzt ein Bier gehabt hätte, nur seine Müdigkeit hielt ihn davon ab, zurück zum Kaninchenschuppen zu gehen. Mit den Fingernägeln pulte er spitze Kiesel aus den bemoosten Fugen zwischen den Pflastersteinen hervor, schnippte sie über seine Knie in das Dunkel, bis irgendwann genug Licht war und er die Stellen sehen konnte, wo sie auf den Boden trafen. Er fröstelte, und es kam ihm vor, als wäre kein Mensch wach in dem ganzen Ort, kein einziger Mensch außer ihm.

Er stellte sich vor, wie Tante Beatrix erst das leere Zimmer entdeckte und später alleine am Frühstückstisch saß, seine Tasse und seinen Teller gegenüber, zerkratzt von den immergleichen Bewegungen ihrer Messer, und dann fühlte er mit einem Mal die Kälte der Pflastersteine, hörte Tante Beatrix fragen, wie lange er denn noch dort sitzen wollte, du wirst ja noch krank davon, und er raffte sich auf, um zurückzugehen, bevor ihm jemand entgegenkommen konnte, auf dem Weg zur Arbeit, um ihn auszufragen, und am Wegesrand pflückte er einen kleinen Strauß Ehrenpreis, der violett in den grauen Morgen schimmerte und mit dem er den Frühstückstisch dekorierte. Nachher ging er in sein Zimmer, löste vorsichtig das *Blade-Runner*-Poster aus der Heftmitte einer alten Filmzeitschrift und hängte es über sein Bett.

Das Schuljahr schloss mit einem zweiwöchigen Orientierungspraktikum für diejenigen, die noch keine Lehrstelle gefunden hatten. Wenn ihr euch Mühe gebt, habt ihr vielleicht noch die Chance, in eine Ausbildung übernommen zu werden, hatte Frau Jehle erklärt. Für die übrigen Schüler fanden Ausflüge und Sportwettkämpfe statt, eine Ungerechtigkeit, die Pax' Motivation nicht eben verbesserte. Er wusste nur, was er nicht wollte, zu Tante Beatrix in den Kaufmarkt und auch nicht wie Lembke wieder in die Zahnradfabrik. Der Elektroladen Laschke hätte ihn noch am meisten interessiert, aber da machte Kai seit dem letzten Herbst seine Ausbildung, und mehr als einen Lehrling wollten Laschkes sich nicht leisten. Es blieb noch die Bäckerei, aber das heißt aufstehen, jeden Tag, bestimmt um zwei Uhr früh, sagte Tante Beatrix, das würde ich mir gut überlegen.

Vielleicht kann ich was beim Fernsehen machen, sagte Pax, in Hamburg oder so.

Hamburg! Woher der immer seine Ideen nimmt! Das ist ein teures Pflaster, das schmink dir ab, dafür bist du zu spät dran, ich habs dir ja gesagt, damals, dass du dich rechtzeitig kümmern musst, aber du wolltest es ja nicht glauben.

Dann werde ich eben Bademeister, trotzig zog Pax sich in sein Zimmer zurück und sah *Ferris macht blau*. Vielleicht durfte er ja mit den anderen auf den Sportplatz, wenn er einfach gar keinen Praktikumsplatz vorweisen konnte? Irgendwann war außer ihm nur noch Nong, ein Mädchen aus der Parallelklasse, ohne Stelle. Bis Frau Jehle strahlend verkündete, dass sie sich beide am nächsten Montag um sieben Uhr dreißig im Pflegeheim Sonnental vorstellen durften.

Nong war mit ihren Eltern gekommen, die kaum Deutsch sprachen. Wahrscheinlich teilte die Stationsleiterin seine Mitschülerin deshalb gleich für die niederen Arbeiten ein. Endlich jemand zum Po-Abwischen, scherzte die herbeigerufene Fachkraft in Gummipantoffeln, ihren Arbeitskittel trug sie offen, sodass ihr schwangerer Bauch noch mehr in Szene gesetzt wurde, wie eine Verheißung: Ich bin hier bald weg. Mit einem rosigen Lächeln, das diese Gewissheit noch unterstrich, führte sie die beiden in die Wäscherei im Keller, wo sie weiße Kleidung bekamen. Dann nahm sie Nong mit.

Und du kommst hier lang, sagte die Stationsleiterin, wie heißt du nochmal? Pax, sagte er, und weil sie ihn irritiert anblickte, dass auch

Max ginge. Also Max, ausgerechnet heute hat sich die Betreuerin krankgemeldet, aber ihm würde sicher auch alleine etwas einfallen, um die Bewohner ein bisschen zu beschäftigen. Verlegen betrat Pax den Gemeinschaftsraum. Die Alten am Tisch saßen sich stumm und mit glasigen Augen in ihren Rollstühlen gegenüber, Trinkbecher aus Plastik vor sich wie eine Tischgesellschaft aus Wachsfiguren. Wegen der Tabletten, sagte die Stationsleiterin, die machen ein bisschen müde. In einer Zimmerecke schnappte eine Frau, deren Augen durch ihre dickwandigen Brillengläser überproportional wirkten, in ihrem abwischbaren Sessel unentwegt in die Luft wie ein Fisch. Eine andere starrte in einen Versandhauskatalog für Winterreifen. Die Haare standen ihr in fettigen Strähnen vom Kopf. In dem Raum hing ein schwerer Geruch, nach abgestandener Luft, nach Körpern, gebratenen Zwiebeln, Exkrementen und Desinfektion. Pax versuchte flach zu atmen.

Am Fenster saßen zwei alte Männer an einem Tisch, der Kopf des einen berührte die Tischplatte, sein Leid aber schien keinen Eindruck bei dem anderen zu hinterlassen. Weil er taub ist und fast blind, hörte Pax hinter sich eine Frauenstimme, und der andere hat Parkinson, wenn der aufsteht und hinfällt, wars das. Pax drehte sich um, eine alte Dame hatte sich mithilfe ihres Gehwagens genähert, keine Angst, sagte sie, so schlimm ist es bei mir noch nicht. Ob er der neue Pfleger sei? Praktikant, sagte Pax, und vielleicht war es seine Stimme, die die Dame über ihrem Versandhauskatalog in plötzliche Aufregung versetzte. Hektisch blätterte sie jetzt durch die angebotenen Felgen, das muss ich noch holen …!, rief sie, Mutti, wie soll ich das?

Frage ich mich auch, wie ich das Ganze hier ertragen soll, sagte die Dame mit dem Gehwagen, die sich als Heidrun vorstellte. Ihr Gebiss war blendend weiß, und sie trug ein Collier, das in all dem Elend besonders hochkarätig wirkte, überhaupt war sie ungewöhnlich elegant gekleidet, ob er Lust hatte, mit ihr eine rauchen zu gehen?

Ich weiß nicht, ob ich hier einfach so weg darf, sagte Pax.

Ach, wieso denn? Vor fünf Minuten sind die doch auch noch ohne dich zurechtgekommen, na los, wir sind doch noch jung, und er wagte nicht zu widersprechen. Im Neonlicht des Fahrstuhls konnte er die Adern durch ihre feine, weiße Gesichtshaut schimmern sehen, ihre kupferrote Hochsteckfrisur unterstrich ihre Blässe noch und gab ihr etwas Kämpferisches. Sie lachte, als sie seinen Blick bemerkte, ja, ich ziehe ins Feld gegen diese genormten Oma-Kaltwellen in Grau- und Violetttönen. Die Friseurin hier will sie allen aufdrängen, weil es so praktisch ist. Heidrun betrachtete sich im Spiegel – und gegen die beige Altenkleidung protestiere ich auch. Wer hatte diese Idee mit den gedeckten Farben? Beige ist das Ende. Kurz begegneten sich ihre Blicke, bevor die Fahrstuhltür im Erdgeschoss aufsprang. Pax folgte ihr in den Innenhof, einen kleinen Park mit barrierefreien Gehwegen, es gab sogar ein Tiergehege mit Meerschweinchen und Kaninchen, und Pax schlug vor, sich unter die Bäume auf die Bank zu setzen.

Wenn dich Kleintiere glücklich machen, Heidrun hockte sich auf ihren Gehwagen wie auf einen Barhocker, bevor sie eine Schachtel lange, dünne Zigarillos aus ihrer Handtasche beförderte. Ob sie überhaupt rauchen durfte? Etwas überfordert blickte er um sich, während er die Flamme an ihr zitterndes Zigarillo hielt. Auf der Terrasse standen zwei Altenpflegerinnen, die selber rauchten, die Köpfe zusammensteckten und sie nicht beachteten. Heidrun bekam einen Hustenanfall.

Alles in Ordnung? Pax wollte aufstehen, aber Heidrun winkte ab, hübsch bist du ja, sie musterte ihn, und als er unwillkürlich etwas zurückwich, lachte sie mit rauchiger Stimme, na, keine Angst, ich seh mich doch morgens im Spiegel. Mein Mann hat auch gut ausgesehen, sie starrte Pax mit ihren eisblauen Augen an. Fanden leider viele, Professor war der, für Psychologie. Wir haben lange in München gewohnt, sie blies den Rauch über das Gehege, aber im Alter wollte ich unbedingt hierher zurück. Ich denke, es war falsch. Wer zurückgeht, der geht nicht mehr vorwärts.

Oben hatte sich einer der Bettlägrigen in die frische Bettwäsche übergeben, mir steht es bis hier, die schwangere Pflegerin hielt sich die flache Hand an den Hals, und es war nicht ganz geklärt, ob sie dabei mit Ludwig redete oder über ihn. Zuerst hatte Pax sich über das rhythmische schmatzende Geräusch auf dem Flur gewundert, das in regelmäßigen Abständen von einem Klirren unterbrochen wurde. Ludwig trug orthopädische Schuhe, von denen der linke ungleich größer wirkte und knatschte, als hätte er sich mit Wasser vollgesogen. Der Junge zog den scheppernden Wagen über die Türschwelle und wiederholte ihre Geste, die flache Hand am Hals. Er wirkte nicht viel älter als Pax, ob er hier lebte? Die Schwangere antwortete einfach an Ludwigs Stelle, in der dritten Etage, da wohnen ein paar Jugendliche, und manche arbeiten hier auch, oder, Ludwig?

Er nickte, während er sehr konzentriert einen Posten auf seiner Liste abhakte, dabei zog er die für sein kleines Gesicht ungewöhnlich starken Brauen zusammen. Ich bin der Günther, stellte er sich jetzt vor und schüttelte Pax die Hand. Zusammen verteilten sie die Teller, die Schwangere spritzte die Diabetiker. Die Fleischstücke kleiner schneiden, sagte sie, sonst haben wir hier gleich den Notarzt. Die meisten bekamen statt Besteck einfach nur einen Löffel. Pax musste an Großmutter denken.

Na, das ist doch was für dich, wenn es da sogar ein Kaninchengehege gibt, sagte Tante Beatrix abends, während sie die halbgaren Pellkartoffeln von Pax' Teller zurück in den Topf beförderte, die brauchen ja ewig, sagte sie, und dann sinnierte sie laut darüber, wer sich im Alter wohl einmal um sie kümmern würde. Wer weiß, sagte Pax, vielleicht hast du auch Glück und musst gar nie in ein Heim.

Das wäre das Allerbeste, Tante Beatrix seufzte, aber trotzdem sollte er seine Vorgesetzten mal fragen, ob sie ihm nicht erklären konnten, wie man im Notfall alles regelte. Das wird bei adoptierten Kindern ja nicht anders sein als bei echten. Aber du bist doch noch nicht mal sechzig, sagte Pax. Ohne die Kartoffeln schmeckte der Kräuterquark aus dem Kaufmarkt nach Zwiebelgranulat. Wie ungern er die

Stationsleiterin irgendetwas fragen wollte, er fand sie unheimlich, ihre Art, wie sie den Heimbewohnern ganz nahe vor das Gesicht trat, ohne Sicherheitsabstand, und dann die Liebende spielte, die verstorbene Ehefrau oder wen auch immer, um sie zu beruhigen oder zu irgendetwas zu bewegen. Sie ließ ihn an eine der Figuren aus seinen Stephen-King-Filmen denken und daran, dass Heidrun gesagt hatte, man könnte nirgendwo so viele persönlichkeitsgestörte Menschen finden wie bei der Fürsorge oder der Caritas.

Trotzdem, sagte Tante Beatrix, ungeduldig im Topf stochernd, so was kann schnell gehen, und dann steht man da.

Am liebsten verbrachte Pax seine Zeit mit Heidrun, sie nahm ihn mit auf ihr Zimmer, wo sie ihm ein Porträt ihres verstorbenen Mannes zeigte. Es stand in der antiken Vitrine, die sie von zuhause mitgebracht hatte, in einem filigranen Holzrahmen neben Nymphenburger Porzellan, gut sah der aus, oder? Der hätte mich nie alleine gelassen, trotz seiner Affären, nur Kinder haben wir keine bekommen, also zusammen jedenfalls nicht. Wenn ich hier weiter verblöde, wird es keinen interessieren, wie es mir geht. Wirklich, ich beobachte das schon länger, den Kinderlosen geht es hier am dreckigsten, weil keiner kommt, der kontrolliert. Was sich der Herr Gürkan hier für Sprüche anhören darf, aber wenn seine Familie da ist, müssen sich die Pfleger zusammenreißen, sonst gibts Ärger.

Ob er Sherry trank? Ohne seine Antwort abzuwarten, goss Heidrun zwei Gläser ein, Pax trank in großen Schlucken, es tat gut, irgendwie hatte er in diesen Räumen das ständige Bedürfnis, sich von außen und innen zu desinfizieren. Mit zufriedenem Lächeln schenkte Heidrun nach. Ist sicher nicht ganz billig?, sagte Pax, mit Blick auf die Flasche. Das lass mal meine Sorge sein, Heidrun hielt ihr Glas gegen das Licht, mein Mann hat das gerne getrunken, sagte sie.

Kinder können einen aber auch einfach im Stich lassen, nahm Pax das Gespräch wieder auf, oder sie können im Ausland leben und selbst Familie dort haben, einfach eigene Sorgen und keine Zeit.

Heidrun nickte, da hast du auch wieder recht, und im schlimmsten Fall streiten ihre Anwälte sich, kaum dass du unter der Erde bist, am Ende noch um den Goldgehalt deines Eheringes.

Vielleicht kann dich ja auch jemand anderes besuchen, sagte Pax, hier kommt doch immer ehrenamtlich diese katholische Seelsorgerin –

Ja, leider ist die auf einer Art Kreuzzug, und nur, weil ich bald sterbe, muss ich nicht noch schnell für mein Seelenheil Steuern an einen frauenfeindlichen Männerclub zahlen.

Aber du hast doch sicher Freunde?

Überleg mal, Heidrun sah ihn an, wie viele Freunde bleiben einer Frau Ende achtzig?

Pax trat ans Fenster, und dann stellte er sich vor, Tante Beatrix würde hier statt Heidrun sitzen, oder liegen, weil sie das Sofa von zuhause mitgebracht hatten und auch die Kamelhaardecke. Vielleicht würde Tante Beatrix weniger anspruchsvoll in der Wahl ihrer Gesprächspartner sein als Heidrun, versuchte er sich zu beruhigen. Er mochte den Gedanken nicht, allein für ihr Wohlergehen verantwortlich zu sein. Draußen konnte er Ludwig sehen, der einen Wagen mit Wäsche belud. Den ganzen Tag war er im Haus unterwegs, er schien nur zufrieden zu sein, wenn er in Bewegung war. Ob er eine Familie hatte, Geschwister vielleicht und Eltern, die ihn hierher gebracht hatten und die manchmal vorbeikamen, um ihm Gesellschaft zu leisten? Nong hatte behauptet, dass er ab jetzt wirklich Günther hieß, die haben seinen Namen geändert, sagte sie, angeblich weil ihn jemand wegen seines Erbteils verfolgt.

Heidrun war inzwischen auf der Suche nach ihren Zigarillos, lass uns noch eine rauchen, schlug sie vor, immer kurz vor Ende seiner Mittagspause fand sie einen Anlass, um die gemeinsame Zeit noch etwas auszudehnen. Pax wagte nicht, ihren Vorschlag abzulehnen, es wäre nichts einfacher, dachte er dabei, als im Schulunterricht einmal die Woche eine Stunde einzurichten, an denen alle gemeinsam zu dem Heim gingen, das nur ein paar hundert Meter entfernt lag, um die

Bewohner zu besuchen. Er würde es Frau Jehle vorschlagen, überall gab es Schulen, überall gab es Heime, man gab ihnen freundliche Namen, aber man mied den Lindenhof, den Rosenpark und das Sonnental, als wütete die schwarze Pest darin. Eine Stunde die Woche. Statt Algebra vielleicht. Nur ein bisschen Zeit.

Durch das geöffnete Fenster drüben im Gemeinschaftsraum konnte Pax auf die Uhr mit den riesigen Zahlen sehen, die über einem ebenso exorbitanten Kalender hing. Daneben lief ein Fernseher, auf dem jemand ständig die Programme wechselte, für einen Moment konnte er Kim Novak in *Vertigo* sehen, es war die Szene, in der Judy aus dem grünen nebligen Licht trat, jetzt ist sie Madeleine, dachte Pax, da wurde schon wieder umgeschaltet, kommst du mit?, fragte er Heidrun. Wir wollen kegeln mit Softbällen.

Lieber falle ich auf der Stelle um, sie griff nach ihrer Zeitung.

Was denn das für ein Knopf war, fragte Pax noch an der Tür.

Ach, das haben die dir nicht erklärt? Heidrun zog die Augenbrauen hoch. Das ist doch das Allerwichtigste hier, du drückst beim Hineingehen darauf und beim Hinausgehen wieder, so werden die Minuten gezählt, die du mir gewidmet hast.

An seinem letzten Tag spürte Pax schon im Treppenhaus die vergiftete Atmosphäre, noch dazu plagte ihn ein Kater, weil er am Vorabend zu viel Bier getrunken hatte. Eine Bewohnerin war nachts verschwunden und eben erst wieder aufgefunden worden, die Schwangere war pampig, die Pflegehelferin lief eingeschüchtert durch die Gänge, die Stationsleiterin sah furchtbar gereizt aus, und die Alten saßen stumm dabei, wie einem Ehestreit ausgesetzte Kinder. Dass jeder hier eigentlich ständig weg wollte, dachte Pax, die Bewohner genauso wie die Angestellten, aber niemand stellte diese Art der Fürsorge ernsthaft in Frage, und es schien auch keine Überlegungen zu geben, wie die Situation für alle zu verbessern war.

Ich würde hier nicht alt werden wollen, sagte Nong, während sie zusammen Zigarettenpause machten. Pax hatte gar nicht gewusst, dass sie rauchte. Hab erst gestern damit angefangen, sie grinste. Nach dem Frühstück fand Pax oben bei den Schwerstdementen im Beschäftigungsschrank neben Luftballons, einem überdimensionierten Mensch-ärgere-Dich-nicht-Spiel und Memory-Karten eine Kassette mit Volksliedern, einen Rekorder und laminierte Liedtexte, er drehte die Musik laut, starrte auf seinen Text und war dann viel zu gehemmt, um zu singen. Kurz überlegte er, sich in der Cafeteria ein Konterbier zu holen, verwarf dann aber den Gedanken, vielleicht konnte er sich ein bisschen Gras in seine nächste Zigarette drehen. Vor dem Kassettenrekorder hockend beobachtete er, wie ein alter Mann stumm die Lippen bewegte, und da war etwas wie ein Lächeln auf dem Gesicht der Frau mit dem Versandhauskatalog, und dann rief Pax mehr, als dass er sang, *wem Gott will rechte Gunst erweisen,* laut und falsch, gegen die ewige Routine aus kaltem Kaffee, warmen Mahlzeiten, Waschen und Tabletten und Schlaf. Einer Bewohnerin, die schon Tage nicht mehr gesprochen hatte, fielen die alten Liedzeilen auswendig ein, *kein schöner Land in dieser Zeit,* und selbst der Korsakow, der morgens noch alle Menschen auf der Welt hatte auslöschen wollen, weshalb ihn die Stationsleiterin an seinen Rollstuhl fixiert hatte, summte jetzt laut mit.

Pünktlich um halb zwölf rollte Günther den Essenswagen in den Gemeinschaftsraum. Pax drehte die Musik ab, sammelte die Liedtexte ein und füllte die Getränke nach, dann öffnete er ein Fenster, als könne er so die Rückkehr der allgemeinen Lethargie noch ein wenig aufhalten, er stellte sich davor, damit niemand auf dumme Gedanken kam. *Vertigo* fiel ihm wieder ein, James Stuart, der als *Scottie* auf einen Stuhl stieg, um sich mit seiner Höhenangst zu konfrontieren. Pax sah nach unten, wo keine Straßenschlucht war und statt San Francisco nur der Parkplatz, auf dem der Hausmeister das Grün zwischen den Pflastersteinen mit einer Rasierklinge bearbeitete.

Sein Kittel war fleckig. Das gesamte Praktikum über hatte Pax ihn nicht gewechselt, und jetzt war er froh, ihn endlich loszuwerden. Am Ende des Kellerflurs sah er Neonlicht, und er hörte das Brummen der großen Heißmangel. Der Wäscheduft ließ ihn an Tante Beatrix denken, Nong kam ihm entgegen, sie lächelte.

Und, bleibst du auch erst mal hier?, fragte Nong.

Pax schüttelte den Kopf. Im Grunde wollte auch er nur weg hier. Dass er sich aber vorgenommen hatte, Heidrun hin und wieder zu besuchen, sagte er, während er seinen Kittel zur Schmutzwäsche warf.

DREIMAL WAR TANTE BEATRIX jetzt schon in verschiedenen Blusen aus dem Schlafzimmer gekommen, um Pax zu fragen, was sie denn tragen sollte zur Schulabschlussfeier, und ob er nicht wusste, was die anderen Eltern trugen, und was er selbst eigentlich anziehen wollte? Nichts Besonderes, sagte er, um seine Furcht vor der unangenehmen Zeugnisverleihung in der Aula kleinzuhalten. Er hatte keine Lust, Leni und ihren Eltern zu begegnen. Die Prüfungen waren bestanden, und für ihn war das Ganze damit abgeschlossen, auf eine gefühlsduselige Feier konnte er verzichten. Aber du willst doch dein Zeugnis, sagte Tante Beatrix, wenn du schon nicht zum Abschlussball gehst, dabei wäre das doch eine gute Gelegenheit, mal ein Mädchen aufzufordern, obwohl sie es auch übertrieben fand, dass man sich extra einen Anzug kaufen sollte, bloß für den einen Anlass.

Ich kann doch sowieso nicht tanzen, sagte Pax und schaltete den Fernseher ein, warte mal, Tante Beatrix kam an das Sofa und musterte ihn, was ist denn mit deinen Augen, die sind ja ganz geschwollen?

Ich bin eben schon ziemlich müde, sagte er, und ob sie auch noch ein Gläschen von Oma Peschkas Schlehenlikör mochte?

Am Tag der Feier hatte er morgens schon mit seiner persönlichen Party begonnen. Auf dem Spielplatz trank er ein großes Bier, darauf, dass er jetzt schon wusste, dass er sich nach der Schulzeit entgegen Heidruns Prognosen garantiert nie zurücksehnen würde. Während die Direktorin dann später in der Aula von Zukunft und Verantwortung sprach, betrachtete Pax zum letzten Mal die bunte Installation aus Siebzigerjahre-Kunststoffteilen an der Wand gegenüber, ließ den Blick weiter wandern zu Herrn Köppsche, der jetzt den Stapel mit den Zeugnissen brachte. All die Zeit, die man hier verbracht hatte, und nun wurden einem einige Blätter Papier überreicht, das Schulorchester spielte etwas, das an Verdis Triumphmarsch erinnerte, alle klatschten, und man war entlassen und konnte im Grunde gehen, wenn man, so wie Tante Beatrix und er, nicht wusste, zu welchem Grüppchen man sich für ein Gläschen Sekt gesellen sollte. In der Herrentoilette traf er Hendryk, von deinem Gras bekomme ich rote Augen, sagte Pax, und Hendryk grinste in seinem Anzug mit Fliege, wusch sich nicht die Hände und holte dafür ein kleines Päckchen aus der Innentasche seines Jacketts. Dann probier das mal, sagte er, und nachdem sie ihren letzten Deal im Schulklo abgeschlossen hatten, kam Hendryk die Idee, doch noch Abschiedsworte an die Wand zu schreiben. Pax zuckte mit den Schultern, von mir aus, sagte er. *Heißer Boy wünscht sich einen schwulen Dreier,* schrieb Hendryk, soll dein Name drunter?

Warum nicht deiner?, sagte Pax und wollte lässig davonschlendern, aber dann wartete er doch lieber ab, bis Hendryk irgendeine Fantasienummer aus lauter Sechsen über den Spiegel geschmiert hatte und den Stift zufrieden wieder einsteckte. Eigentlich sah er ganz gut aus, im Anzug, dachte Pax.

Leni war ja gar nicht da, sagte Tante Beatrix später, als sie im Café an der Hauptstraße saßen. Na, sie wird vielleicht mit ihren Eltern auf Geschäftsreise sein, dachte sie weiter laut nach, die wird ja sicher dort im Laden unterkommen, da spielt es keine Rolle, was sie für Noten im Zeugnis hat. Und dann wiederholte sie zum zehnten Mal, dass er jetzt auch endlich gezielter suchen musste, aber heute lassen wir es uns erst mal gut gehen, schön war die Feier, oder? So festlich mit dem Orchester, sie nippte an ihrer Apfelschorle. Bestell dir ruhig, was du magst, sagte sie, als die Bedienung kam, doch irgendwie wirkte ihr Satz auf Pax eher gegenteilig, lieber wollte er nichts zu Teures nehmen, nachdem Tante Beatrix nur einen Seniorenteller für sich geordert hatte.

Jetzt zeig aber endlich mal dein Zeugnis, bevor das Essen kommt, Tante Beatrix wendete ihre Aufmerksamkeit dem Dokument in der Klarsichthülle zu. Da bin ich schon stolz, nach einem nächsten beherzten Schluck von ihrer Schorle nahm sie fünfzig Mark aus ihrem Portemonnaie und drückte sie ihm in die Hand, darauf müssen wir ja heute noch Sekt trinken. Er fühlte ihre Fingernägel, während Tante Beatrix seinen Nacken erst tätschelte und dann etwas ungeschickt kraulte, verlegen lehnte er sich in seinem Sessel zurück.

Zweimal die Woche legte sie ihm jetzt mittags die Zeitung auf den Tisch, aufgeschlagen in der Rubrik Stellenanzeigen.

Ob er schon hineingesehen hätte, Max? Ma-hax! Sie wiederholte es täglich, du musst dir doch eine Arbeit suchen, du musst die Anzeigen lesen, du musst dich bewerben, und dass er bald mit dem Führerschein anfangen musste, wenn er einen guten Job wollte, du kannst dich nicht ewig vor der Kiste verschanzen und viereckige Augen bekommen, und ich kann mich auch nicht ewig um dich kümmern, sonst musst du eben zu uns in den Kaufmarkt kommen. Ob sie fragen sollte, für ihn? Und jeden Tag, jede Woche antwortete Pax dasselbe, dass sie ihm doch erst mal eine kurze Pause gönnen sollte und dass er sich dann umso mehr bemühen würde. Zum Rauchen ging er jetzt nicht mehr nach draußen, sondern blieb in seinem Zimmer, erhöhte den Grasanteil in seinen Zigaretten und saß hinterher am Küchentisch über Bami oder Nasi Goreng und ließ die Anzeigen vor seinen Augen verschwimmen, als eröffnete sich dadurch im Hintergrund eine geheime, dritte Dimension, in der die spannenden Aufgaben warteten, bis Tante Beatrix endlich auf ihr Sofa verschwand, um ihren Mittagsschlaf zu halten und er sich einen Schuss Rum oder Kirsch in seine Cola kippen konnte. Später zog Pax in seinem Zimmer die Vorhänge zu und sah sich Filme an, am liebsten solche von der Liste an seiner Wand, er sah *Forrest Gump* und die *Früchte des Zorns*, und wann immer eine für ihn interessante Sendung im Fernsehen lief, zeichnete er sie auf, legte sich so ein kleines Archiv an – er saß im

Dunkel in seinem Sessel, goss etwas Rum in seine Cola oder seine Limonade und sah in seinen Fernseher. Manchmal platzte Tante Beatrix ins Zimmer, angeblich um zu lüften, dann starrte sie kurz und verlegen auf das angehaltene Fernsehbild, da hast du Pech, Pax deutete auf das geöffnete Fenster, aus dem die dunklen Vorhänge in den warmen Spätnachmittag wehten.

Wenn Tante Beatrix das Wort *Zentralbank* aussprach, klang es beinahe heilig. Seit ein paar Monaten kam ein junger Kaplan nach Blauenklingen, um für alle umliegenden Dörfer einen wöchentlichen Gottesdienst abzuhalten, in einer Sprache, von der Oma Peschka behauptete, dass sie nicht einmal der Herrgott als Deutsch erkennen konnte. Weil sie sonst niemanden mehr herkriegen, aber dafür dauert das Ganze immerhin nicht so lang, Tante Beatrix rieb sich die Oberarme, kalt wie eine Gruft ist die Kirche, aber gut war es doch, sich dort immer mal sehen zu lassen. Stell dir vor, ein Bekannter von Hämmerles hat dir ein Vorstellungsgespräch in Ulm vermittelt, Max, weil die D-Mark irgendwann verschwinden soll und die dann Leute brauchen, bei der Bank der Banken, sie sagte es feierlich, noch im Flur, während sie ihren Mantel aufhängte. Nur eine Woche später putzte sie seine Schuhe, bürstete seine Jacke, und es gelang ihr sogar, ihn zum Tragen einer in ihren Augen ordentlichen Hose zu überreden, die Verkleidungskiste fiel ihm ein und Leni, die bei seinem Anblick vor Hochwasser gewarnt hätte, schnell schob er den Gedanken an sie beiseite. Er kam sich lächerlich vor, und doch musste es wohl gereicht haben, und wenn er ehrlich in sich hineindachte, war er vielleicht sogar ein wenig erleichtert, wieder etwas zu tun zu haben.

Nach der Ausbildung kannst du ja immer noch studieren und Lehrer werden oder so was, sagte Tante Beatrix, wenn du das unbedingt musst, aber wenn man dann eine Familie gründet, braucht man erstmal Geld. Kinder sind teuer, die muss man sich auch leisten können, sie strahlte, als sie unten bei Oma Peschka im Türrahmen standen, der aufdringliche Krautgeruch schien ihr mit einem Mal tolerierbar zu sein.

All die Einnahmen der Supermärkte, des Groß- und Einzelhandels, das Bargeld der Sparkassen, auch das aus Blauenklingen, erklärte Pax, bringen uns die Werttransporte in die Geldbearbeitung, wo es gezählt wird und auf Falschgeld überprüft, ob die Scheine zu verschmutzt sind, die Münzen verklebt. So viel Geld ist in der Bank gelagert, dass es sich schon gar nicht mehr danach anfühlt, Tante Beatrix und Oma Peschka nickten beeindruckt, und tatsächlich kamen ihm die Scheine nach einiger Zeit eher vor wie stinkendes Altpapier. Was manche Leute mit den Geldscheinen tun, das willst du gar nicht wissen, erklärte ihm sein Kollege, die dunklen glänzenden Haare zu einem Zopf gebunden, einzig am Hinterkopf hatte er einen Wirbel, unter dem man seine weiße Kopfhaut sehen konnte, ich bin übrigens Bernd, sagte er weiter, dass die meisten aber Witte sagen würden, oder Schnee-Witte, er deutete auf seine Haare. Freut mich, sagte Pax, noch immer Bargeld im Wert von mehreren Tausend D-Mark in den Händen. Also die Scheine einrollen und sich in die Nase stecken gehört noch zu den harmlosesten Dingen, sagte Witte. Schwer waren die Münzen, manchmal schaufelte Pax das klimpernde Geld in Säcke wie Dagobert Duck Goldstücke in seinem Geldspeicher. Sie schweißten ein, rollten und bündelten, und, so erklärte Witte weiter, natürlich wird auch immer wieder jemand schwach, wie viele Mitarbeiter plötzlich weg sind, einfach verschwunden, er zuckte mit den breiten Schultern, Menschen, denen man das nie zugetraut hätte.

Am liebsten saß Pax auf seinem Drehstuhl am Sichtband und ließ die Fünf-Mark-Stücke an sich vorüberziehen, erst einmal einfach nur genau hinsehen, hatte ihm seine Ausbilderin Frau Kempe erklärt und dabei zielsicher eine Münze herausgegriffen, die sich durch ihre etwas dunklere Farbe von den anderen unterschied, dass es am Bleigehalt läge, erklärte sie weiter und legte ein sauberes Blatt Papier vor Pax auf den Tisch, probier mal. Vorsichtig rieb Pax die Münze darüber, ein bisschen fester, sagte die Kempe, und tatsächlich, dunkle Spuren verrieten die Fälschung.

Da kommt schon die nächste, Frau Kempe deutete auf das Sichtband, und hier, noch eine, vorsichtig griff Pax nach den Geldstücken, dabei stieß er versehentlich einen Stapel mit aussortierten Münzen um. Er kroch unter die Tischplatte, dass er ein wenig aufgeregt war, wegen der Berufsschule, die morgen beginnen sollte, erklärte er. Wird schon, mit einem leisen Seufzen bückte sich die Kempe nach einem Fünfer. Übertreiben brauchst du nicht. Guten Willen zeigen und bestehen, sage ich immer. Sie zwinkerte, als sie Pax' besorgten Blick sah, na komm, ich würde lieber in der Schule sitzen, nette Mädels kennenlernen und mich berieseln lassen, als mich hier abzurackern. Außerdem, sagte sie, hast du doch eben schon versehentlich alles richtig gemacht, wenn du dir nämlich unschlüssig bist mit dem Sichttest, kommt der Klangtest. Dazu lässt du die Münze auf einen harten Untergrund fallen, komm mal mit, wir machen das immer hier, sie ließ das erste Geldstück fallen. Danach das zweite. Und?

Klingt irgendwie dunkler, sagte Pax.

Sehr gut, Frau Kempe lächelte anerkennend, die Bleimischung klingt dumpfer als das Original, also ist die Münze falsch. Du brauchst dir wirklich keine Gedanken machen, sagte sie zwinkernd, und dann lauter, in Wittes Richtung, sogar Schnee-Witte hat die Berufsschule geschafft, und der ist wirklich nicht das hellste Licht im Leuchter.

Pax' schlimmste Befürchtung, bekannte Gesichter in der Klasse zu entdecken, war nicht eingetreten. Überhaupt ließ sich der Berufsschulunterricht gut ertragen, leicht angetrunken und ab und zu einen Blick auf den schönen Eugen werfend, der die blonden Haare gescheitelt und mit jeder Menge Brillantine trug, dazu ein Hemd mit Weste, wie Robert Redford in *Der große Gatsby* oder jedenfalls wie einer, der nicht nur in der Bank arbeitete, sondern dem sie auch gleich gehörte. Pax saß neben Andi mit dem anstößigen Nachnamen, über den eines der Mädchen jedes Mal so laut lachen musste, bis mehrere Mitschüler einfielen und Andi feuerrot wurde, womit er ihnen nur immer weiteren Grund für Spott bot. Andi absolvierte eine Lehre zum Großhandelskaufmann in einer Baustoffhandlung. Hinterher wollte er auf jeden Fall das Abitur nachmachen, Pax schüttelte den Kopf, freiwillig lernen, du musst ja verrückt sein.

Dafür, dass Pax über seinen Namen nie mitlachte, war Andi ihm derart dankbar, dass er sich gerne bereit erklärte, ihn zuverlässig in die Anwesenheitsliste einzutragen und ihm seine Mitschriften bereitzustellen, das gilt natürlich auch andersherum, sagte Pax, jeder sollte mal blaumachen können. Andi aber verpasste im ersten Jahr bis auf seinen Ausfall wegen einer Grippe keine einzige Stunde, während Pax die Stadt für sich entdeckte, bummeln ging oder schon vormittags eines seiner beiden Lieblingskinos besuchte, deren Betreiber besonderen Wert auf ein anspruchsvolles Programm legten. Keine Sonderreihe ließ er jetzt aus und keine seltene Kopie, in der Lichtburg sah er sich Science-Fiction-Klassiker und Zombiefilme an, tschechische Märchen und japanische Horrorfilme, Kriegsfilme, Stummfilme und restaurierte Filme, amerikanische Komödien, abstrakte Kurzfilme und Themenabende zu Cyberpunk und Dystopien. Als sie ihn aber im Kino Obscura nach dem Aki-Kaurismäki-Special in den Cineastenzirkel einluden, zog er sich schnell wieder zurück, vor die Geräte in seinem Zimmer.

Sein Schlüssel steckte noch im Schloss, als Tante Beatrix schon zu ihrer aktuellen Litanei ansetzte, du musst dich jetzt endlich zur Fahrschule anmelden, dass der Kai Lubinski inzwischen schon längst seinen Schein in der Tasche hatte, vor dem Kaufmarkt hat der heute gewartet in seinem eigenen Auto, um die Anja abzuholen. Hörst du mir überhaupt zu, Max? Man hat einfach bessere Chancen überall, ob sie ihn nicht einfach mal anmelden sollte?

Ich bin müde, murmelte Pax, während er aus den Schuhen schlüpfte, vielleicht schreibst du dich lieber selbst endlich mal ein, wenn du so scharf auf Autos bist.

Das hätte ich in deinem Alter liebend gern, Tante Beatrix seufzte, aber so eine Gelegenheit hat mir leider nie jemand geboten. Ach, komm schon, Max, dass er doch nicht so stur sein sollte, dann hast du zum Achtzehnten gleich deinen Führerschein, ich gebe dir auch einen Zuschuss dazu. Vielleicht steigt ja dann auch bald jemand Nettes bei dir ein? Pax hängte seine Jacke auf, vergrub für einen Moment den Kopf im Innenfutter, setz dich doch mal in der Straßenbahn einfach neben eine Frau, ihr Vorschlag von letzter Woche, oder vielleicht läufst du ja doch noch mal an eine hin? Eigentlich hatte er gedacht, das Thema sei gegessen, als er vor zwei Tagen nach einem anstrengenden Arbeitstag erwidert hatte, vielleicht läufst du ja endlich mal an einen hin, wonach sich Tante Beatrix stumm zurückgezogen hatte.

Zwei Wochen später diskutierte Pax, auf einem Klappstuhl unter dem Schriftzug *Geyer – alle Klassen*, darüber, ob man durch das Trinken von Unmengen an Apfelsaft irgendwann über die Promillegrenze kommen konnte. Von draußen hatte er schon Ralf Lubinski erkannt, sofort kam ihm die Tafel Schokolade vor Augen, die Tante Beatrix ihm damals mitgebracht hatte, der Moment, in dem er das Silberpapier aufgewickelt und sich selbst das erste Stück in den Mund geschoben hatte, statt sich bei Ralf zu entschuldigen.

Pax setzte sich direkt hinter das Schaufenster, an das andere Ende der Stuhlreihe, ohne Ralf anzusehen, nicht mal Biertrinken war vor der Fahrschule angesagt, sicher hatte Ralf ebenso wenig Lust auf ihre Begegnung, Scheinwerfer blendeten von der Seite, die Lichter von Geyers Golf, den jeder in der Gegend kannte.

Eine blondierte Frau um die vierzig saß am Steuer, bei laufendem Motor erklärte Geyer ihr noch etwas auf dem Armaturenbrett, Dieselgeruch zog herein, als die beiden ausgestiegen waren und Geyer der Blonden die Tür zu seinem Laden aufhielt. Also alles klar, *Mausi*, hörte Pax den kleinen Geyer sagen, trotz seiner drahtigen Locken überragte ihn die Blonde. Pax hielt Mausi, die ihm später durch ihren schwäbischen Akzent auffiel, für Geyers Geliebte, saß doch die richtige Frau Geyer während der Theoriestunden hinten im Büro über ihren Dokumentenstapeln, während sie auf die Beispiele für gefährliche

Verkehrssituationen starrten, die der Tageslichtprojektor perspektivisch leicht verzerrt an die gegenüberliegende Wand warf. Erst als sein praktischer Unterricht begonnen hatte, stellte Pax fest, dass für Geyer alle Frauen *Mausi* oder *Hasi* hießen, während Männer grundsätzlich mit *Meister* angesprochen wurden. Geyer hatte es einfach vor langer Zeit aufgegeben, sich Namen merken zu wollen.

Läuft schon, *Meister*, sagte Pax inzwischen auch manchmal zu sich selbst, wenn kurz vor Weihnachten wieder Unmengen an Geldkisten aus den Kaufhäusern in der Geldbearbeitung angeliefert wurden, passt schon, *Meister*, wenn er die Kupplung zu schnell losgelassen hatte, auf dem Verkehrsübungsplatz, auf dem Geyer einen Parcours aus Plonen aufgebaut hatte, wird schon, *Meister*, beim rückwärts Einparken am Berg, nachts, auf der Autobahn und beim Wenden in drei Zügen.

Und es war auch tatsächlich geworden. Stolz erzählte er Witte von der bestandenen Theorieprüfung, nur einen Fehler, sagte Pax, und dass er den mit Absicht gemacht hatte. Witte sah von seinem Geldsack auf, ich hab dich gar nicht kommen hören, *Meister*, überspielte er seinen Schreck.

Einen einzigen Fehler, wiederholte Pax, und den mit Absicht, weil ich einfach finde, dass man bei einem Tier auf der Fahrbahn in jedem Fall ein aufwendiges Ausweichmanöver durchführen sollte. Er griff nach einer Münze und ließ sie fallen. Falsch, sagte er. Quatsch, *Hasi*, sagte Witte.

Nicht so draufgängerisch, *Meister*, nicht Richter spielen, nicht so heißblütig fahren, mit Bedacht, *Meister*, nicht nach den Mädels schauen, sag dem Geyer doch endlich klar und deutlich, dass du dich jetzt gut genug vorbereitet fühlst, Tante Beatrix schüttelte unmerklich den Kopf, als Pax ihr von seinen Fortschritten erzählte, der heißt nun mal nicht umsonst so.

Aber es dauerte noch weitere zehn Fahrstunden, bis Pax sich endlich traute.

Meine Rede, *Meister*, Geyer klopfte ihm auf die Schulter, bevor er seine Frau anwies, für Pax einen Prüfungstermin zu vereinbaren.

Abends saß Pax im Pflegeheim, um Heidrun zu besuchen, im schummrigen Licht ihrer rostroten Stehlampe erzählte er ihr bei mehreren Gläschen Sherry von den neuesten Ereignissen.

Ob er denn schon einen Wagen hätte?

Pax winkte ab, erst mal habe ich kein Geld dafür, sagte er, aber falls er irgendwann zu einem Auto käme, würde er sie sofort abholen, zu einem Ausflug, vielleicht in den Tierpark. Na, dann wünsche ich dir natürlich, dass du recht bald was Passendes findest, solange ich noch laufen kann, Heidrun goss nach, ob er eigentlich auch Eierlikör mochte? Sie versprach, die Daumen für die Prüfung zu drücken, und dann überreichte sie ihm ein selbstgenähtes Stofftäschchen, in dem sich ein goldenes Armband befand. Schenk es deiner Freundin, wenn ich mal nicht mehr bin, sagte sie, oder bring es zum Pfandleihhaus und nimm das Geld für dein Auto.

Das musst du aber nicht, sagte Pax, und dass er sie nicht deswegen besuchen kam, und dann steckte er das Armband doch ein.

Endlich führt mich auch mal jemand aus, sagte Tante Beatrix, als sie drei Wochen später zusammen im Café am Marktplatz saßen, und Pax freute sich, weil sie nach der Prüfung so stolz war, als hätte sie eben selbst bestanden. Jetzt brauchst du auch ein Auto, sonst verlernst du alles wieder, Tante Beatrix war wenig begeistert, als Pax ihr offenbarte, dass er sich zu seinem achtzehnten Geburtstag lieber einen Zuschuss für den Kauf eines Kombigerätes für DVDs und Laserdiscs für sein Heimkino wünschte.

Ist doch schade, sagte sie, wofür hast du denn den Führerschein gemacht, wenn du dich dann doch nur wieder allein im Dunkel verkriechen willst, außerdem, solche Geräte kosten doch Unmengen.

Dass eine Ratenzahlung für Angestellte der Zentralbank gar kein Problem war, sagte Pax.

Übernimm dich bloß nicht. So ist schon mancher von einem Schuldenberg erdrückt worden.

Vorerst interessieren mich eher Eisberge, sagte Pax mit Blick auf das Tablett des Kellners, und auch Tante Beatrix ließ sich gerne ablenken, ach du meine Güte, da falle ich ja hinterher um, sagte sie beim Anblick ihres Erdbeerbechers, und es klang, als hätte sie dabei viel Wasser im Mund.

Besser, du lässt dich in nächster Zeit öfter mal wieder blicken, Andi überreichte Pax seine Aufzeichnungen, sie hatten schon öfter nach ihm gefragt in der Schule, und jedes Mal musste Andi sich etwas Neues überlegen, mir fällt bald nichts mehr ein, sagte er genervt, pass bloß auf, dass die das deinem Betrieb nicht melden.

Diesmal musste Pax sich bei Andi auch noch Kleingeld für den Kopierer leihen, ob er ihm dafür eine Pizza ausgeben dürfe, vielleicht heute Mittag, als Dankeschön, fragte er seinen Banknachbarn und war dann fast gekränkt, als Andi absagte, weil seine Freundin, die in der Nähe aufs Gymnasium ging, nach Schulschluss auf ihn wartete. Ein breites Lächeln lag jetzt in seinem Gesicht, Pax kannte dieses Lächeln schon, es trat immer dann auf, wenn Andi von seiner Freundin sprach. Sie hätten doch wohl zu dritt etwas unternehmen können, in Gedanken schmiedete Pax den Plan, Andi die Freundin auszuspannen, um mit ihr über seinen lächerlichen Namen zu spotten. Wie in den Seifenopern, die er verachtete. Trotzdem, es wäre nicht schwer, er fand sich besser aussehend als seinen Banknachbarn, sportlicher, größer und sicher jederzeit in der Lage, Andi zu beweisen, was seine Liebe tatsächlich war. Lächerlich austauschbar.

Später schlenderte er Richtung Innenstadt, durch Läden und Videotheken auf der Suche nach interessantem Filmmaterial. Vor allem die Laserdiscs hatten es ihm angetan, er liebte diese großen glänzenden Scheiben, und wann immer sich die Möglichkeit bot, durchstöberte er Flohmärkte und Filmbörsen, um immer noch mehr anzusammeln. Er schaffte Regale an, beschriftete und archivierte, schloss zwei Abonnements für neue Kinomagazine ab und entdeckte in einem An- und Verkauf einen gebrauchten Beamer. Auf ein Auto kann ich immer noch sparen, erklärte er Tante Beatrix abends, bevor er sich seinen Katalogen widmete, um neue Videos oder CDs zu bestellen, er hakte *Ringo* und *Die Reifeprüfung*, *Rain Man* und *Rat mal, wer zum Essen kommt* ab und betrank sich am Wochenende vor dem Fernseher, zusammen mit seinen Filmhelden.

Heidrun saß in einem futuristischen Sessel mit Fernbedienung, der ihr Sofa inzwischen ersetzt hatte. Schön, dass du dich mal wieder blicken lässt, sie lachte ihn an, es klang, als hätte sie eine große Kaugummikugel im Mund. Wundere dich nicht, dass ich so spreche, Heidrun tippte sich an die Stirn. Irgendwas ist komisch. Ich komme nicht mehr allein hoch, sie führte ihm die Funktionen des Sessels vor. Während sich die Sitzfläche mit einem surrenden Geräusch bewegte, musste Pax unwillkürlich an ein Baustellenfahrzeug denken, das seine Ladung abkippte. Wie ein Sandsack, Heidrun zuckte mit den Schultern, wenn ich aber erst mal stehe, ist das meiste in Ordnung.

Schau mal in dem Schrank da drüben, da sind meine Zigarillos, Heidrun deutete auf ihren dreibeinigen Barschrank aus den fünfziger Jahren, innen befand sich ein drehbarer Korpus, der zur einen Seite einen verspiegelten Bereich mit Gläser- und Flaschenhalter und zur anderen einen Raum für Bücher oder kleine Utensilien beherbergte, ganz nützlich, falls man die eine oder andere Flasche mal verbergen will, erklärte Heidrun.

Zuhause eröffnete ihm Tante Beatrix, dass sich jetzt ganz unverhofft eine Gelegenheit für den Autokauf geboten hatte. Herrn Lubinskis Mutter war verstorben, und so konnten sie ihren bunten Flitzer zu einem Sonderpreis bekommen. Ralf gefällt das Auto nämlich nicht. Ich werde das von deinem Kostgeld bezahlen, und was noch fehlt, teilen wir uns, was meinst du?

Aber ich dachte, du brauchst das Geld für die Miete und mein Essen, wollte Pax einwenden, sagte dann aber lieber nichts.

Am nächsten Morgen nahm ihn die Kempe gleich beiseite, dass sie jetzt sicher nicht als Erstes beim Chef petzen würde, aber du musst zum Unterricht gehen. Ob er Sorgen in der Schule hatte?

Nein, sagte Pax, alles wunderbar, manchmal bin ich eben ein bisschen faul.

Typisch, die Kempe boxte ihm in die Seite, meinen Sohn muss ich auch immerzu antreiben, also kann ich mich auf dich verlassen, das läuft ab jetzt, versprochen?

Pax nickte. Und zu Andis Verwunderung erschien er von da an tatsächlich nüchtern und pünktlich zum Unterricht, hinterher mied er die Trinker vor dem Imbiss, holte sich nur eine einzige kleine Dose Bier und lief, seine Butterbreze kauend, direkt zum alten Friedhof, mit dem festen Vorhaben, Finanzmathematik zu pauken. Er versuchte, die Formel für die Zinseszinsrechnung im Kopf zu behalten, das Endkapital ist das Anfangskapital, mal – es dauerte nicht lange, bis sein Blick aus dem aufgeschlagenen Buch abschweifte, auf einer Wegkreuzung stritten zwei Eichhörnchen, und im Hintergrund stocherte ein Mann, auf dessen T-Shirt Pax den Schriftzug *Antichrist* entziffern konnte, mit seinem Gehstock in den Mülleimern. Nach einer Weile schien er etwas entdeckt zu haben, das er in seinem Beutel verschwinden ließ. Pax konnte seine schmutzigen Füße sehen, als der Mann kurz darauf in zerschlissenen Sandalen an ihm vorüberging.

In Blauenklingen traf Pax sich mit Tante Beatrix im Hof der Autowerkstatt, wo sie den neuen Wagen aus, wie Tante Beatrix es nannte, gesundem Misstrauen gegenüber den Lubinskis für zu viel Geld hatten überprüfen lassen. Der Werkstattleiter führte sie in ein öliges, muffiges Büro, im Hintergrund stapelte sich auf einem Schlafsofa zusammengeknüllte Wäsche, gegenüber standen ein Fernseher und ein alter Plastikhocker, darauf benutztes Geschirr und eine Konservendose mit

Gulaschsuppe, auf deren Rand sich eine Fliege putzte, er grinste verlegen, läuft gerade nicht so gut, zuhause, sagte er. Tante Beatrix verzog ihren Mund, Pax konnte ihr Unbehagen fühlen, so sehr, dass er froh war, als ihnen der Mechaniker endlich Schlüssel und Papiere überreichte und ihnen zum Auto voranging. Dass sie es vielleicht noch umlackieren lassen könnten, schlug er vor, es sieht ja schon ziemlich, na, ich sage mal gewöhnungsbedüftig aus.

Wozu denn? Tante Beatrix winkte schnell ab.

Mir gefällt es auch nicht, sagte Pax, als sie mit laut aufheulendem Motor vom Hof zuckelten, kein Wunder, dass Ralf mit der Kiste nichts anfangen konnte. Ach, dann sag doch einfach, dass es meins ist, ein wenig beleidigt rückte Tante Beatrix ihren Mantel unter dem Gurt zurecht, und sofort lenkte Pax ein, praktisch ist es allemal, gab er zu.

Ein wenig aufgeregt parkte er am nächsten Samstag auf dem Parkplatz des Pflegeheims, er hatte eine Schachtel ihrer Lieblingszigarillos für Heidrun dabei, außerdem etwas Geld, um sie zum Kaffeetrinken einzuladen, hoffentlich war sie heute einigermaßen zu Fuß, sonst konnten sie vielleicht ihren Gehwagen mitnehmen, vorsorglich löste er die Hutablage von der Kofferraumtür und verstaute sie auf der Rückbank.

Durch die Fensterscheiben des Büros konnte Pax Nong und die Stationsleiterin sehen, konzentriert starrten sie auf einen Bildschirm, der ihre Gesichter bläulich schimmern ließ, er winkte Nong, lief den Flur hinunter und klopfte an Heidruns Tür. Ein Bewohner stand in der Ecke, das Gesicht zur Wand, als hätte ihn eine Lehrerin dazu verdonnert. Leise rief er um Hilfe, und Pax drückte auf den Knopf, mit dem man die Pfleger rufen konnte, und erst jetzt stellte er fest, dass Heidruns Name draußen neben der Tür verschwunden war. Im Flur begegnete er Nong, sie lächelte kurz, bevor sie ihn betroffen ansah.

Ich will Heidrun abholen, in den Tierpark, sagte er noch.

Später, auf dem Weg zum Auto sah er Heidrun vor sich, die kupferroten Haare, und wie sie bewusstlos im Garten gelegen hatte, um genau so, wie sie es sich immer gewünscht hatte, kurz und schmerzlos zu sterben, und wie sie sie im Krankenhaus trotzdem wiederbelebt, ihr eine Magensonde verpasst und sie an ein Beatmungsgerät und mehrere Schläuche angeschlossen hatten, die sie sich immer wieder selbst herausgerissen hatte, so oft, bis endlich jemand weggesehen hatte. Aber von mir weißt du das nicht, Nong hatte die Zigarette ausgedrückt und auf die Uhr gesehen. Ich muss wieder, hatte sie gesagt und Pax zum Abschied umarmt. Warum hast du mir nicht Bescheid gegeben?, hatte er noch gefragt.

Wann denn? Der ganze Stress hier und noch lernen für die Abschlussprüfung. Außerdem, ich müsste alle paar Tage jemandem Bescheid geben.

Und ihre Sachen?

Nong hatte mit den Schultern gezuckt. Tut mir leid, Pax.

Wer Heidrun denn begraben hatte, fragte er sich, während er den Blinker setzte und den Parkplatz verließ, wenn nicht die Kinder und nicht die Kirche, und wer seine Eltern wohl begraben hatte, und wer ihn einmal begraben würde? Du bist noch jung, aber den Weg gehen wir alle, hatte der Korsakow gesagt. Ob er zum Friedhof fahren sollte, um Heidruns Grab zu suchen? Pax überlegte es sich anders, fuhr nach Hause zurück, stellte das Auto in die Garage und setzte sich in den Kaninchenstall, wo er sich ein Bier öffnete und sich eine von Heidruns Zigarillos anzündete. Es roch übel, der Rauch kringelte sich vor den blinden Fenstern. Heidruns Mut kam ihm bewundernswert vor, wäre er nur früher drangewesen, er hätte sich von ihr verabschieden können, und dann versuchte er, sich den Moment vorzustellen, als Mutter, Vater und John in den Bus gestiegen waren, und er sah sich auf Tante Beatrix' Arm, oder war die Großmutter es gewesen, die ihn gehalten und ihm gezeigt hatte, wie man Menschen mit einem Winken aus den Augen verlor? Vielleicht hatte sie ihn angesehen, ihn am Handgelenk genommen, wink schön, so lange, bis der Bus um die Kurve verschwunden war.

Draußen beobachtete er Oma Peschka, wie sie umständlich mit dem Rasenmäher hantierte, der Motor wollte nicht anspringen. Er blieb noch eine Weile im Eingang zum Schuppen stehen, bis sein Atem ruhiger wurde, bevor er zu ihr trat. Wo denn ihr Schwiegersohn sei?

Ach, seufzte sie, die Kinder haben einfach zu viel zu tun, dass sie sich wohl nach einer Hilfskraft von außerhalb würde umsehen müssen. Nützt ja nichts, alleine schaffe ich den großen Garten nicht mehr. Pax nickte, er hatte Lust, sich zu bewegen, heute kann ich dir helfen, sagte er, und dann zerrte er mehrfach an dem Seil, bis sich der Motor von Opa Peschkas altem Benzinrasenmäher endlich widerwillig in Gang setzte. Fährt's denn wenigstens gut, dein neues Auto?, schrie ihm Oma Peschka ins Ohr. Pax nickte. Deswegen musst du aber nicht Rasen mähen, schrie sie weiter, ich hab dir gern was dazugegeben.

Tante Beatrix kam gerade aus dem Keller, wo sie ihre Schuhe geputzt hatte und imprägniert, und deine auch, Max, lieb von dir, dass du Oma Peschka geholfen hast, und mit einem Blick in den Kühlschrank, ach, da ist ja für heute Abend schon gekocht, sie hatte den Berg Heidelbeerpfannkuchen mit Vanillesauce entdeckt, und gierig riss sie sich eine Ecke von dem Gebäck ab und stopfte sie sich gleich in den Mund, du riechst ganz schön nach Schweiß, sagte sie, und ob er jetzt immer so rumlaufen würde, dass er seine Haare mal wieder waschen konnte und ob er nicht eigentlich in den Zoo wollte, mit dieser Gudrun?

Heidrun ist gestorben, sagte Pax. Einfach umgefallen, im Garten.

Die Glückliche, Tante Beatrix zupfte sich noch ein weiteres Stück Pfannkuchen ab und sah ihn kauend an, so einen Tod wünsche ich mir auch.

Nach dem Essen drehte Pax eine Zigarette. Warum hast du mir eigentlich verschwiegen, dass Oma Peschka auch was zum Auto dazugegeben hat?, fragte er.

Das muss ich vergessen haben, Tante Beatrix zuckte mit den Schultern, na, du hast ihr ja jetzt den Rasen gemäht, da seid ihr doch wieder quitt, die weiß doch eh nicht wohin mit ihrem Geld, und die Kinder haben selbst genug, die komplette Ostzone haben die ausgelegt mit ihren Teppichen, da kannst du dir denken, wie's auf deren Konto aussieht.

Pax versuchte sich wieder auf seine Zahlen zu konzentrieren, auf eine seltsame Art war die Finanzmathematik in seinem Gehirn jetzt an die schwarzen Fesseln des Müllsammlers vom Friedhof geknüpft. Wenn er aber versuchte, die Verbindung zu lösen, indem er an etwas anderes dachte, erreichte er nur das Gegenteil, und die rissigen Füße in den zerschlissenen Sandalen kamen ihm umso detailgetreuer vor Augen. Es wäre alles wesentlich einfacher, wenn er was zu rauchen hätte, aber seit Hendryk von seinem Stiefvater vor die Wahl gestellt worden war, entweder das Dealen sein zu lassen oder auszuziehen, war Schluss damit. Dass Hendryk nach Berlin gegangen war, erzählte man sich, und heimlich beneidete Pax ihn darum, auch wenn sie im Kaufmarkt Hendryks Schicksal augenblicklich mit dem von Christiane F. gleichsetzten. Aber wahrscheinlich genoss Hendryk längst die Freiheiten der Großstadt, während er selbst noch immer hier saß und seine Lust auf Abwechslung wieder mal in einer Flasche Bier versenkte. Wenn er eine Vier schrieb, konnte er durch eine Eins in Sport ausgleichen, kalkulierte er, bevor er das Buch zuklappte.

Einigermaßen beruhigt ging er an sein Regal mit dem Filmarchiv, Hendryk hätte ihm wenigstens noch einen Tipp geben können, wo er jetzt an Gras kam. Eigentlich hatte er sich für heute vorgenommen, *Der weiße Hai* oder *Fahrenheit 451* anzusehen, in beiden Filmen wurde mit Hitchcocks *Vertigo-Effekt*, einer besonderen Form der Kameraführung, gearbeitet, aber schon nach wenigen Minuten schaltete er den Rekorder ab, weil er viel zu müde war, um Truffaut die ihm gebührende Aufmerksamkeit zu widmen. Um sein Gewissen zu beruhigen, legte er sich doch noch einige Arbeitsblätter zum Thema Kursrechnung auf den Schoß, bevor er erschöpft in seinem Sessel einschlief.

Jetzt komm doch endlich mal mit, Training ist doch nur einmal die Woche nach Feierabend, das ist wirklich zu machen, versuchte ihn Witte einen Monat später zu überreden, es sind auch ein paar Jungs aus der Bundesdruckerei dabei, und dass er doch früher Fußball gespielt hatte. Gib dir einen Ruck, Pax, bitte, wir brauchen jeden Mann. Jetzt gilt die Ausrede mit dem Lernen nicht mehr und auch nicht, dass du ja eh bald weg bist.

Keine Lust, sagte Pax, ehrlich nicht, du brauchst mich nicht immer wieder zu tragen, Sport ist abgehakt. Aus der Küche hatte er eine Vase organisiert, in der sein Blumenstrauß versank, den er eben im Chefsekretariat bekommen hatte. Er stellte ihn trotzdem auf den Tisch, auf dem die Kempe eben selbstgebackenen Kuchen aufschnitt, schön, dass du bleiben kannst, sie zwinkerte und gratulierte zur bestandenen Prüfung, ob ihn der Chef auch nach seiner Meinung zu seiner neuen Kunst im Foyer gefragt hatte? Pax nickte, die Kempe kicherte, er fragt nämlich jetzt jeden, seitdem Witte die Installation für ausgemusterte Büromöbel gehalten und den Chef um einen Schreibtisch gebeten hat.

Na und, Witte zuckte mit den Schultern, sieht doch nach Büromöbeln aus, das Kunstwerk, übrigens, ihr könnt heute eure Striche für den Kaffee hinter meinen Namen machen, zur Feier des Tages, er prostete Pax mit seiner Tasse zu. Dann griff er nach Frau Kempes Massageball und warf ihn Pax an die Schulter, gib dir einen Ruck, wiederholte er, draußen ist's warm, ein bisschen Kicken, einmal die Woche.

Von jetzt an verbrachte Pax die Feierabende mit seinem Beamer, den er dem Händler aus dem An- und Verkauf im Tausch gegen einige seltene Laserdiscs, seine Schulbücher und Heidruns Armband abgerungen hatte. Erst hatte ihn ein schlechtes Gewissen geplagt, dann aber hatte er sich damit getröstet, dass Heidrun den goldenen Reif für ein Mädchen bestimmt hatte, und war er dadurch nicht, wenn auch unfreiwillig, von ihr verletzt worden? Vielleicht kam der Schmuck zu einem Liebhaber, wo er sicher besser aufgehoben war als bei ihm, beruhigte Pax sich. Nachdem er aber in seinem Zimmer die Filmposter umgehängt hatte und die ersten Bilder von Wim Wenders' *Paris, Texas* auf die weiße Wand fielen, da dachte er nicht mehr an den Händler, der Heidruns Armband sicher längst an den nächsten Goldankauf verscherbelt hatte, sein schlechtes Gewissen war schlagartig ausgelöscht, überstrahlt von der Schönheit der Aufnahmen. Was sollte er mit den anderen auf dem Sportplatz verdummen. Es war besser so, am wenigsten anstrengend, er würde sich schon damit abfinden, und tatsächlich hatte er sich am Ende des Sommers nahezu in sein Schicksal ergeben, bis zu jener Mittagspause, als er nach einem Blick auf seine Uhr entschied, dass noch Zeit blieb, in den Supermarkt zu gehen, um sich den abendlichen Andrang zu ersparen. Er schluckte den letzten Bissen, zog ein letztes Mal an dem Strohhalm, der in seiner Cola steckte, lief zum Abfalleimer und weiter in den Markt. Vor ihm in der Kassenschlange stand eine schlanke junge Frau, Unmengen an Süßigkeiten neben sich auf dem Band, dahinter legte Pax viel zu viel Bier, als kauften sie beide für mehrere Gäste ein, für eine Feier vielleicht, dachte Pax, und war gespannt, wann seine wohl endlich stattfinden würde.

Das Dünnste an ihr waren die Beine, und weil sie das Kinn leicht vorstreckte, hatte sie etwas von einem großen unglücklichen Laufvogel, fast hätte Pax sie nicht wiedererkannt. Leni war nicht mehr dick, im Gegenteil, abgemagert war sie, viel zu dünn jedenfalls, weshalb sie noch größer wirkte, als er sie in Erinnerung hatte. Was sie hier machte, fragte Pax und mit Blick auf ihren Einkauf, ob sie inzwischen ein Kind hätte? Er hörte seine eigene Stimme, ungewollt streng, als wäre Leni unberechtigt in sein Revier eingedrungen.

Ich arbeite hier, sagte Leni, also nicht hier drin, der Pfandbon fiel ihr aus der Hand, Pax bemerkte ihre langen, schmalen Turnschuhe, als er ihn aufhob, Größe dreiundvierzig, mindestens, ach Mist, sagte sie, den hatte ich beim Bezahlen die ganze Zeit in der Hand, und dass er sie abgelenkt hätte. Kennst du das, sie sah ihm in die Augen, und er erinnerte sich an ihr Kindergesicht, an den dicken Teenager vor ihm im Bus. Das Pausbackige war verschwunden, aufgezehrt jedes Gramm Fett, aber da war noch immer dieser Duft nach Vanille, ob er das kannte, fragte sie nochmal, die Anwesenheit von jemandem zu spüren, noch ohne ihn gesehen zu haben, aber es schien nicht als Frage gemeint, denn sie hob ihre Stimme nicht, am Ende des Satzes, während sie ihren Einkauf unsortiert in einen Beutel stopfte.

Schnee-Witte war dabei, als sie sich das erste Mal trafen, während das Einkaufszentrum von der herbstlichen Wald- in eine Winterlandschaft umgestaltet wurde, sie saßen neben einem grimmigen Uhu, dessen Flügel mithilfe von Druckluft schlugen. Witte merkte nicht, dass er vielleicht stören könnte, und erzählte unablässig von dem alten Mann, der vormittags mit einem Koffer voll Reichsmark im Foyer der Bank gestanden hatte und nicht einsehen wollte, dass sie die Münzen nicht mehr umtauschten, immer montags, er seufzte, am Wochenende räumen die Leute im Dachboden herum, und montags stehen sie dann bei uns mit ihren versifften, schwarzen Münzen und den zerbröselnden Scheinen.

Beim zweiten Versuch fanden sie sich unter einem Rentierschlitten wieder, der über ihnen durch Glitzerschaumstoffwolken flog, Leni aß viel und schnell und trank dazu Milchshake. Der ganze Tisch war vollgestellt mit Pappschachteln und Tellern. Meine Eltern haben inzwischen deutschlandweit noch mehrere Filialen eröffnet, sagte sie, und dass sie hier in der Zentrale im Büro arbeitete, sie schlang den letzten Bissen hinunter, knüllte die leere Pommestüte zusammen, langweilig, oder? Ein Rest Mayo klebte an ihrem Daumen, sie tupfte ihn mit einer Serviette ab, bevor sie ein klobiges Handy aus ihrer Tasche zog, ich hole nämlich gerade immer Dienstagmittag den Tanzkurs nach, sagte sie mit Blick auf die Uhr im Display, weil sie doch damals nach der ersten Stunde abgebrochen hatte.

Pax starrte auf das Handy, und ihm fiel ein, dass er gelesen hatte, die Geräte würden krebserregende Strahlen aussenden, man sollte immer mindestens dreißig Zentimeter Abstand halten, genauso wie bei diesen schnurlosen Telefonen, von denen Tante Beatrix unbedingt eines anschaffen wollte, ob sie keine Angst vor der Strahlung hätte?

Kurz sah es aus, als wollte sie ihm das strahlende Handy zum Spaß über den Tisch zuschieben, genau so, wie sie ihm früher im Garten die Wasserbomben weitergegeben hatte, in dieser Halterung, die Hendryks Vater damals bei *Woolworth* gekauft hatte und in die man den Ballon spannen konnte und eine Feder aufziehen, sodass sich mit lautem Ticken ein Nagel auf die dünne Ballonhaut zubewegte – Leni aber hielt in der Bewegung inne, und fast schüchtern steckte sie das Gerät stattdessen zurück in ihre Tasche, ob er kurz aufpassen könnte, fragte sie, stand auf, um zur Toilette zu gehen, und wieder fiel ihm auf, wie sehr sie ihr Kinn nach vorne streckte und die Schultern nach oben zog, als schlüge ihr schlechtes Wetter entgegen, Regen aus einer Wolke, die sie bis in das Einkaufszentrum begleitet hatte. Pax bestellte sich ein Bier, wie um das Ende der Mittagspause hinauszuzögern. Dass er sich selbst ja auch nicht in die Tanzschule getraut hatte, aus verschiedenen Gründen, sagte er, nachdem sie sich wieder gegenübersaßen, aber ich hätte dich in jedem Fall aufgefordert, mir hätte das gut gefallen, dass du größer bist als ich, wir hätten zusammen hingehen sollen, um dann die Rollen zu tauschen, wie früher an der Verkleidungskiste.

Das sagst du jetzt, Leni sah ihn an, bevor sie beide den Blick abwandten.

WEISST DU EIGENTLICH, wie ein Kind entsteht? Tante Beatrix war ganz blass, während Pax nach dem Autoschlüssel suchte, ja, sagte er eilig und spürte dabei, wie ihm heiß wurde, und auch sie wechselte jetzt über in einen Rotton, also dann, dass er aber nicht zu spät heimkommen sollte, sagte sie mit der verklemmten Andeutung eines Lächelns, aber vielleicht schlafe ich dann ja auch schon. Pax nickte, und im Auto musste er sich als Erstes eine Zigarette anzünden, gegen seine Scham und ihre Scham und alle Fremdscham, er kurbelte ein Fenster hinunter, spürte die kalte Nachtluft im Gesicht, während er in seinen Rucksack griff und eine der Bierdosen herauszog, die er eigentlich hatte mitbringen wollen.

Zehnte Etage, sagte Leni durch die Sprechanlage eines Wohnblocks aus den siebziger Jahren, und später, als Pax die Aussicht aus dem Wohnzimmerfenster bewunderte, leider ohne Balkon. Über dem äußeren Fensterbrett hingen ihre zerschlissenen Sportschuhe, an den Schnürsenkeln über einem Nagel, unten floss die Donau, Straßenlaternen beleuchteten die Brücke, über die er eben noch gefahren war, schwarze Baumkronen, vom Scheinwerferlicht winziger Autos angestrahlt, ein nächtlicher Ausschnitt der Stadt wie aus einem Flugzeug im Landeanflug, im Himmel noch ein Streifen Licht. Eine Weile betrachtete Pax den Vollmond, seitdem er einen Dokumentarfilm darüber gesehen hatte, dass in mexikanischen und ostasiatischen Legenden das Muster auf der Oberfläche als Hase gesehen wurde, versuchte er jedes Mal, das Tier zu erkennen, der Hase, der in einem Mörser Reiskuchen stampft oder das Kraut der Unsterblichkeit. Leider gibts nur Fertigpizza, sagte Leni, weil sie auch gerade erst von der Arbeit käme.

Ist doch gut, sagte Pax und zog die Schuhe aus, dass er nicht gleich an der Tür daran gedacht hatte.

Weißt du noch, die Kaninchen?

Leni nickte. Ich war nie wieder in dem Schuppen, sagte sie. Oma kam danach immer zu uns, hat von der großen Freiheit gesprochen, sich zum ersten Mal in ihrem Leben um nichts mehr kümmern zu müssen, bis sie um fünf Uhr nervös wurde und heim musste, zu den Tieren in ihrem Kopf. Jetzt mag sie nicht mehr raus aus Blauenklingen.

Vielleicht besuchst du uns ja mal wieder, sagte Pax, und er steckte die Hände in die Hosentaschen, gegen die Stille, die statt ihrer Antwort den Raum füllte.

Lenis Möbel schienen sich aus den Resten ihres Jugendzimmers zusammenzusetzen, der Ausführung für Mädchen mit viel Weiß – dazu ein Hometrainer, ein Stapel mit Katalogen, *Kelims*, *Orientalische Teppichmuster*, *Bodenbeläge für draußen*, ein großer Bildband, *Die Geschichte der Paläontologie*, ein Stapel mit Frauenzeitschriften, Reiseführer. Eine alte Kommode, darauf eine Schale mit leicht eingestaubten Haarspangen, er packte die übrigen drei Dosen Bier aus, für uns, sagte Pax, und beim Öffnen seiner Dose fragte er sich, was er hier eigentlich genau wollte, er stellte die Dosen auf die Arbeitsfläche, begutachtete ihre Einbauküche. Von meinen Eltern, Leni zuckte mit den Schultern, Pax ließ den Blick wandern über den schmalen, weiß beschichteten Holztisch, zwei Stühle mit Sitzkissen, zwei Tischsets und eine Wanduhr, nicht so schön, die Uhr, ich weiß, aber praktisch vor der Arbeit. Wieso, sagte Pax, mir gefällt sie.

Ich hab nur das beigesteuert, sagte Leni und deutete dabei auf eine abgenutzte Vitrine, in der sie Steine und Fossilien ausgestellt hatte. Eine flache Schieferplatte mit dem Abdruck einer Libelle, selbst die feinsten Verästelungen in den Flügelpaaren hatten sich erhalten, dazu ein kleiner Ammonit und einige Mineralien: Bernstein, Baryt und Zinnwaldit las Pax, Topas, von mir selbst gefunden, sagte Leni, und hier, die Sandrose hat mein Vater aus Algerien mitgebracht aus der Oase Ouargla.

Pax sah durch das blankgeputzte Glas, wie ein Filmrequisit wirkte die Vitrine zwischen den Pressspanmöbeln, und die Sandrose darin sah aus, als hätte man Unmengen an flachen Schokoladen- oder Karamellblättchen aneinandergefügt zu einer Skulptur. Gips habe ich mir ganz anders vorgestellt, sagte er jetzt. *Pechblende*, las er weiter, und misstrauisch beäugte er den schwarzen, fettglänzenden winzigen Stein, aber strahlen konnen die nicht, oder?

Im Badezimmer wusch er sich zur Sicherheit die Hände, besser er hielt etwas Abstand zu den Steinen, er sah sich um, es war sehr sauber, neben einigen Waschutensilien und einem Schminktäschchen hing Lenis Sportkleidung an einem Haken, auf dem Rücken des Oberteils war noch ein nasser Fleck zu sehen, ein Rasierer aus rosa Plastik stand im Zahnputzbecher, nichts weiter, das auf eine zweite Person hindeutete. An eine Wand hatte Leni mit blauer Farbe Wellen gemalt, ein Foto von einem Traumstrand hing darüber und eine Parfumwerbung, die einen Schauspieler zeigte, beides war aus Zeitschriften geschnitten. Pax hatte sich noch nie in der eigenen Wohnung einer Gleichaltrigen aufgehalten, selbst Hendryks Kifferbude war im Grunde nichts weiter als ein Kellerraum im Haus seines Stiefvaters gewesen. Drüben stellte Leni Musik an, ihre Anlage war mit einem Lautsprecher im Badezimmer verbunden, das Kabel klebte an der Fußleiste. Laut Musik zu hören, an die Wand zu malen, tun zu können, was immer man wollte, als er zurückkam, legte Leni die Thunfischpizza in den Ofen, amerikanische Art, die mag ich am liebsten, sagte sie, weil der Boden so fluffig ist. Aus dem Kühlschrank nahm sie ein großes eingeschweißtes Stück Käse, um die Pizza noch nachzubelegen, Tante Beatrix' Askese fiel ihm ein, wie sie mit dem Messer die Pizza viertelte, um nur ja nicht von der Menge erschlagen zu werden oder gar zu viel auf dem Teller zu haben, wer das denn alles essen sollte, sie sagte es jedes Mal. Leni schienen diese Sorgen fremd, ihr Übermaß gefiel ihm, das Grenzenlose, das er für genießerisch hielt, während er die Kerze auf dem Tisch anzündete und sich fragte, ob das vielleicht zu romantisch war.

Leni war schon fast fertig, als er endlich anfing zu essen, 'tschuldigung, sagte sie, ich bin ganz ausgehungert, sie schob die zweite Pizza in den Ofen. Hinterher rührte sie heißes Wasser in Pulvercappuccino, trank ihren mit einem Schuss Amaretto und seinen dazu, weil er lieber beim Bier blieb, danach gab es Eiscreme, mit Keksen und Schokostreuseln, habe ich mir in Beatrice so angewöhnt, sagte Leni, und in Pax irritierten Blick hinein, Beatrice, Nebraska, mit Betonung auf der zweiten Silbe, dass der Ort wirklich so hieß und dass es dort so eine Art riesigen Parkplatz gegeben hatte, eine Fast-Food-Kette neben der nächsten und die größte Milchbar, die du dir vorstellen kannst. Das Peanut Parfait dort war unglaublich süß, so was könnte man hier niemals verkaufen, aber es war gut, so gut, dass sie seitdem davon träumte, mal wieder zu verreisen, aber diesmal wohin ich selbst will, Leni sah ihn an.

Und wohin willst du? Pax trank an seinem Bier.

Keine Ahnung, sie lächelte, Steine suchen jedenfalls, den letzten Löffel Eis nahm sie fast schon im Stehen, bin gleich wieder da, sagte sie.

Pax trank sein Bier in schnellen Zügen aus, öffnete eine zweite Dose und packte die leere Büchse zurück in seinen Rucksack, er brauchte Vorsprung, ohne dass es auffiel, erst dachte er, sich verhört zu haben, als die Musik mit einem säuselnden Geräusch aus dem CD-Player verstummte, die beiden Mittagspausen fielen ihm ein, dasselbe Übermaß, dieselbe Geschwindigkeit, dasselbe Versprechen, bin gleich wieder da. Leise stand er auf, schlich vor das Badezimmer, er hörte die Spülung, dann den Wasserhahn und stand noch immer dort, unsicher, als die Tür aufging.

Was machst du da? Leni sah ihn entsetzt an.

Ich wollte nur, es war – ob ihr schlecht sei? fragte er, den Blick auf dem feinen, hellen Flaum um ihren Mund, der noch etwas feucht im

Flurlicht schimmerte, nein, sagte sie deutlich, und er nickte, bevor er sich etwas ungeschickt an ihr vorbeidrängte und hinter sich abschloss. Drinnen setzte er sich auf den Rand der Wanne und sah auf den Südseestrand, so etwas gab es doch nur in Filmen, nicht in echt, und was ging es ihn an, er wartete eine Weile, bis er die Spülung drückte und sich dann vorsichtig zurückwagte. Leni hatte inzwischen den Tisch abgeräumt und die Stühle herangerückt, ich bin ganz schön kaputt, seufzte sie, dass sie sich vielleicht besser mal am Wochenende trafen, weil dann mehr Zeit wäre.

Pax zögerte kurz, ich wollte nicht, sagte er, wartete vergeblich, auf mehr als Floskeln zum Abschied, bevor er zur Garderobe ging, sein Bier neben sich stellte und sich die Schuhe band.

Im Aufzug trank er seine Bierdose aus, ohne abzusetzen, draußen in der Kälte blieb sein Atem noch sichtbar, als er längst schon im Auto saß. Er drückte die Dose zusammen und warf sie in den Fußraum des Beifahrersitzes, ließ den Motor an, machte aber kein Licht, unentschlossen für einen Moment, bevor er den Motor wieder abstellte, ausstieg und zurück zur Sprechanlage lief. Es dauerte eine Weile, bis er Lenis Stimme hörte.

Damals auf der Klassenfahrt, sagte er, als ich herumerzählt habe, dass du so fett wärst und lesbisch, da habe ich vielleicht –

Was denn?

Er hörte sie atmen, warten, konnte nicht sprechen – bis es irgendwann klickte.

DER FLACHMANN fehlte im Handschuhfach, er hatte ihn in Blauenklingen vergessen, liegengelassen, auf der Anrichte, als er sich hatte Kirsch einfüllen wollen. Tante Beatrix würde nicht begreifen, wofür die Flasche gut war, und falls doch, würde sie so tun, als wäre nichts, Pax wischte sich mit der ganzen Hand über das Gesicht, fuhr an die nächste Tankstelle, kaufte Rum-Cola, sein Parkplatz von vorhin war noch frei, er war ohne Licht gefahren, er blickte sich um, ob ihm auch niemand gefolgt war, bevor er die Dose öffnete und durch die Windschutzscheibe in die unteren Etagen des Hochhauses sah, vereinzelte Lichter, Vorhänge, ein Mann mit einem Kind auf dem Arm, Fernsehschirme, Nippes auf den Fensterbrettern, er rauchte eine Zigarette und trank dann sehr schnell, mit der Büchse in der Hand ging er zurück zu der Sprechanlage.

Leni klang schläfrig, spinnst du?, sagte sie, ich hab dir doch schon erklärt, dass ich morgen arbeiten muss.

Auf der Klassenfahrt, fing er wieder an, es musste doch möglich sein, es musste jetzt endlich möglich sein, als ich das herumerzählt habe, dass du fett und – ich, es tut mir so leid, Leni, er machte eine Pause – ich bin vielleicht – ich bin schwul, Leni.

Das Summen kam von irgendwoher, aus irgendeiner Richtung innerhalb der Rum-Cola, seine Hand auf dem Türgriff fühlte keinen Widerstand mehr, im Treppenhaus war es warm, und während er auf den Fahrstuhl wartete, kam es ihm vor, als wäre er ohne Gewicht, wie unter Wasser, in einem Aquarium, aus dessen Ecke ihm die große Treppenhauspflanze ihre grünweißen, von der künstlichen

Strömung bewegten Arme entgegenstreckte. Oben stand die Tür auf, er trat ein, sah Lenis dürre Beine aus dem langen Nachthemd, auf das ein Katzenkopf appliziert war, ragen, sie zerrte gerade einen Koffer aus der Nische neben dem Kleiderschrank hervor, wuchtete ihn auf den Küchentisch und öffnete die Verschlüsse wie nach einem geglückten Bankraub, da waren Gläser mit Erdnussbutter und Nussaufstrich, Kekse, Waffeln, Schokoladentafeln, Fertigkuchen, Bonbons und Fruchtgummi, Chips und Erdnüsse und Schokomüsli in einer Menge, wie es sie in Tante Beatrix' und Pax' Haushalt über all die Jahre, die sie am Leben waren, nicht gegeben hatte. Leni sah ihn an, stand hinter dem Koffer, wie damals, als sie versucht hatten, Oma Peschkas Heidelbeerpfannkuchen mithilfe eines Bauchladens an die Leute zu bringen und Hendryk als Einziger tauschen wollte, gegen Brausepulver, und sie hatten es ihm abgeschlagen, und hinterher waren sie auf den Eierkuchen sitzengeblieben, hatten sie dem Nachbarshund verfüttert, bis man sie erwischte. Ich war immer so froh, wenn ich bei Oma sein konnte, sagte Leni jetzt, ich war immer froh, dich zu haben, euch wichtig zu sein, willkommen. Meine Eltern hätten sich kein Kind anschaffen sollen, sie sind einfach glücklicher zu zweit, waren es immer schon. Einmal war ich mit einer Freundin und deren Eltern auf einem Faschingsball, wir sollten uns im Kreis aufstellen, und die Erwachsenen sollten sich hinter die Kinder stellen, deren Kostüme ihnen am besten gefielen. Ich bin gleich in der allerersten Runde rausgefallen. All die Jahre habe ich gedacht, das war, weil ich nicht hübsch genug bin, weil mein Kostüm zu klein war, weil ich mich so unwohl gefühlt habe, so überproportioniert, darum hat mich niemand ausgewählt. Erst viel später, als ich auf einem Spaziergang durch Zufall eine Kindergesellschaft bei einem ähnlichen Spiel beobachtet habe, ist mir schlagartig eingefallen, dass es gar nicht an mir gelegen hat, dass es bei den anderen Kindern ganz einfach deren Eltern waren, die sich hinter sie gestellt hatten, nur meine, die hatten mal wieder keine Zeit gehabt. Pax sagte nichts, sah sie nur lange an, so lange, bis ihr Gesichtsausdruck endlich in Verzweiflung kippen konnte, weiter, in ein Schulterzucken, ein unglückliches Grinsen, in das er, vorsichtig, es wagen wollte, ihr entgegenzulächeln.

MORGENS FIEL LEICHTER Nieselregen gegen die Windschutzscheibe, Pax hatte sich extra freigenommen, um Tante Beatrix zu Großmutters ehemaliger Wohnung zu chauffieren. Er fuhr gerne durch das trübe Wetter, wenn die Heizung funktionierte und die Fahrbahnmarkierungen im Scheinwerferlicht glänzten, aus dem Radio kam leise amerikanische Filmmusik, *Am I blue?* sangen Hoagy Carmichael und Lauren Bacall im Duett, und Ingrid Bergman flüsterte, *play it once Sam, for old times sake,* hier links, sagte Tante Beatrix vom Beifahrersitz aus, und ob er nicht mehr den Weg wusste oder ob er etwa noch so müde war, von der langen Nacht?

Früher sind wir doch anders gefahren, Pax setzte den Blinker, nachts war es ihm erst so vorgekommen, als hätte er bei seiner Rückkehr Tante Beatrix' Silhouette im dunklen Fenster gesehen, oben aber war es still gewesen, und als er in seinem Zimmer verschwunden war und sich im Bett ausgemalt hatte, wie sie heute im Auto versuchen würde, ihn auszuhören, da war sein Gefühl dasselbe gewesen, das er jetzt empfand, nur dass er sich jetzt nicht einfach die Decke über den Kopf ziehen konnte, stattdessen zuckte er nur mit den Schultern, ihren begierigen Blick seitlich am Hals, wie die arglosen Opfer seiner Vampirfilme. Ja, war ganz nett, sagte er, und fast wäre er von der Straße abgekommen, als Tante Beatrix unvermittelt Stopp! rief und ihm vor lauter Aufregung ins Lenkrad griff.

Nimm doch einen Schirm, hörte er sie beim Aussteigen sagen, geht schon, winkte er ab, dass es ja schon wieder heller würde, da drüben, schau, aber noch während er sich die Kapuze über den Kopf zog, spürte er, wie das Wasser durch die Nähte in seine Turnschuhe drang. Tante Beatrix' Worte, dass man im Grunde nur darauf zu achten brauchte, ob die Wohnungsbewerber ihre Schuhe geputzt hatten, fielen ihm jetzt ein, *wer keine geputzten Schuhe hat, bekommt von mir keine Wohnung,* hatte sie damals im Kaufmarkt proklamiert, er erinnerte sich an Frau Lubinskis zustimmendes Nicken, noch heute, wenn er Schlammspritzer, Staub oder Salzränder an seinen Schuhen bemerkte, war es dieser Satz, der Pax einfiel. Nach ein paar Monaten schon hatte das Pärchen mit den geputzten Schuhen dann aufgehört, die Miete zu bezahlen, immer wieder hatten sie Tante Beatrix mit den ausgesuchtesten Notlügen hingehalten, nicht ohne geschickt Worte wie etwa *Christenmensch* oder *Barmherzigkeit* in die jeweiligen Schicksalsschläge einzuweben. Geld überwiesen sie immer nur im letzten Moment, um die Räumung zu verhindern, Besserung gelobend, bevor sie die gleiche Masche wieder aufnahmen. Dass sie von der Polizei gesucht wurden, munkelten die Lauterthaler, genau aber wusste keiner, warum die beiden nach so vielen Jahren endlich weitergezogen waren.

An der Wohnungstür blieb Tante Beatrix stehen wie eingefroren, auch, weil es tatsächlich schwer möglich war, sich nur einen einzigen Schritt weiter zu bewegen. Mithilfe eines Besenstiels versuchte Pax das einzige noch zugängliche Fenster zu kippen. Wäre es Kunst gewesen, die Künstlerinnen oder ihre Assistenten hätten Jahre an dieser Installation arbeiten müssen, an diesem Meisterwerk aus Müll, dieser Inszenierung von Verwesung, Verschmutzung und Vergärung. Vom Fenster aus kletterte er weiter über die vom Unrat verschütteten Möbel, um Milliarden an Kleinstlebewesen mit dem Ziehen der Toilettenspülung zu töten, bevor er etwa in der Mitte des Wohnzimmers auf Großmutters altem Sofa stehenblieb. Wie froh Tante Beatrix damals darüber gewesen war, dass die neuen Mieter das meiste an Inventar mit übernehmen wollten, ungläubig ließ sie jetzt ihren Blick durch den Raum schweifen, ach, dass es so schlimm doch gar nicht wäre, sagte Pax beruhigend und fügte hinzu, da schau doch, Großmutters Jahresuhr, vorsichtig zog er sie auf, die geht noch. Er stellte sie auf die Kommode, während die Sonne für einen Moment durch die Wolkendecke brach, sodass der Schatten des Drehpendels einige Umdrehungen lang über die Wand rotierte, bevor er sich, wie von einem unsichtbaren Widerstand aufgehalten, in die Gegenrichtung zurückbewegte.

Ich kann doch die Wohnung renovieren, fing Pax noch im Auto an. Du müsstest gar nichts tun, und ich würde in deiner Nähe bleiben, und du hättest auch mehr Platz für dich. Das schaffst du nie und nimmer, sagte Tante Beatrix, der ganze alte Mist, und wie sie ihre Wohnung bezahlen sollte, wenn ihr sein Kostgeld ausfiele?

Na, von der Miete, und wie viel Geld sie einsparte, wenn er alles erledigte statt teurer Handwerker, sie bräuchte auch nicht lange nach netten Mietern zu suchen, weil sie ihn ja kannte und wusste, er war zuverlässig. Wie ein kleiner Junge, der seinen Eltern die Vorzüge eines neuen Fahrrades anpries, stand er jetzt mehrmals täglich vor Tante Beatrix, unruhig mit den Füßen wippend, ein Lächeln im Gesicht. Ich kann dir doch auch ein bisschen mehr Miete bezahlen, bitte, sag ja. Und fast hätte er sie umarmt, als Tante Beatrix, wenn auch nur, um seiner Platte über den Sprung hinwegzuhelfen, irgendwann nachgab, indem sie immerhin versprach, es sich zu überlegen.

In seinem Zimmer öffnete Pax eine Dose Rum-Cola, seine Lieblingsmarke war ausverkauft, diese hier schmeckte zu süß, außerdem war sie warm, aber es war heute nicht wichtig. Er stellte sich vor, wie er bald schon eine eisgekühlte Dose aus seinem eigenen Kühlschrank nahm, oder zwei, falls er Besuch hatte, falls er endlich Besuch haben würde, vor seinem inneren Auge begann er die neue Wohnung schon einzurichten, schob sein Bett hierhin und baute das Heimkino dort auf, nein, da hatte die Sonne an der Wand gestanden. Er könnte Leni einladen, überall rauchen, telefonieren, essen, worauf er Lust hatte, Filme anschauen beim schönsten Wetter, sein Archiv neu sortieren, wie eine Mediathek einrichten, vielleicht. Pax zog die Vorhänge zu, um seine DVD fertig zu sehen, und während *Céline* und *Julie* über die

Wand Boot fuhren, landete eine Fliege auf der Raufasertapete, mitten in Célines Gesicht, flog weiter auf Pax' Hand und von dort aus zurück auf eine dreifarbige Katze und weiter auf Julies Nase, wo sich das Insekt unermüdlich putzte, bevor es drei, vier Zentimeter über eine grüne Pariser Parkbank weiterkrabbelte, um, knapp neben Julies linkem Auge die filmische Illusion völlig zu zerstören. Entnervt stand Pax auf, dabei nahm er einen stechenden Brandgeruch wahr, er roch sofort am Beamer, nichts, es kam eher von der Tür her, Pax öffnete, leichter Qualm zog aus dem Wohnzimmer in den Flur, Tante Beatrix lag auf dem Boden, den rechten Arm von sich gestreckt, als habe sie sich eben noch am Sofa abstützen wollen, das Bügeleisen stand auf dem Brett, der ganze Bezug schwelte, kurz davor, in Brand zu geraten. Pax steckte es aus, aufwachen!, rief er, und fasste dabei Tante Beatrix an den Schultern, nicht zu fest, weil ihm das selbst noch in der Not unerhört schien, sie aber reagierte nicht, er riss das Fenster auf, griff nach der Gießkanne zwischen den Zimmerblumen, jetzt wach doch auf, Tante Beatrix, er goss ihr Wasser ins Gesicht, über das kokelnde Bügelbrett, Verzweiflung geriet ihm in die Stimme, die ihren Namen wiederholte, Tante Beatrix, so wach doch auf, bevor er den Notruf wählte.

An den Wänden des langen Krankenhausflurs waren blaue Metallsitze angeschraubt. Pax nahm eine Broschüre über Infektionskrankheiten und Keime vom Sitz neben sich, überflog die ersten Sätze, unkonzentriert, kratzte sich unwillkürlich über dem linken Schlüsselbein, bevor er schräg gegenüber an der Wand mit dem Unterarm einen Spender für Desinfektionsmittel betätigte, er rieb seine Hände ein, auch den Bereich zwischen den Fingern, der Anweisung folgend, er tat das jetzt zum dritten Mal, ohne jede Ahnung, wie lange er schon wartete, die Tür zum Arztzimmer stand einen Spalt offen, auf dem Tisch sah er, leicht angeschnitten, eine Flasche stehen, er erkannte die Einundfünfzig auf dem Etikett, *Pastis de Marseille*, und wie gern er jetzt einen gehabt hätte. So blieb ihm nichts, als zu warten, den Blick auf die

Neonröhren an der Decke, die grauen PVC-Bodenfliesen und das Plakat gegenüber, das den Transmitteraustausch im synaptischen Spalt erklärte. Sein Mund war trocken, weggehen aber wollte er ebenso wenig wie die Schwester, die entnervt wirkte, um etwas Wasser bitten, und so blieb er, Stunde um Stunde, sah einen Betrunkenen sich in das Blut erbrechen, das aus seiner Kopfwunde vor ihm auf den Boden tropfte, sah die vergessenen Flecken unter der Heizung, als der Mann längst verschwunden war, in einen Braunton übergehen, spürte einen Druck an seinen Schläfen, bis endlich eine Ärztin kam und ihn an Tante Beatrix' Bett führte.

Keine Lebensgefahr mehr, sagte sie, wenn sie auch Genaueres noch nicht wussten. Sein müder Blick glitt leicht an ihr vorbei, in ihren Rücken, der sich verschwommen im Fenster spiegelte, weiß vor dem Ende der Nacht. Danke, murmelte er, während sich ihre Gestalt auf der Scheibe verlor und den Blick freigab in den grauroten Morgenhimmel. Tante Beatrix lag ruhig, umstellt von Geräten in dem gleichen kalten Licht, in dem er einst Birnen und Äpfel gebündelt hatte. Eine Infusionsnadel steckte in der Vene unter ihrem Handgelenk, er betrachtete ihre gepflegten Nägel, die weiche Haut ihrer Hände, und vorsichtig, als täte er Verbotenes, strich er über ihren Unterarm, sanft um das weiße Heftpflaster über der Kanüle herum, deren Anblick allein ihm Schmerzen verursachte, ob sie es gehört hätte, keine Gefahr mehr, flüsterte er, und dann griff er nach ihrer Hand.

Hinter den Spiegeln im Kassenbereich des Kaufmarktes befand sich, mit Blick auf die Körbe, in denen die Zigaretten lagerten, das Personalbüro, das er als Kind für die Zentrale eines Geheimdienstes gehalten hatte, in der die ertappten Ladendiebe verschwanden. Es roch etwas muffig, wie in einem Kühlschrank, den man nach längerer Abwesenheit zum ersten Mal wieder öffnete. Dankbar nahm Pax ein großes Glas Mineralwasser entgegen, das ihm Frau Lubinski versöhnlich eingegossen hatte. Die Haut um seine Mundwinkel spannte, es gibt auch Kaffee, sagte sie. Lieber nicht, er drückte die flache

Hand auf Höhe des Magens leicht gegen seinen Körper. Der Dienstplan, aus dem Tante Beatrix schon gestrichen worden war, hing neben dem Garderobenspiegel. Pax trat nahe heran, sah sich zwischen den blinden Flecken, die wie Reste einer dünnen Eisschicht über die Spiegeloberfläche trieben, befühlte die Schwellungen unter seinen Augen, die roten Flecken über den Wangenknochen, die sich bei näherer Betrachtung als feines Netz hervorgetretener Äderchen herausstellten. Der alte Hämmerle im Bildhintergrund ließ sich jetzt schwer in seinen Chefsessel fallen, der mit einem Druckluftgeräusch auf sein Gewicht reagierte wie ein hydraulisch gesteuertes Kinderkarussell, und dessen Rollen den Teppich rundherum sternförmig zerschlissen hatten – zur Kaffeekanne hin, zu dem Faxgerät und zu einer Korkwand, die über und über mit Zetteln, Briefen und Werbebotschaften bepinnt war. Vor sich hatte er Kärtchen mit der Aufschrift *Von Kunde zu Kunde* liegen, Schlittschuhe Größe zweiunddreißig abzugeben, Baby-Wasserschildkröten in liebe Hände, Hometrainer – kaum benutzt.

Zuhause im Briefkasten lag Post vom Stadtmagazin, ein Brief, fremd, wie ein Dokument aus einer anderen Realität. Pax spürte seinen Herzschlag, als er den Umschlag an sich nahm, ein Glück, dass Tante Beatrix ihn nicht hatte finden und unter falschem Vorwand öffnen können, dachte er und schämte sich sofort für diesen Gedanken, genauso wie für seine lächerlichen Wünsche an das unscheinbare Kuvert. Es war Lenis Idee gewesen, noch in derselben Nacht eine Kontaktanzeige aufzugeben, unter Chiffre. Was soll passieren, hatte sie ihn überredet, dann war die Liebe eben erst mal kein Geschenk, na und, dass sie doch wohl viel zu jung waren, um jetzt schon darüber zu verzweifeln.

Nur, wenn du auch eine schaltest, hatte er gesagt und, dass sie es vielleicht hinterher bereuten.

Ach, wenn schon, hatte Leni geantwortet und dabei lächelnd mit den Schultern gezuckt.

Im Flur stand er jetzt lange vor dem Telefon, so lange, bis ihm das Klingelzeichen aufdringlich erschien, sicher war Leni arbeiten.

Je länger er überlegte, desto mehr wurde der Brief in seiner Hand zu einer Bedrohung, er versteckte ihn zwischen Lynch und Almodóvar, lief ins Badezimmer, wo ihm der giftige Geruch des angekokelten Bügelbretts entgegenschlug. Nach dem Brand hatte er es zur Sicherheit in der Wanne abgebraust, er brachte es auf den Balkon, bevor er sich wusch und damit begann, planlos ein paar Utensilien für Tante Beatrix zusammenzusuchen. Ihr Nachthemd, Seife vielleicht, seine Hände zitterten, bestimmt war es gut, endlich etwas zu essen. In der Küche fand er Nudeln mit Tomatensoße im Gefrierfach, er suchte nach einem Topf, drehte die Herdplatte an und dann wieder ab, lieber wollte er sich ein Brot machen, nimm dir doch einen Teller, hörte er Tante Beatrix noch sagen, als er, den Kopf auf die Hände gestützt, seine Krümel zwischen den Fransen des Tischsets verschwimmen sah. Was konnte so schlimm daran sein, den Brief jetzt zu lesen, es bedeutete nichts, gar nichts. Die Knie waren ihm schwer, wie nach einem langen Lauf, als er aufstand. In gebeugter Haltung schlitzte er das Kuvert auf und entnahm ihm eine Fotografie. Ein Name war mit Bleistift auf der Rückseite notiert, *Csaba*, darunter eine Chiffre-Adresse. Schüchtern sah Pax in das durchsichtige Blau, in das Grün, in das Grau, Csabas Augen, die die Farbe der Umgebung in sich aufzunehmen schienen, die dunklen Haare, zu einer Seite gescheitelt, ein gemustertes Halstuch. So schön, zu schön für mich, dachte Pax, als er aus den Augenwinkeln eine Bewegung im Wohnzimmer wahrnahm, Tante Beatrix, mit einem leise schnalzenden Gaumengeräusch am Ende jedes Zuges atmend, unter der Kamelhaardecke, er schlich heran, um mit einer schnellen Bewegung auf den kalten Stoff zu drücken. Da war nichts, nur der Luftzug durch die geöffneten Fenster und ein Schwindel, der ihn jetzt überkam und in die Kuhle zwang, die ihr Körper auf dem Sofa hinterlassen hatte, er zog sich die Decke über den Kopf. Ihr Geruch und sein Atem, bis langsam und wie automatisch Worte über seine Lippen kamen, er betete für Tante Beatrix, lange ungenutzte Verse, abgespeichert bis in alle Ewigkeit.

Ein bisschen länger, und ich wäre jetzt plemplem, so wie die da, Tante Beatrix deutete auf das zerwühlte Bett neben sich, in dem, abgewandt, ein fremder zierlicher Frauenkörper lag. Dass sie anfangs nur wirres Zeug geredet hatte, sagte Pax. Ach ja?, sie lächelte, na, das weiß ich zum Glück nicht mehr.

Nach nur zwei Tagen war sie von der Intensivstation in ein Mehrbettzimmer verlegt worden, wo Pax sie täglich nach der Arbeit besuchte. Schnee-Witte und Frau Kempe unterstützten ihn, damit er pünktlich gehen konnte. Sogar der Chef tauchte einmal im Tresorraum auf, um sich nach Tante Beatrix' Befinden zu erkundigen.

Kreislaufkollaps mit Rauchvergiftung, sagte Pax, und dass die schnelle Hilfe wohl Schlimmeres verhindert hatte.

Synkope, wie in der Musik, aufmunternd nickte ihm der Chef zu.

Sie ist nur leider so unglücklich gefallen, dass sie ziemliche Schmerzen hat.

Na dann passen Sie gut auf, dass Ihre Tante wieder in den alten Rhythmus findet, und falls Fragen auftauchen sollten, wegen der Krankschreibung zum Beispiel, sollte Pax sich an die Personalabteilung wenden. Keine Scheu, sagen Sie einfach, ich hätte Sie geschickt.

Am Sonntagabend klingelte Pax unten bei Oma Peschka, dass da erst einer umfallen muss, damit ihr mich mal wieder besucht, sagte sie, aber sie lächelte dabei, na, komm in die Stube, und dass es Eierkuchen gäbe, mit Blaubeeren. Sie ging ihm voran, stützte sich mit der linken Hand die Hüfte, während sie die Backofentür öffnete, damit Pax den großen Teller mit den Pfannkuchen herausnehmen konnte. Leni saß schon drüben, am Wohnzimmertisch, und zwinkerte ihm zu.

Nachher muss ich dir noch was zeigen, flüsterte Pax, und lauter in Oma Peschkas Richtung, dass es jetzt jeden Tag besser würde und nächste Woche darf sie schon wieder raus.

Was hat sie denn jetzt genau gehabt?, fragte Oma Peschka, während sie den dampfenden Topf mit der Vanillesauce auf korbgeflochtene Untersetzer stellte.

Na, etwas aus dem Gleichgewicht geraten eben, sagte Tante Beatrix, als er sie endlich abholen durfte, erst hat mein Herz irgendwie schneller geklopft und schlecht wars mir, meine Güte, und dann plötzlich schwarz vor Augen, ich hab' gedacht, mein letztes Stündlein schlägt.

Für die erste Zeit hatte sie Krücken bekommen, eigentlich schade, dass wir den Gehwagen von Großmutter damals gleich weggegeben haben, sagte sie.

Du brauchst die Krücken aber doch nur vorübergehend, und dass es für solche Gedanken doch wirklich zu früh wäre, Heidrun fiel ihm ein, und wie schnell alles gehen konnte, während er Tante Beatrix auf den Beifahrersitz bugsierte, Tante Beatrix aber war nicht Ende achtzig, sondern gerade mal achtundfünfzig Jahre alt, beruhigte er sich.

Hilf mir bitte, sagte sie jetzt, und dass sie ja kaum Kraft in der Hand hatte, hier Max, mach mir mal den Gurt zu.

Zuhause hatte Pax eingekauft, abgespült, gesaugt und gewischt, er briet Spiegeleier für sich und Tante Beatrix und schnitt ihr eine Scheibe Schwarzbrot ab, schneid dich nicht, sagte sie, wie sie es immer sagte, und erst, als sie Butter auf die halbe Brotscheibe streichen wollte, fiel ihm die Ungelenktheit ihrer Bewegungen auf, er wollte nicht übergriffig sein, sie sollte sich nicht bevormundet fühlen, eine Sorge, die er sich vergeblich machte, Tante Beatrix ließ sich gerne das Brot bestreichen, wie du das kannst, betonte sie, als er etwas Schnittlauch darüberstreute, jetzt zahlt es sich aus, dass du in diesem Heim ausgeholfen hast.

Tante Beatrix verlangte nach Zettel und Bleistift mit Radiergummi, das Schreiben aber schien ihr schwerzufallen, *Lauterthal, zweieinhalb Zimmer in ehemaligem Pfarrhaus, Küche, Bad, langer Flur, Holzfußboden, Zentralheizung – für Handwerker,* diktierte sie.

Manchmal sah Pax auf dem Weg zu den Besichtigungsterminen einen Bauern ein Feld umpflügen, auf dem Rückweg nach Blauenklingen konnte er an der Breite des Streifens aus aufgebrochener Erde feststellen, wie wenig Zeit vergangen war. Erst bewunderten die Interessenten die Frühblüher im Vorgarten, waren überhaupt ausnehmend freundlich und begeistert noch auf dem Weg zur Wohnungstür, um kurz darauf enttäuscht wieder umzukehren. Pax war es bald leid, seine Samstagvormittage zu opfern, wir kriegen die Wohnung so nicht los, erzählte er Leni am Telefon. Gerade hatte er eine Partie Dame mit Tante Beatrix begonnen, er sah ihre Silhouette hinter der Glastür zum Wohnzimmer, die ein Stück offenstand. Tante Beatrix schien schon wieder genug Energie zu besitzen, um mit den Fingern ihrer gesunden Hand ungeduldig auf die Tischplatte neben das Spielbrett zu trommeln, Leni bot ihre Hilfe an, vielleicht später beim Streichen, sagte Pax, aber nicht mit dem Müll, und dass er das nicht wollte –

Was ist denn jetzt aus Csaba geworden?, fragte sie.

Es ist gerade schlecht, flüsterte Pax.

Wieso, habt ihr etwa immer noch das alte Flurtelefon?

Diese Schnurlosen strahlen doch –

Mangelnde Privatsphäre ist auch nicht gesund –

Sie merkt sowieso schon was, sagte Pax, und leise berichtete er Leni von drei weiteren Briefen, die inzwischen angekommen waren. In dem einen standen allerdings nur üble Beschimpfungen, dass man uns alle vergasen sollte –

Gleich wegwerfen, sagte Leni.

– und Hadrian, der hat ein Foto von seinen überdimensionalen Brustmuskeln geschickt, und da stehen Sachen, er flüsterte noch lautloser, Leni lachte, also da würde ich lieber den schönen Csaba treffen, als jemanden, der Athleten für eine römische Orgie im Gewerbegebiet sucht.

Oder Gideon, sagte Pax. Mag auch gerne Kino und macht mir am wenigsten Angst.

Wie alt?

Pax räusperte sich, na ja, schon älter, das Foto ist etwas verschwommen, aber Ende dreißig bestimmt.

Probier's doch einfach.

Ja, ganz einfach, äffte Pax sie jetzt nach. Vielleicht schüttet er mir was ins Glas.

In einem Café in der Stadt kann nachmittags wenig passieren.

Gideon wollte in den Tierpark.

Klingt doch gut. Dann sagst du mir zur Sicherheit genau, wann, und abends rufe ich dich an, okay?

Leni atmete in den Hörer aus, nachdem Pax seine sämtlichen Einwände vorgebracht hatte, jetzt besucht doch erst mal den Zoo, und dann siehst du, wie die Dinge sich ergeben, und dann erzählte sie ihm, wie unangenehm es gewesen war, das erste Mal zu dieser Gruppe zu gehen und wie sehr sie sich jetzt noch jedes Mal schämte, an diesem Klingelschild unten am Haus, Therapiezentrum für Essstörungen, wie sich das anfühlte, auf den Knopf drücken zu müssen, hinter dir jemand, der vielleicht nur in sein Büro will oder in seine Wohnung und der dann schon mehr über dich weiß, als du ihm niemals erzählt hättest, ich meine, warum schreiben sie nicht wenigstens einfach Therapiezentrum, nein es muss noch präzisiert sein, Alkoholsucht, Kinderwunsch, Essstörung und im Fahrstuhl gleich nochmal. Ja, ich drücke die Zwei –

Wenn da noch etwas von Sexualtherapie stünde, dann hättest du dein Coming-Out-Gefühl, sagte Pax.

Ob er es nicht vielleicht anders sehen konnte, versuchte es Leni, dass du etwas Besonderes bist, irgendwie auserwählt? Sie hatte noch eine andere Idee, eine Kollegin hatte ihr erzählt, wie sie mit den Kindern Rast gemacht hatte, an der A7, und da waren auffällig viele Männer unterwegs gewesen. Dass sie im Auto warten könnte, zur Sicherheit, wir machen einen Ausflug mit Tante Beatrix und behaupten dann, wir hätten eine Reifenpanne.

Pax tippte sich an die Stirn. Sah sich selbst dabei im Flurspiegel und musste mit einem Mal grinsen, spinnst du?, flüsterte er, und als er auch Leni in die Leitung kichern hörte, da konnte er mit einem Mal nicht länger an sich halten, und in seinem Bemühen, leise zu sein, musste er nur immer noch lauter lachen. Drüben war Tante Beatrix inzwischen eingenickt. Während *Don Corleone* den letzten Papst ablöste, hielt sie einen Zipfel der Kamelhaardecke in der Faust wie ein Kind, ein wenig zuckte sie im Schlaf. Wir könnten ihr ja erzählen, dass wir zur Autobahnkirche wollen, mit dem Handrücken verwischte Pax die Tröpfchen, die er gegen den Spiegel geprustet hatte, sodass sie Schlieren vor seinem Gesicht hinterließen, und dann mussten sie wieder loslachen, bis ihm einfiel, dass er Leni ja noch gar nicht gefragt hatte, ob sich inzwischen auch jemand bei ihr gemeldet hatte?

Ja, sagte Leni, mehrere Leute wollten Fotos, dass sie dann aber nicht mehr geantwortet hatte, weil sie sich gerade echt zu dick für Aufnahmen fühlte.

Was? Du bist total dünn, Leni, du –

Ja. Wir sollten uns malen in dieser Therapiegruppe, und immer wenn ich ein Bild von mir male, bin ich darauf fett. Ich glaube, ich muss mich erst mal auf mich konzentrieren, sagte sie.

Mutig von dir, dort hinzugehen –

Jetzt bist du wieder dran, sagte Leni, schau dir die Zootiere an, was kannst du denn verlieren dabei?

INDISCHE FOLKLORE, durch eine Lichtschranke ausgelöst, erklang, als Gideon und Pax über eine hölzerne Brücke auf den Elefantentempel zugingen.

Auf einem Schild stand: *Eingang zum Tempelkeller.* Pax beobachtete Gideon von der Seite, dass er als Soziologe an einem Institut in Ulm arbeitete, hatte er erklärt, und Pax hatte nicht nachfragen wollen, was das überhaupt genau war, Soziologie, und er fand es auch komisch, dass Gideon offenbar gar nicht wissen wollte, was er machte. Er sah sich um, es war kaum Betrieb in dem leichten Nieselregen, den ganzen Vormittag hatte er an der Geldmaschine gestanden und sich Ausreden überlegt, falls sie auf irgendjemanden trafen, den er kannte. Sie passierten einen ockerfarbenen unterirdischen Gang, an der Wand zu ihrer Linken hing eine Leuchttafel, die den Amazonas zeigte. Pax drückte auf einen Knopf neben dem Leuchtschild. Eine dunkle Stimme begann, von den Bodenverhältnissen des Regenwalds zu sprechen.

Wen soll das interessieren?, fragte eine junge Frau hinter ihnen, und Pax musste grinsen, Gideon aber drehte sich nur irritiert zu dem Pärchen um. Hab ich was im Gesicht?, fragte der Begleiter der jungen Frau. Gideon antwortete nicht, er schien den Kleineren nicht einmal wirklich zu bemerken, gedankenverloren studierte er die Tafel. Dein Ohrring ist schön, sagte Pax, Gideon sagte nichts, immerhin berührte er die in Gold gefasste Perle, die an seinem Ohrläppchen baumelte, und Pax hätte gerne gewusst, was er dabei dachte. Er zog und drückte erst an dem einen Türgriff, dann an dem anderen, ob ich es heute noch hinbekomme, Gideons Schweigen drängte ihn zunehmend in die Rolle des Alleinunterhalters, er lachte, Gideon lachte nicht. Hinter der Tür schlug ihnen warme, von einem strengen Tiergeruch erfüllte Luft entgegen, sie blieben vor einer Glasscheibe stehen, die einen Blick von unten in das Elefantenbecken ermöglichte. *Badezeit täglich 14:00 h* verkündete ein Plakat, Pax sah auf die Uhr, halb fünf – sicher hatte Tante Beatrix längst den Kuchen entdeckt, den er für sie geholt und im Küchenschrank deponiert hatte.

Wie lange bleiben wir noch vor diesem leeren Becken und starren auf das Wasser?, fragte die junge Frau von vorhin ihren Begleiter wieder, und Pax musste an den Bärtigen und seine Freundin denken, er stellte sie sich vor, auf dem bordeauxfarbenen Motorrad, noch immer in der Achtzigerjahre-Lederkluft. Siehst du gut, ja?, fragte der nervöse Typ jetzt Gideon, der sich aus Versehen direkt vor ihn gestellt hatte, sich mit dem Zooplan Luft zufächelte und überhaupt nichts begriff, bis ihn der Kleinere grob zur Seite schob.

He, Pax drängelte zurück, der andere aber musste auf diesen Augenblick nur gewartet haben, er schubste Pax so unvermittelt, dass er zu Boden stürzte. Gideon mischte sich ein, versuchte den Mann von Pax zu zerren, zwei gegen einen, das sieht euch ähnlich, ihr Schwuchteln, schrie der Kleine, seine Begleiterin schien den Ablauf zu kennen, ungerührt betrachtete sie die Szenerie und griff erst dann ein, als Pax ihrem Freund das Knie in den Bauch rammte. Sie fing an zu schreien, bis die Tierwärter, die in der Nähe die Abendfütterung vorbereiteten, aufmerksam wurden.

Die haben uns angegriffen, erklärte die Frau jetzt wie aus der Pistole geschossen, sie kannte ihren Part an der Inszenierung so gut, dass es sich kaum um die Premiere handeln konnte. Gideon rückte seine Brille zurecht, endlich hatte er seine Sprache wiedergefunden, es fiel ihm nicht besonders schwer, die Zoobediensteten vom Gegenteil zu überzeugen. Ob sie die Polizei rufen wollten, wegen einer Anzeige?, fragte einer der Zoomitarbeiter.

Gar nicht nötig, sagte Pax schnell, und dass er auch gleich gehen wollte, sobald das Pärchen außer Sichtweite war.

Gideon schüttelte den Kopf. Lass uns doch noch einen Moment bleiben und irgendwas Schöneres als Erinnerung mitnehmen, dass er solche Leute leider anzog. Keine Ahnung, woran es liegt. Kurt, mein Exfreund, hat mich auch immer verteidigt, endlich sah er Pax in die Augen. Seine Haare waren jetzt etwas verstrubbelt, und Pax überlegte, ob er sie gerne in Ordnung bringen würde, und jetzt war er doch wieder etwas nervös. Kurt war damals an der Uni im Ruderclub, erzählte Gideon weiter, er hat Physik studiert, in Heidelberg, da haben wir uns kennengelernt. Kurt hat ewig gebraucht, um sich zu outen, er war schon seit Jahren verheiratet damals, aber gewusst hat er es immer. Das größte Hindernis war die Angst, seine kleine Tochter zu verlieren, trotzdem hat er seiner Frau irgendwann alles gestanden, dann war erst mal Weltuntergang. Scheidung und so weiter. Aber wir durften seine Tochter jedes zweite Wochenende abholen, später wurde alles lockerer, als seine Ex einen neuen Mann getroffen hatte, da war Marie auch mal eine Woche bei uns, ich hab sie aufwachsen sehen, ich hab ihr das Pausenbrot belegt und sie zur Schule begleitet, jeden Tag, jetzt ist sie dreizehn, er seufzte, letzte Woche geworden, aber ich war nicht mehr eingeladen.

Gideon drehte sich zum Gehege, stützte sich auf die Absperrung, und für einen Moment war es so leise, dass Pax ein Klicken wahrnahm, immer gleichmäßig. Und tatsächlich, zwischen den Pflanzen unterhalb des Balkons war ein dünner weißer Elektrozaun versteckt, zusätzlich zu den dicken Stahlseilen. Eine riesige Elefantenkuh stand direkt vor ihnen und kaute. Das Tier hielt die Augen geschlossen und bewegte das Maul auf und zu, ganz gleichmäßig, wie in Trance. Mit dem Rüssel wühlte sie ab und zu im Heu, raffte es zu kleinen Bündeln, die sie sich ins Maul schob.

Draußen dämmerte es, Pax sah auf seine Uhr, in einer Viertelstunde ist Schluss.

Ein Gehege schaffen wir aber noch, sagte Gideon.

Niemand kam ihnen entgegen, über ihnen zerrissen laute Schreie die Stille, schau nur die großen Nester, Pax blickte nach oben in die Bäume, vor denen unbekannte Silhouetten kreisten.

Mit Kurt war ich mal in Marokko, sagte Gideon, das hier erinnert mich ein bisschen daran, das war wunderschön dort. Nur mussten wir uns total zusammenreißen, bloß nie Händchen halten, und der Witz ist, die Männer dort berühren sich ständig, aber das ist was ganz anderes.

Wann war das?, fragte Pax.

Jetzt ist es schon fast ein ganzes Jahr her, wieder seufzte Gideon, bevor er die Tür zum Raubkatzenhaus aufriss, drinnen brannte Licht, ein Video zeigte die Geburt der Tigerbabys, von denen im Gehege keines zu sehen war. Das Schlimmste ist, ich soll die Kleine anscheinend nicht mehr sehen. Und ich habe ja gar keine Rechte, nichts. Ob ich Kurts Eltern mal anrufe, denkst du, das wäre eine gute Idee?

Pax zuckte mit den Schultern, mach doch, flüsterte er mehr zu sich selbst, er wollte nach Hause, Tante Beatrix wartete sicher schon, aber er traute sich nicht, die Begegnung an dieser Stelle einfach zu beenden. Ich glaube, wir gehen jetzt besser, sagte er zu Gideon, der noch immer auf der Bank saß, mir ist es langsam unheimlich hier. Er warf prüfende Blicke auf Glasscheiben und Türen, nicht dass jemand vergessen hatte, irgendeinen Zugang zu schließen und der Tiger ihnen gegenüberstand. Niemand konnte dann etwas dafür.

Ich hab mal von einem Mann gelesen, erzählte Gideon, der hat ein Krokodil aufgezogen, von klein auf, ihm das beste Futter besorgt und all so was, eines Nachmittags nahm er es mit zum Schwimmen, da hat es ihm den Kopf abgebissen. Nicht ein Bein, nicht einen Arm, den Kopf!

Was? Pax starrte Gideon ungläubig an, was erzählst du denn da? Komm wir gehen, bitte.

Amur-Tiger. Größte lebende Wildkatze, las Gideon vor. Ernährung: Hirsche, Kaninchen, manchmal sogar Bären und: MENSCHEN!

Das steht da nicht.

Doch. Genau das steht da.

Zeig, misstrauisch ging Pax auf das Schild zu.

Zum ersten Mal lachte Gideon lauthals, konnte sich eine Weile nicht einkriegen, bevor er wieder in seine Trauerposition kippte, die Schultern hängen ließ und verstummte.

Es war dunkel, als Pax endlich zu Hause ankam. Richtig mitgenommen siehst du aus, stellte Tante Beatrix fest. Weil ich so viele Überstunden machen muss, Pax hatte sich ein Bier aus dem Kühlschrank genommen, und zusammen aßen sie Heringe in Aspik mit Kartoffelsalat, den er auf dem Heimweg gekauft hatte.

Mir ist es heute auch gar nicht gut gegangen, sagte Tante Beatrix, Atemnot, mitten am Nachmittag, und Stiche, hier, sie legte sich die Hand auf ihr Herz, und schwindelig war ihr gewesen, so sehr, dass sie ihre Krücken zu Hilfe nehmen musste. Jetzt geht es aber wieder.

Bei so was musst du aber doch den Arzt anrufen, sagte Pax, und dass sie sich jetzt mal drüben ausruhen sollte, ich kümmere mich um den Abwasch. Hat Oma Peschka nicht nach dir gesehen?

Doch, die war da und der Doktor Funke auch. Wassergymnastik soll ich machen, um den Kreislauf anzukurbeln, und zusätzlich Entspannungsübungen, obwohl mir noch alles weh tut. Außerdem soll ich besser auf meine Ernährung achten.

Pax brachte sie zum Sofa, ob er den Fernseher einschalten sollte?

Ach, das ewige Fernsehen, sie seufzte, lass uns lieber etwas spielen.

Das Telefon klingelte genau in dem Moment, als sie alle Figuren auf dem Spielbrett verteilt hatten, lässt du mich jetzt wieder sitzen?, fragte Tante Beatrix, und Pax versuchte das Klingeln zu ignorieren, während er den ersten Spielzug machte.

Du hättest aber ruhig drangehen können, sagte Tante Beatrix, als das Telefon wieder verstummt war. Sie spielten zwei Partien Mühle, aus denen sie jeweils als Siegerin hervorging, sie gewann eigentlich immer, Tante Beatrix schien ein besonderes Talent für Strategiespiele zu haben, außer wenn sie müde war, dann musste er sie zu jedem einzelnen Zug überreden, du bist dran, sagte er jetzt zum wiederholten Mal, und als sie noch immer nicht reagierte, dass er sich dann ja auch einen Film ansehen konnte in seinem Zimmer. Zur Zeit war er dabei, die gesamte Woody-Allen-Reihe abzuarbeiten, oder wenigstens eine Folge *Columbo* – er hatte ein Faible für schräge Typen wie Peter Falk oder Mickey Rourke entwickelt, das Telefon klingelte wieder, Tante Beatrix schreckte auf, bin ich dran?, fragte sie, und Pax nickte entnervt, bevor er eilig aufstand und Leni gerade noch erwischte.

Wo bleibst du denn?, sagte sie, ich habe mir Sorgen gemacht und war schon drauf und dran, nach Blauenklingen zu fahren. Oder hat es was Gutes zu bedeuten?

Fast war er etwas beleidigt, als sie nach seinem Bericht laut lachte.

Ja, witzig, aber für mich war es schrecklich, beharrte er. Nie wieder will ich zu irgendeinem Date und nie wieder den Namen Kurt hören.

Das glaube ich sofort, aber komm, du hast doch deinen Trumpf im Ärmel behalten.

Aber dieser Csaba ist zu schön, was ist, wenn er mich hässlich findet? Wenn ich wieder einen Korb bekomme?

Dann ist er blind.

An einem Abend in der Woche darauf saßen Pax und Leni nebeneinander auf der morschen Holzumfriedung des Sandkastens hinter dem Haus und lasen sich die Zuschriften vor, die aufdringlich, dumm und beleidigend waren. *Anbei ein Bild,* Leni hielt es Pax hin, es zeigte den Penis des dreifachen Familienvaters und Privatdozenten, der mit einer rosafarbenen Schleife wie für einen Kindergeburtstag umwickelt war. Ein Foto von seinem Gesicht hat er vergessen, sagte sie.

Zeig mal, Pax betrachtete das Bild, schreib ihm doch, dass dein schwuler Freund sich sehr über das Foto gefreut hat, er kommt bald vorbei für einen spontanen Familienbesuch.

Ab ins Feuer damit, sagte Leni, aber da waren keine Flammen, um die Briefe aufzufressen, nur Qualm, und auch noch in meine Richtung, Leni fächelte mit dem Umschlag.

Irgendwann sterbt ihr Schwulen zum Glück ja aus, Pax nahm einen Schluck Rum-Cola, *weil ihr euch eben nicht vermehren könnt, Gott hat sich was gedacht dabei.*

Er zerknüllte das Papier und legte es in die Glut, die Hölzer sind viel zu feucht, sagte er, und dass sie jetzt diesen Esbit-Kocher bräuchten, über dem sie früher die Würstchen gegrillt hatten. Eine Windböe wirbelte Sand auf und drückte den Qualm jetzt Richtung Haus, wie Oma Peschka oder Tante Beatrix die Feuerwehr riefen, malte Leni sich laut aus, und wie der Förster wieder auftauchte und ihnen den Esbit-Kocher zurückbrachte und Tante Beatrix am Ende der Löscharbeiten ausgerechnet das Foto mit dem dekorierten Penis überreichte.

Spinnst du?, sagte Pax und nahm ihr die Sektflasche aus der Hand, immer machst du dich lustig, sie hat es gerade nicht leicht.

Eben, Leni lachte, und sie mag doch gerne diese Romane, in denen der Förster vorkommt. Im Ernst, sie würde sowieso einfach nichts zu dem Foto sagen, weißt du noch, als wir damals aussortierte Kleider wegbringen wollten, und jemand hatte diese überdimensionalen, schwarzroten Geschlechtsteile auf den Sammelcontainer gemalt? Wie wir zu dritt davorgestanden haben, und sie hat getan, als wäre überhaupt gar nichts, Leni griff in den Sand, oh Gott, es ist mir jetzt noch unangenehm.

Vielleicht war es ja Hendryk, sagte Pax, jetzt hielt er sein Feuerzeug direkt an das Penisfoto, die Beschichtung schmorte, bis der nächste Windstoß die Flamme ausblies und ihm fiel wieder ein, wie Hendryk damals das Feuerzeug an den Außenputz gehalten hatte. Vielleicht spaziert er jetzt in diesem Moment gerade über den Kudamm, und ob sie nicht auch manchmal darüber nachdachte, wie es wäre, woanders zu leben?

Nachdem sie Sand über die qualmenden Zweige gehäuft hatten, setzten sie sich im Kaninchenstall auf den Boden, zwischen sich eine Kaufmarkt-Tüte. Gemeinsam rissen sie die Briefe und Fotos in winzige Schnipsel.

Wie Handarbeiten, sagte Leni.

Pax sagte nichts, akribisch zerriss er seinen Brief. Erst als er den letzten Papierfetzen in der Plastiktüte versenkt hatte, gab er zu, dass er wirklich keine Ablehnung mehr verkraften konnte, er trank seine Dose Rum-Cola aus und ließ den Zigarettenstummel hineinfallen.

Dann lass es. Leni stand auf und klopfte sich die Hose ab. Damals, als du ein zweites Mal bei mir geklingelt hast, warst du mutiger. Und als ich dir geöffnet habe, da war ich noch viel mutiger. Csaba gefällt dir doch, und wenn er blöd ist, dann setzen wir uns wieder in den Sandkasten und fackeln diesmal sein Foto ab, aber richtig mit einem gut vorbereiteten Lagerfeuer.

Pax atmete tief aus, bis plötzlich ein Lächeln über sein Gesicht huschte – oder ich esse sein Foto einfach auf, in einer magischen Zeremonie, und dann hat er keine Wahl und muss mich lieben.

WENN ER NUN ausgerechnet jetzt erwischt wurde, das Glück diesmal vielleicht wegen eines Kokoswürfels verpasste, Pax sah sich um. Durch die warme Luft aus dem Gebläse vor den gläsernen Eingangstüren hatte er das große Kaufhaus im Stadtzentrum betreten und war eine Zeitlang durch die Auslagen im Erdgeschoss geschlendert. Schreibwaren, Süßwaren, Schokoladenbruch, der Geruch von salzigem Lakritz und Erdbeeraroma, eine Vitrine mit Bonbons zur Selbstbedienung. Er griff nach einem rosafarbenen Konfekt und steckte es sich in den Mund. Es schmeckte alt. Außen angetrocknet und innen hart, als wäre es selbst die Strafe für sein Vergehen. Tante Beatrix hatte er erzählt, dass etwas am Wagen nicht in Ordnung war und dass er deshalb nach der Arbeit gleich bei der Werkstatt vorbeifahren musste, Oma Peschka sieht nochmal nach dir, hatte er ihre Bedenken zerstreut. Er steuerte die Kurzwarenabteilung an, und wie um seinen Mundraub wieder gutzumachen, kaufte er einen Fünferpack Socken von einem Wühltisch. Leni hatte recht, er musste es einfach als Chance betrachten, als eine Möglichkeit, er dachte es immer wieder, während gleichzeitig die ewigen Zweifel zurückkamen, war es nicht Unsinn, was er da vorhatte und was, wenn ihn jemand sah? An der Kasse musste er sich den Kragen aufknöpfen und die Jacke öffnen, aus Angst vor den feinen Schweißperlen, die ihm schlimmstenfalls auf dem Nasenrücken stehen konnten, und war sein Gesicht nicht gerötet, sein Hemd auch nicht feucht unter den Achseln? Bleich sah er aus in dem künstlichen Licht, vielleicht hätte er sich doch lieber wieder ein Getränk zur Beruhigung genehmigen sollen, er packte die Socken in seine Jackentasche, die jetzt ausgebeult wirkte. Draußen blickte er sich unsicher um, noch immer niemand, der ihn kennen konnte, dafür hatte es begonnen zu regnen, besser, er hätte einen Schirm gekauft.

Er erkannte Csaba schon vom Windfang aus, die gleiche gerade Körperhaltung wie auf dem Foto, die eines Tänzers, Pax vergaß alles, was er eigentlich hatte sagen wollen, er vergaß, Csaba die Hand zu geben und sich vorzustellen, setzte sich ihm gegenüber, ließ die nasse Jacke an und sagte noch immer nichts, sah nur Csabas Hand, mit den schmalen, langen Fingern, zwischen denen das unglückliche Dekor, die unglückliche Form der Tasse völlig irrelevant schienen, sein Akzent, der geheimnisvoll klang, Pax konnte sich nur schwer auf das konzentrieren, was er selbst da von sich zu geben schien – Pedro Almodóvar, kennst du den?, hörte er sich sagen, die eigene Stimme fremd, wie damals auf Lenis Kassettenrekorder.

Es war so knapp davor, mit Daumen und Zeigefinger formte Csaba das Quäntchen, das zu seinem Glück gefehlt hatte, ein großartiger Regisseur, sagte er, und dass der ihn fast einmal besetzt hätte. Und ob er die Filme kannte von Alexei German oder Andrej Tarkowski, die musst du sehen, wenn du dich für Regie interessierst.

Pax notierte auf einen Bierdeckel, den er sofort einsteckte, hinterher im Auto, als er den von der regennassen Jacke aufgeweichten Filz ertastete, fand er sich albern, war das nicht zu viel gewesen, hätte er nicht besser seine Begeisterung versteckt, sollte man das nicht tun, um das Interesse des anderen zu erregen, stattdessen hatte er Csaba, dessen zerstrittene Wohngemeinschaft unaushaltbar war, wie er sagte, in seiner eifrigen Hochstimmung gleich angeboten, gemeinsam nach Lauterthal zu der Wohnung zu fahren. Und er hatte einen Tropfen an der Nase gehabt, die ganze Zeit, aus dem Handschuhfach wollte er eben ein Taschentuch nehmen, als es an die Autoscheibe klopfte. Sicher das Halteverbot, er beugte sich auf die Beifahrerseite, da stand Csaba, mit seinen schönen, schräg in die Stirn fallenden dunklen Haaren, lächelte ihn an und fragte höflich, ob der Platz neben ihm noch frei wäre.

Später, als Pax das Auto im Hof geparkt hatte, vergaß er zum allerersten Mal, die Wasserpumpe zu betätigen, einmal nur, magisch gegen jedes Unglück. Tante Beatrix wartete auf dem Sofa, na endlich, sagte sie, und dass sie sich schon fast Sorgen gemacht hatte, was war denn kaputt an deinem Wagen?

Alles Mögliche, sagte Pax, während er den Rest Sekt aus ihrer Piccoloflasche auf die Gläser verteilte und sich über die übriggebliebenen Teigränder ihrer Fertigpizza hermachte, alles, alles Mögliche.

Zwei Halmapartien später setzte er sich in seinen Sessel, um einen Film von seiner Liste abzuhaken, er wählte *Eine unheimliche Begegnung der dritten Art* und trank dazu eine Dose Rum-Cola. Hinterher, noch immer hellwach, öffnete er eine zweite, während er nach *E.T. dem Außerirdischen* in seinem Regal suchte und sich dann doch für die *Frau ohne Gewissen* entschied. Viel später dann stand Pax auf, öffnete das Fenster, starrte in den nächtlichen Garten und konnte in diesem Moment nicht mit Sicherheit sagen, ob er sich nicht doch, schon oder wieder, irgendwo zwischen seinen Traumbildern befand. Er war jetzt bei Whiskey-Kirsch angelangt, atmete tief in den künstlichen fruchtigen Geruch, er sah an sich hinunter, auf seine Füße, die ihm vorkamen wie von Sand überspült, draußen schien sich alles langsamer zu bewegen, ein Käuzchen flog wie in Zeitlupe durch sein Bild, und die Spitzen der Tannen bogen sich im Wind, langsam, sehr langsam, und dann blieben sie stehen, ragten schräg in den Himmel wie aus Knetmasse geformt. Um seine Nachttischlampe kreisten die Falter mit schweren, bedächtigen Flügelschlägen, warfen Schatten über die Wellen des Vorhangs, als wären sie Projektionen einer magischen Laterne. Nein, er fuhr sich über die Lippen, die sich noch immer rau anfühlten, es war alles tatsächlich geschehen, Csaba hatte sich nicht glatt rasiert, er musste es ja nicht, nichts hatte er zu tun mit der spießigen Umwelt hier, der Zentralbank oder Tante Beatrix, dass er sich gut vorstellen konnte, auf dem Land zu leben, und fünfzehn Kilometer waren doch kein Weg bis Ulm, das kriegen wir hin, hatte Csaba im Türrahmen von

Großmutters Wohnung gesagt, und es war der schönste Satz gewesen, den Pax seit Langem gehört hatte.

Schlaf nicht ein, sagte Witte am nächsten Tag, als Pax einfach nur dastand, ein Bündel mit Hundertern in jeder Hand, vor der Zählmaschine, die surrend und ratternd leerlief.

Dass es an den Schmerzmitteln lag, behauptete Pax, den Nachmittag hatte er sich freigenommen, angeblich für einen Zahnarzttermin, zum ersten Mal stand er in der Personaldusche, einem fensterlosen Raum im Keller der Bank, braun gekachelt wie ein Tierzwinger. Der Duschkopf sah aus, als wäre er lange nicht benutzt worden, Kalkablagerungen verstopften die Düsen, sodass nur ein dünnes Rinnsal über seinen Kopf lief. Er fröstelte, drehte an dem Temperaturregler, bis das Wasser übergangslos kochend heiß wurde, Pax hielt die Dusche von sich weg, dachte an Legionellen und dass er einmal in einer Zeitschrift beim Arzt gelesen hatte, was für Unmengen an Bakterien sich in einem lange ungenutzten Duschkopf sammeln konnten. Immerhin die würden jetzt von dem siedenden Wasser abgetötet, er drehte sich, das Gesicht zum Vorhang, wie er es immer tat, seit er *Psycho* gesehen hatte, duschte zu heiß und duschte zu kalt, trocknete sich ab und überlegte kurz, beim Blick in den Spiegel, ob er den Scheitel auf die linke Seite kämmen sollte, nein, besser, er ließ alles wie immer, wo er nur sein Haargel hatte, da war es, vorsichtig massierte er sich die blaue, klebrige Masse ins Haar, die ihm einen Surferlook versprach und ihm jedenfalls ersparte, Csaba mit elektrifizierter Föhnfrisur im Park zu treffen.

Dass er eigentlich Xaver hieß, auf dem Personalausweis, lachte Csaba mit strahlend weißen Zähnen unter zwei Platanen auf einer gelb gestrichenen Bank, und dass er gerade ein bisschen pleite war, weshalb sie lieber hier draußen blieben. Aus seinem Rucksack nahm er eine Flasche Weißwein und zwei Gläser – und noch etwas war anders als gestern, dachte Pax, und erst nach einer Weile fiel es ihm auf, Csaba klang jetzt wie einer aus der Gegend. Gestern hattest du, fing er an, auf keinen Fall wollte er, dass Csaba sich gekränkt fühlte, im Gegenteil, Csaba lachte, wunderbar, wenn du echt an meinen Akzent geglaubt hast, und dann erzählte er, dass er bald in einem Theaterstück mitspielte, die Hauptrolle, *Harry Houdini*, ein Entfesselungskünstler war das, Amerikaner mit ungarischem Akzent, eine Freundin half ihm dabei, die richtige Betonung einzustudieren, und dass er sich seither Csaba nannte. *Cschaba* sagte er jetzt, während er sich gestern noch *Csaba* ausgesprochen hatte. Vielleicht habe ich auch deshalb die Rolle bekommen, ob Pax nicht auch fand, dass es interessanter klang? Xaver, das klang ländlich, da sah man Braunvieh und Alpenglühen, aber Csaba …

Beides schön, sagte Pax, und Pedro Almodóvar?

Eigentlich bin ich Kellner gewesen, am Ulmer Hof, Csaba fuhr sich durch die dunklen, glänzenden Haare, ließ die schmal gezupften Augenbrauen sehen, dass seine ganze Familie dort arbeitete, sein Vater als Portier und seine Mutter im Restaurant, bis er angesprochen worden war von einer Casting-Agentur. Und die hatten tatsächlich jemanden für eine Szene bei Almodóvar gesucht. Es ist nichts geworden, aber dass es ein paar andere kleine Rollen gegeben hatte, ein paar Werbeaufnahmen, und vor Kurzem erst hatte er es gewagt, das Kellnern ganz hinzuwerfen. Er zuckte mit den Schultern, das kann ich immer noch machen, sagte er, jederzeit, die meisten großen Schauspieler waren vorher etwas wie Totengräber, Schlachter oder Bademeister, Sean Connery hat sogar angeblich Särge poliert, und Michelle Pfeiffer saß im Supermarkt an der Kasse, und Harrison Ford war Pizzafahrer. Jetzt wollte Csaba erst mal hier in der Gegend einen Einstieg finden, vielleicht am Theater und später Berlin oder New York, wer weiß, wieder fuhr er sich durch die Haare, während Pax in der Iris seines linken Auges versank, er sah ihn, livriert und das Tablett elegant balancierend, natürlich, er verstand, dass Csabas Eltern ihn schon immer für etwas Besonderes gehalten hatten, für schöner und begabter als den Durchschnitt, Csaba lachte, aber auf der Tasche soll ich ihnen bloß nicht liegen. Dass sein Durchbruch sicher noch käme, sagte Pax jetzt und fand dabei selbst, dass es abgedroschen klang, wenn nicht sogar beleidigend, du wirst dich durchsetzen, das klang besser, und schnell erzählte er von seinem eintönigen Bankjob, nicht so spannend, er lächelte, und nachher lud er Csaba zu einer Pizza ein, wobei er ihm sein eigenes Stück schon nach ein paar Bissen überließ, so sehr nahm ihm die Aufregung den Appetit. Er spendierte eine zweite Flasche Wein, bis er endlich mutig wurde – und wo gehen wir jetzt hin?, fragte er. Es klang genauso unsicher, wie es hatte draufgängerisch klingen sollen.

Csaba rieb sich die Schläfen, Kopfschmerzen, sagte er und verschränkte dabei die Arme. Augenblicklich spürte Pax die Enttäuschung, wie sie hinaufkroch, aus dem Inneren seines Brustkorbs bis zum Hals, wo sich ihm alles zusammenzog, wenn es jetzt wieder nichts wurde, wenn er nie mit einem Mann schlafen konnte, oder nicht mit diesem, nur mit irgendeinem, an irgendeiner hässlichen Autobahn, der ein Psychopath sein konnte und ihn vielleicht umbringen wollte hinter der Autobahnkirche, aber dann riss er sich zusammen, und musste er nicht langsam gewöhnt sein an das Scheitern? Er hatte es ja von Anfang an gewusst, Csaba war zu schön, zu besonders, da konnte Leni mal sehen, wohin ihr neuer therapeutischer Eifer führte, nirgendwohin, verdammt war er dazu, unglücklich zu sein und einsam bis ans Ende seiner Tage. In großen Schlucken trank er den Wein aus. Gut, dass es Weißwein war, der die Zähne nicht färben würde, die Lippen, die Mundwinkel mitten am Tag, schade, sagte er dann achselzuckend, und traf dabei immerhin genau den gelangweilten Ton, den er angestrebt hatte, und trotzdem fühlte er sich noch aufdringlich. Matthes fiel ihm ein, unter dem Walnussbaum, niemals wollte er sich wieder so schämen, sogar der verzweifelte Gideon hatte seinen Kurt gehabt, nur er würde immer allein bleiben müssen. Pax stand auf, aber eben, als er seine Jacke nehmen wollte, da hielt Csaba ihn an der Hüfte fest, ich weiß einen Ort, sagte er.

Eine Amsel hatte sich durch das gekippte Fenster in den Bungalow verirrt, musste drinnen hilflos die Abmessungen verloren haben, gewöhnt daran, dass der Raum um sie endlos war, Csaba öffnete das Fenster, dicht davor wuchsen Sträucher, so dicht, dass die Sonne nicht mehr als ein trübes, grünliches Licht in das Zimmer werfen konnte, aufgeregt flatternd verschwand der schwarze Vogel zwischen den Zweigen. Der Boden war mit dicken dunkelroten Teppichen ausgelegt, auf dem Sofa lagen ein Kissen und eine Wolldecke und an der Wand hing ein altes Jagdgewehr, dass er ab und zu hier übernachtete, hatte Csaba gesagt, wenn er Platz brauchte, für sich. Pax fand es unheimlich, wer denn hier wohnte, fragte er, und Csaba zuckte nur mit den Schultern. Vielleicht ein Wochenendhaus, sagte er, jederzeit kann jemand kommen, oder eben nicht. Er trat nahe an Pax heran und begann ihn zu küssen, schau da drüben in die Vitrine, wie das geschliffene Glas das grüne Licht bricht, dass er einmal einen Mann gespielt hatte, der den ganzen Tag über eine Glasscherbe im Mund trug, immer in diesem Raum fällt mir das ein, sagte er lächelnd, weil das Licht hier so gläsern ist. Wieder küsste er Pax, zog ihm das Hemd aus und sah ihm in die Augen, während er langsam Pax' Hose öffnete, hast du keine Angst, und ob das nicht Hausfriedensbruch war, flüsterte Pax, Csaba aber sagte nichts weiter, küsste ihn nur wieder, und dann fühlte Pax mit einem Mal Csabas Hand in seiner Hose, unter deren Berührung er sofort anschwoll, Csaba begann ihn zu massieren, ob es sein erstes Mal war, wollte er flüsternd wissen, und war da nicht etwas wie Triumph in seiner Stimme, Pax sagte nichts, konnte nicht mehr sprechen vor Erregung, sich selbst als Gegner zu haben, sagte Csaba, diese Scherbe im Mund, schwer zu beschreiben, dieses Gefühl.

Dieser Mensch, der ihm aus dem Rückspiegel entgegengrinste, als hätte er eben im Lotto gewonnen, anstatt wie sonst vorwurfsvoll auf ihn herabzublicken, weil er schon wieder angetrunken fuhr, dieser Mensch, er gehörte jetzt dazu, verrucht, das war das richtige Wort, dachte Pax auf dem Heimweg, wie auch immer es ausging, was auch immer daraus wurde, er hatte es ausprobiert, und da war ein Gefühl, als hätte er eine große Aufgabe endlich gelöst. Er fasste sich in die Hose, sein Penis fühlte sich ein bisschen wund an, nicht dass er irgendeine Krankheit –

Er schob die Gedanken beiseite, schaltete stattdessen das Radio ein und versuchte mitzusingen, er musste lachen, laut durch das offene Fenster in die kalte Abendluft, dieses Gefühl, nur für einen Moment, als ob sie neben ihm fuhren, Mutter, Vater, John, er sah aus dem Fenster, aber da war nichts weiter als das rhythmische Rauschen der vorbeiziehenden Stämme, nichts als das dichte Waldstück kurz vor Blauenklingen. Je näher Pax dem Ortsschild kam, desto leiser drehte er seine Musik, bis er sie schließlich am Ende der Forststraße doch lieber ganz abstellte.

Im Hof bemühte er sich, die Autotür möglichst leise zuzudrücken, oben in der Wohnung war noch Licht, Tante Beatrix würde warten, etwas wittern, besorgt, noch hungrig vielleicht. Er hatte sich alles zurechtgelegt, dass er auf der Heimfahrt seltsame Geräusche gehört hatte in der Vorderachse, obwohl sie doch eben erst in der Werkstatt gewesen waren, dass das mal wieder typisch sei für die Gegend, in der man eben keine Wahl hatte, zu jemand anderem zu gehen, er schlich in Richtung des Wohnzimmers, wo der Fernseher lief und er sie liegen sah, auf dem Sofa, schlafend, neben sich einen Teller, den er aus der Anrichte in Oma Peschkas Stube kannte. Tante Beatrix hatte die Angewohnheit, immer genau die Menge, die auf eine letzte Gabel gepasst hätte, am Tellerrand zurückzulassen, den Grund, wieso sie eben diesen Bissen nicht mehr hinunterbringen konnte, hatte Pax nie verstanden. Kohlrabigemüse mit Hackbraten, er schlich zurück ins Badezimmer, dachte, dass er morgen einmal putzen könnte und vielleicht die Wäsche waschen, duschte kurz und zog sich seinen Schlafanzug an, bevor er seinen Sessel auf Zehenspitzen nah an ihr Sofa trug. Er setzte sich zu Tante Beatrix, nahm ihr die Brille vom Bauch und packte sie vorsichtig in das Etui, zog ihr die Decke zurecht und tastete sich vorsichtig mit seinen Fußspitzen darunter. Schön warm war es an ihrem Körper. Behutsam hob er den Deckel von der Porzellankanne, Lindenblüten, von Oma Peschka im Heizungskeller auf Zeitungspapier in flachen Holzkisten getrocknet, er goss sich eine Tasse ein, und dann sah er Bud Spencer und Terence Hill dabei zu, wie sie auf einem Jahrmarkt ein Wettessen mit Würstchen und Bier veranstalteten.

Am nächsten Morgen wachte er noch vor dem Weckerklingeln auf, he, ich bin noch nicht fertig, schamhaft hielt Tante Beatrix sich im Badezimmer den Frotteemantel bis zum Hals zu, dabei vergaß sie ganz, sich auf ihre Krücke zu stützen, schon gut, sagte Pax und zog sich zurück vor den Flurspiegel, wo er sich angrinste, sein Lachen beibehielt, ihr entgegen, wo er denn gestern gewesen sei, so lange? Ach, so lange war das gar nicht, sagte er, das kam dir nur so vor. Dass er Leni anrufen sollte, dachte er jetzt, aber sicher würde sie ihn dann sehen wollen, mittags, in der Pause, die er doch für Csaba freihalten wollte. Ob sie nicht endlich fertig wäre, fragte er Tante Beatrix, während er sich noch immer im Spiegel betrachtete, nicht einmal der Alkohol vom Vorabend stand ihm im Gesicht, wie sonst, im Gegenteil, derart euphorisch und ausgeschlafen fühlte er sich, dass selbst den Kollegen in der Bank seine gute Laune nicht verborgen blieb, eben einfach so, sagte er und pfiff laut vor sich hin, bis Schnee-Witte fragte, ob er sich das bitte wieder abgewöhnen könnte, und Frau Kempe zwinkernd feststellte, dass er sicher eine neue Frau kennengelernt hatte.

Aufgeweicht schienen die Mittagspausen von da an, wie der Camembert in der Sonne, der Dalí angeblich zu seinen weichen Uhren inspiriert hatte, es kam Pax im Nachhinein vor, als hätten sie ganze Tage ununterbrochen in dem flaschengrünen Licht verbracht, auf den roten Teppichen gegessen und Wein getrunken, aus den Kelchen aus Kristallglas, in die Muster aus Palmen geschliffen waren. Ich muss bald los, sagte Pax, mit Blick auf seine Armbanduhr, weil er gestern schon nachgearbeitet hatte.

Ich nicht, sagte Csaba, und dass er eigentlich nie wieder hier rausmusste, weil der tollste, wunderbarste, beste Mensch, der mir je begegnet ist, hier drinnen sitzt, mir gegenüber, er deutete auf Pax, der das Gefühl hatte, dass sich seine ganze Welt nur noch auf diese Mittagsstunden reduzierte, jetzt, hier, in dem gläsernen Raum. Er schlief ein zweites Mal mit Csaba, gleich dort auf dem Teppich, und hinterher schmiedeten sie Pläne, wie sie unbemerkt bündelweise Geld aus der Zentralbank schaffen konnten und was sie damit alles anstellen würden. Nach Paris abhauen, sagte Csaba, der dort eine Weile in einem Hotel als Page gearbeitet hatte, und dass ihn die Atmosphäre hier an das Musée d'Orsay erinnerte, an ein Gefühl, das er dort gehabt hatte, zwischen den Bildern der Impressionisten, und ob Pax schon einmal in Paris gewesen sei? Er schüttelte den Kopf, lieber gab er zu, keine Ahnung von Kunst zu haben, als irgendetwas Falsches zu sagen, das Csaba vielleicht nicht genug beeindrucken konnte. Dass Godard für ihn ein Maler war, fiel ihm ein, und ein Artikel aus einer seiner Zeitschriften, darüber, dass es Kameraleute gab, die Dichter waren, Maler mit Licht, wie Henri Alekan oder Vittorio Storaro, aber er behielt alles für sich, lauschte stattdessen Csabas rauer Stimme, hielt ihn an der Hand und überlegte, welche Ausrede er später in der Bank vorbringen konnte.

Und du warst wirklich noch nie verreist? Csaba konnte es nicht fassen, seine Blicke, seine Begeisterung und seine Komplimente zwischen den Küssen, wer wusste schon, ob diese Zeit je von alleine hätte enden können, wenn sie nicht irgendwann, an einem dieser Mittage, jemanden von außen den Schlüssel in der Tür drehen gehört hätten, woraufhin sie hektisch ihre Kleidung zusammenrafften und eilig durch die Büsche auf die Straße sprangen, wie in einer seiner Stummfilmkomödien, dachte Pax, und er stellte sich einen Pianisten vor, der ihre Flucht in einer rasenden Melodie untermalte, und wie sie da liefen, durch viel zu viele Bilder pro Sekunde, bis sie, zwei Straßen weiter, endlich laut lachen durften.

Im Atrium der Bank, zwischen den großen Glasscheiben, roch es wie immer nach Reinigungsmittel, die neuen Duftgeranien vom Chef, Frau Kempe hatte ihm einen vielsagenden Blick zugeworfen, wie immer vergeblich darum bemüht, ihren Zigarettenrauch in die Gegenrichtung zu pusten, genauer, Zitronenduftgeranien. Seine Frau hatte die nämlich im Katalog bei der Zusammenstellung eines Schmetterlingsgartens entdeckt, und seitdem warteten sie jede Pause auf die Ankunft der Insekten. Kohl müssten die dazupflanzen, hatte Witte gesagt, dann kamen schon welche, und Pax hatte vorgeschlagen, dass sie sich die Schmetterlinge eben einfach vorstellen sollten. Heute war dafür sicher keine Zeit, dachte er mit Blick auf die große Uhr über dem Eingang zur Geldbearbeitung, er war zu spät, fast eine halbe Stunde. Seltsam, er hielt einen Moment inne, drinnen standen die Maschinen still. Vor den Fenstern, die auch bei der größten Hitze nicht geöffnet werden durften, damit erst gar keiner auf die Idee kam, Geld hinauszuwerfen, waren die Lamellen gegen die Sonne auf halbe Höhe heruntergelassen, Pax mochte diese Lichtsituation, die ihn an amerikanische Großraumbüros oder Anwaltstuben, an *Die Akte* oder *Das Geheimnis meines Erfolges* erinnerte. In der Küche sah er die Kempe neben der Mikrowelle, in der Hand eine Tupperdose, Lasagne vom Vorabend, sie winkte ihn heran. Zeit ist Geld, Pax zeigte auf seine Armbanduhr, aber die Kempe machte nur eine wegwerfende Handbewegung. Mit den Augen deutete sie nach drüben. Eine Gruppe Anzugträger stand um Schnee-Witte, der in seinem bunt bedruckten T-Shirt zwischen all dem dunklen Grau mit einem Mal sehr kindlich wirkte. Aus der Garderobe trat ein weiterer Mann hinzu, größer und breitschultriger als die anderen, einen schwarzen Rucksack im Arm, ist er das?, fragte er, das Gepäckstück hochhaltend, das unter seiner breiten Hand klein wie eine Damenhandtasche wirkte, woraufhin Witte, aus dessen sonst so akkurat geöltem Indianerzopf sich jetzt eine Haarsträhne gelöst hatte, beteuerte, dass es eine Ausnahme war, dass er später alles hatte zurückgeben wollen – meine Ex-Frau hat das Schulgeld nicht bezahlt für den Großen, monatelang hat sie mir das verheimlicht, und jetzt sollte er den ganzen Betrag auf einmal hinlegen und dann war auch noch sein Vater gestorben, der ganze Nachlass verschuldet, ich wollte, ich hätte –

Einfach weiterarbeiten, sagte einer der Männer, die Witte hinausbegleiteten, griff dabei einem Kollegen im Vorbeigehen über die Schulter und drehte am Einschaltknopf des Goldesels, der gehorsam sofort damit begann, sich brummend selbst zu überprüfen.

Mechanisch schob die Kempe ihre Lasagne in die Mikrowelle, die haben heute andere Sorgen als deine neue Unpünktlichkeit sagte sie, Pax blieb stumm neben ihr stehen, die ablaufenden Sekunden im Blick, bis das Licht über dem Drehteller erlosch und das Geräusch des integrierten Küchenweckers sie aus ihren Gedanken riss. Es roch nach Knoblauch, geschmolzenem Käse, nach warmem Plastik und abgestandener Luft, ob er das von Witte gedacht hätte?, fragte die Kempe endlich. Ich meine, jahrelang arbeiten wir zusammen, der hätte doch einmal was sagen können, gut, wir haben jetzt auch nicht viel übrig, aber da drüber hätte man doch sprechen können, aus der Besteckschublade nahm sie zwei Gabeln, hielt sie prüfend ans Licht, ich habe gedacht, wenigstens wir hier unten würden zusammenhalten und offen miteinander sein können.

Pax sah sie an, spürte seine Aufregung, er schluckte, während er noch immer auf die dampfende Tupperdose starrte, ich habe keine neue Frau kennengelernt, sagte er jetzt, sondern einen neuen Mann.

Die Kempe drehte sich zum Schrank, aus dem sie zwei neongrüne Teller nahm, die, von denen Pax sonst immer sagte, dass alles, was man darauflegte, irgendwie aussah, als sei es radioaktiv verseucht.

Können wir ja jetzt teilen statt dritteln, mit einem etwas schiefen Lächeln hielt sie ihm den zweiten Teller hin und setzte sich auf ihren Stammplatz. Soll doch jeder tun, was er mag, für mich macht das keinen Unterschied, sie strich sich die Haare hinter die Ohren, was für ein Tag, freut mich für dich, ehrlich, sie zwinkerte, ach, jung sein, sie stach sich ein großes Stück Lasagne ab, und dass er ihr ruhig Bescheid geben sollte, wenn ihm hier einer blöd käme, konzentriert wickelte sie die Fäden, die der geschmolzene Käse zog, über ihre Gabel, bevor sie kauend die Zeitung aus der Handtasche holte.

Schmeckt gut, sagte Pax, mit einem Mal hatte er riesigen Hunger, und müde war er, furchtbar erledigt, er nahm das Kinoprogramm entgegen, wie jeden Donnerstag, und beobachtete die Kempe, wie sie gar nicht wirklich las, sondern fast unmerklich ihren Kopf schüttelte, bevor sie den Sportteil einfach trotzdem wie immer auf Schnee-Wittes Platz legte. Nimm den Teller doch einfach mit an die Maschine, statt meine schöne Lasagne so in dich hineinzustopfen, sagte sie, Pax aber schüttelte nur eilig den Kopf. Das Geld riecht so eklig, sagte er kauend.

Leni erwartete ihn zwischen einer riesigen Plakatwand, auf der sich ein Bikini-Model in Billighotpants oben ohne hinter einer dicken Bambusstange versteckte, und einem echten Formel-1-Rennwagen. Wie lange sie sich jetzt schon nicht mehr gesehen hatten, fragte sie, ihr jedenfalls kam es ewig vor, dabei waren es höchstens drei Wochen.

Und leider habe ich auch nur ganz kurz Zeit, Pax sah auf die Uhr, weil Tante Beatrix sicher schon wartete.

Wenigstens daran hat sich nichts geändert, Leni verdrehte die Augen.

Sie passierten die Schokobar und die Sparkassenfiliale, Leni bat Pax, die Treppe zu nehmen, während sie sich Mühe gab, es neben ihm auf der Rolltreppe stehend auszuhalten, und auch sonst kann ich Fortschritte verzeichnen, sagte sie, heute bin ich nicht zur Arbeit gelaufen, sondern habe stattdessen den Bus genommen. Wir sollen ja jetzt unser Bewegungspensum protokollieren, und es hat sich herausgestellt, dass ich vielleicht noch immer etwas übertreibe. Durch das Oberlicht fiel ein Stück blauer Himmel in das Einkaufszentrum, wie damals in Nebraska, sagte Leni, während sie sich an einen der Tische des Eiscafés setzten, grandioses Wetter immerzu, aber alle saßen drinnen, vor dem Fernseher in ihren klimatisierten Räumen, während draußen die Gärtner als Einzige den Rasen betreten haben, um die Pflanzen zu gießen. Ob sie ihm schon erzählt hatte, dass

Beatrice einmal Opfer einer großen Heuschreckenplage gewesen war, wie in der Bibel?

Pax schüttelte den Kopf, nächstes Mal, wenn mehr Zeit ist, können wir uns doch in der Stadt treffen und draußen sitzen, schlug er vor, und apropos Apokalypse, wir duzen uns jetzt, Frau Kempe und ich, und dann erzählte er Leni von seinem Coming-out mit Margarethe an der Mikrowelle.

Leni sagte nichts, stattdessen stand sie auf und gab ihm einen Kuss auf die Wange. Siehst du, war doch gar nicht so schlimm, würde ich jetzt gerne sagen, aber ich tu's nicht, ich bin einfach nur stolz auf dich.

Es war trotzdem schrecklich, sagte Pax, dass er jetzt noch ganz rot war, vor allem als dann noch ein Typ aus dem Büro dazugekommen sei und meinte: ich habe ja nichts gegen Schwule, solange sie mich in Ruhe lassen.

Leni lächelte, gut, dass du sie auf deiner Seite hast, das muss gefeiert werden! Aber besser wir tauschen heute, ich trinke Alkohol und du isst den Eisbecher, weil sie nämlich fünf Banana Split essen könnte, mit Schlagsahne und Erdbeermilchshake, heute ist es schlimm, aber gespannt bin ich auch, sie zupfte an der schwarzweißen Startflagge, die jemand von der Mittelinsel, auf der einige Jugendliche in Fahrsimulatoren durch Monte Carlo rasten, geklaut und umgedreht in den Blumenkübel neben ihrem Tisch gesteckt hatte. Wann kommt Csaba denn, und dass sie ja schon so furchtbar neugierig wäre.

Gar nicht, Pax atmete schwer aus, er will heute mit Greta seinen ungarischen Akzent perfektionieren.

Eifersüchtig?

Nein. Aber bisher hatte ich ihn immer nur für mich. Ich muss mich eben erst daran gewöhnen, ihn auch mal zu teilen. Ich glaube, Csaba kann nicht gut allein sein, sagte Pax, und dann gab er zu, vielleicht doch ein bisschen eifersüchtig zu sein. Wie Csaba und Greta das letzte Mal, unterbrochen vom eigenen Lachen, Sätze in einer Sprache gewechselt hatten, die ihn misstrauisch gemacht hatte, erzählte er Leni jetzt, weil sie ihn an ihre Fantasieworte erinnerte, du weißt schon, wenn wir früher verhindern wollten, dass Hendryk mitspielt. Dass er hinterher einzelne Worte auf einen Zettel gekritzelt hatte, um sie tags darauf in der Mittagspause auf den Sofas einer Buchhandlung vergeblich im Lexikon zu überprüfen, verschwieg er lieber, stattdessen wechselte er das Thema. Wenn wir schon endlich mal wieder Zeit haben, nur für uns. Du bist mir nicht böse, nicht wahr, weil ich mich in letzter Zeit so selten gemeldet habe?

So ist das eben anfangs, Leni zuckte mit den Schultern, und als sie dann nach Tante Beatrix fragte, fiel Pax erst auf, dass Csaba sich nie nach ihr erkundigte, was weißt du denn von seinen Eltern?, fragte Leni.

Die sind ja nicht so krank wie Tante Beatrix. Sie hat Panikattacken aus Angst vor dem nächsten Kreislaufkollaps, es fühlt sich jedes Mal an, als bekäme sie einen Herzinfarkt, sagt sie. Wenn ich zuhause bin, ist sie abgelenkt. Pax starrte in seinen riesigen Coupe Danmark, während Leni an einem großen Bier nippte, bestimmt noch der Schreck wegen des Unfalls, fragt doch nochmal den Arzt, du kannst sie deswegen ja nicht nonstop bewachen. Leni verzog den Mund, dass der herbe Biergeschmack jetzt so gar nicht zu ihrem Süßhunger passte, und dann mussten sie beide lachen, wie schön es war, sie wiederzusehen, dachte Pax, und dann erzählte er ihr von dieser Art Geheimdienst aus Frankfurt am Main, Leute, die ihn irgendwie an *Momo und die grauen Herren* erinnert hatten, woraufhin Leni sagte, ich kann Witte verstehen, euer Job ist doch furchtbar, wenn man plötzlich Geld braucht. Dass sie auch gekündigt hatte, aber freiwillig, sie sah Pax an.

Und jetzt?

Keine Ahnung, sagte Leni. Erst mal den Rest abarbeiten, warten, bis meine Eltern sich beruhigt haben, wir sind noch in Verhandlungen. Scheinbar ist es doch nicht so toll, wenn ich mich ganz in Luft auflöse.

Aber irgendeinen Plan musst du doch haben?

Leni nippte an ihrem Getränk. Verreisen. Vielleicht nach einem Wohnmobil suchen. Wenn es gut läuft, verkaufe ich das meinen Eltern als Teppichfahrt, dann geben sie mir bestimmt was dazu.

Pax versuchte ein Lächeln, ob sie ihm jetzt doch mal bitte das Bier geben konnte, sagte er dann, bevor er schnell einige große Schlucke hintereinander nahm, und dankbar schob er ihr im Tausch das angeschmolzene Schokoladeneis in dem gläsernen Schwan auf eine letzte Fahrt über den Plastiktisch.

Dass du überhaupt noch Zeit hast, bei deinem Arbeitsstress, empfing ihn Tante Beatrix nach Feierabend, und für eine Sekunde erschien ihm ihr Augenzwinkern ironisch, ja fast hätte es als selbstironisch durchgehen können, wenn sie ihn nicht, nur einen Moment später, blass im Gesicht, gebeten hätte, ihr an der Treppe auf dem Weg nach draußen zu helfen, der Kreislauf, sie hielt einen Moment inne, genau lange genug, um Pax Zeit zu geben, ihr die Jacke zu bringen.

Wenn du zurück bist, trinken wir Kaffee, sagte er, ich habe Kuchen mitgebracht. Dafür ist's mir jetzt zu spät, sagte Tante Beatrix, jeden Tag wird es noch später bei dir, und das verkohlte Bügelbrett steht auch noch immer auf dem Balkon rum. Er hakte sie unter, im anderen Arm den neuen, faltbaren Gehstock aus dem Sanitätshaus, auf den sie statt der Krücken umgestiegen war. Soll ich nicht lieber mit, wenn es dir heute wieder so schlecht geht?, fragte er auf der Straße und sah ihr, als sie verneinte, noch eine Weile nach. Er hatte ihr die freudige Nachricht überbracht, dass er über einen Arbeitskollegen endlich einen Mieter gefunden hatte, der sich von dem Chaos nicht abschrecken ließ, und jetzt wollte sie sofort zum Schreibwarenladen, einen Mietvertrag besorgen, bevor die zumachen, sagte sie. Ihre hellblaue Strickjacke vor den blühenden Sträuchern, ihr unsicherer Gang, er lief ihr nochmal hinterher, berührte sie am Arm, nicht dass es doch zu früh gewesen war, auf die Krücken zu verzichten, bleib aber schön auf dem Gehweg, sagte er, es dämmert ja schon, und vorsichtig strich er die weißen Blütenblätter von ihrer Jacke, die sich wie Konfetti über ihre Schultern gelegt hatten.

Dass sie schon klarkommen würde, sagte sie seufzend, also bis gleich.

Oben räumte er die Spülmaschine aus und hängte die Wäsche auf, sorgfältig strich er eine ihrer Hosen glatt, die mit der roten Naht, die er so gerne an ihr mochte, er zupfte einige Flusen von den Hosenbeinen, bevor er sich auf den Balkon stellte und rauchte, bis er drinnen das Klingeln des Telefons hörte. Eine Frau, die sich als Karin vorstellte, fragte nach Tante Beatrix.

Gerade als er zurück nach draußen trat, um seine Zigarette wieder anzuzünden, sah er sie am Ende der Straße auftauchen. Aber die Betriebskosten muss er bezahlen, dein neuer Mieter, sagte Tante Beatrix, als sie hinterher zusammen auf dem Sofa saßen, um die Bögen auszufüllen.

Dafür wollte er ihm aber in den nächsten Wochen nach der Arbeit mit den schweren Sachen helfen, die allein nicht zu bewältigen waren, sagte Pax.

Am liebsten hätte er Csaba die Wohnung einfach so überlassen, als eine Form der Kunstförderung. Immerhin bestellte er einen Container, in den sie den Hausrat und die Abfälle werfen konnten, weil das Vermietersache war, wie er fand, aber doch Tante Beatrix nicht belasten sollte. Schirmständer, Stoffbeutel mit verschimmelten Nüssen, Müllsäcke, die sie nicht zu öffnen wagten, ein Bettgestell und die neugierigen Blicke der Nachbarn, alles fiel in den Container. Csaba warf Kusshände in die Runde, nicht, sagte Pax, und Csaba lachte, wir sind doch sowieso schon Dorfgespräch. Ein ausgefranster Korb, ein verbogener Tennisschläger, Wäscheleinen, warte! Csaba nahm Pax an der Hand und führte ihn zurück in die Wohnung, dass er ihn mit den Leinen fesseln sollte, sagte er.

Pax versuchte das Licht einzuschalten, die Birne musste durchgebrannt sein. Wozu?, fragte er.

Csaba sah ihn an, aus der Dämmerung des Zimmers heraus, mach einfach, befahl er, knöpfte seine Hose auf und zog sich das Hemd aus, das sich kurz an seinen Ohren verfing. Zögerlich befestigte Pax Csabas Handgelenke hinter dem Rücken aneinander, das dauert ja eine

Ewigkeit, sagte Csaba, los mach weiter, zieh mir die Hose aus und binde die Fußgelenke zusammen, Pax hielt inne.

Du sollst mich richtig verschnüren.

Ich mag nicht, sagte Pax.

Csaba lachte erst laut auf, bevor er verächtlich schnaubte, ich wollte dir nur den Entfesselungstrick vorführen, an dem ich seit Tagen übe, und dass er ihm doch erzählt hatte, von seinem Theaterstück – *The right way to do wrong*, ich werde verschnürt in ein Becken geworfen, wo ich mich unter Wasser befreie, aber so wird das nichts, er streifte die Fesseln ab, so was Lasches.

Warum er das nicht gleich gesagt hatte?, fragte Pax.

Ich wollte dich eben testen.

Und was sagt dein Test?

Dass du kraftlos bist, Csaba grinste, und verdorbener als die schlimmsten Hotelgäste, die ich je bedienen musste.

Pax hätte ihn gerne gepackt, um sich irgendwie zu rächen oder das Gegenteil zu beweisen, aber er war mit einem Mal viel zu gehemmt, auch dass er von dem Stück und dem großen *Harry Houdini* noch nie etwas gehört hatte, war ihm unangenehm, und so zuckte er nur beleidigt mit den Schultern, schleppte einen besonders schweren Sessel nach draußen zum Container und warf ihn derart hinein, dass er mit einem metallischen Gongschlag zerbarst, woraufhin irgendwer ein Fenster aufriss und etwas von einer Anzeige schrie.

Drinnen hatte Csaba den Vorfall längst mit den laschen Leinen abgestreift und die Glühbirne ausgetauscht, wie ein Zauberkünstler beförderte er jetzt eine Kochplatte, Kaffeepulver und Milch aus seinem Rucksack und brühte zwei Tassen auf, während Pax Zeitungen auf dem schmutzstarrenden Boden inmitten all der Kartons und eine Decke darüber ausbreitete. Sie setzten sich und begannen nach Schätzen zu suchen, Besteck, sagte Csaba und zeigte Pax eine Schatulle mit Silberlöffeln, nicht echt, Pax betrachtete die Gravur auf der Rückseite eines Löffelstiels aus der Nähe, er selbst hatte einen Ordner mit Münzen gefunden, den nehme ich mal mit in die Bank, sagte er, dort gibt es ein Verzeichnis, und in Csabas Blick hinein, lächelnd, so viel ist es nicht, sonst hätten die das sicher irgendwie versetzt, aber wir teilen natürlich, versprochen. Csaba hatte mehrere Kuverts voller Fotos in der Hand, komisch ist das, sagte Pax, sich fremde Leben so anzueignen, ach, Schauspieler tun das ständig, Csaba setzte sich einen fleckigen Strohhut auf, schau mal, sagte er, und ob das nicht derselbe Hut wäre, den der Mann dort auf dem Foto trug? Igitt, und du setzt den noch auf, sagte Pax, der an den ersten angewiderten Blick denken musste, den er mit Tante Beatrix in die Wohnung geworfen hatte, aber steht dir, wunderbar, wie dir alles, alles steht. Dann zog er selber eine Ansichtskarte aus einem Karton mit gesammelten Papieren heraus. Wie gemalt wirkte das Motiv, im Vordergrund ausgetrocknete, hellbraune Erde, steinig, mit vereinzelten Büscheln Gras, in der Bildmitte ein Palmenhain, schmale, hohe Stämme, zwischen buschartigen Jungpflanzen, am Horizont ganz fein die Silhouette einer Stadt, ein hoher rötlicher Turm, der einzeln aus dem blauen Dunst ragte. Dahinter eine Gebirgskette, das helle Band der Gipfel im Schnee. Das Blau des Himmels, übersteuert und matt zugleich, wie eine über die Jahre verblasste Kopie eines Technicolorfilmes. Pax drehte die Karte, *Marrakesch Palmeraie et Grand Atlas,* las er, und darunter eine Handschrift, die die Karte auf Ende November 1983 datierte. *Wir sind jetzt unterwegs zur Küste, ein bisschen auf den Spuren von Jimmy Hendrix. Weihnachten werden wir bei Julien und Merle verbringen, dort gibt es auch einen Telefonanschluss, wo ihr in jedem Fall Nachricht hinterlassen könntet. Liebe Mutter, liebe Beatrix, küsst den Kleinen dann unbedingt zum Geburtstag, sagt ihm, wir sind bald zurück und dass ich Sehnsucht nach ihm habe, sagt ihm, Sehnsucht wie verrückt!*

Schöner wärs aber, wenn wir uns noch hören könnten, es folgte eine lange Telefonnummer.

Frohe Weihnachten aber in jedem Fall schon mal, falls es nichts mehr wird bis dahin und Grüße, viele liebe Grüße von uns 3 an euch 3.

Stundenlang suchten sie in der Wohnung, ob da nicht noch etwas war, ob sie nicht noch mehr finden konnten, und während Csaba längst aufgegeben hatte und auf seinem Handy *Snake* spielte, kletterte Pax draußen in den Container, wo er die Müllsäcke aufriss und in den dreckigen Resten wühlte, in der nassen Kleidung, dem Schrott und den Scherben, bis Csaba schließlich kam, vorsichtig den Arm um ihn legte und ihn sanft am Handgelenk hielt, ich habe dir eine Badewanne eingelassen, sagte er, für heute ist es jetzt vielleicht genug.

Erst im warmen Wasser begann Pax zu weinen wie ein Kind. Csaba hielt seine Hand, du, nur du bist jetzt meine Familie, sagte er leise, und Pax wusste nicht, ob er geschmeichelt sein sollte, oder ob ihm das jetzt doch leicht übertrieben vorkam. Csaba küsste ihn, trocknete ihn ab und führte ihn zu der Decke, wo sie sich zwischen den wertlosen Blechlöffeln liebten, in denen die Glühbirne sich verteilte, als gäbe es Licht als Dessert. Danach hielt Csaba ihn im Arm, dass es ihn wütend machte, flüsterte er, und als er ihn zudeckte, hatte Pax ein Gefühl, als läge er sicher in einer der Hängematten, die über die fremden Strandfotos gespannt waren, eingehüllt in bunte Streifen, Rot, Gelb und Orange über dem Sand – bis ihm warm wurde, bis Csabas Wut ihm Luft verschaffte und er sich endlich beruhigen konnte.

Du kannst mein Handy nehmen, bot Csaba jetzt an, obwohl es vielleicht besser war, ein Festnetztelefon zu nutzen, wegen der langen Nummer und weil er ja nur Prepaid-Kunde war.

Erst muss ich mir genau überlegen, was ich sagen soll, Pax setzte sich auf. Csaba nickte, ich würde sofort anrufen und herausfinden wollen, ob da überhaupt noch jemand ist, und dann würde ich nachhause fahren und deine Tante endlich mal zur Rede stellen, und zwar richtig.

In seiner linken Jackentasche tastete Pax nach der Karte, fühlte vorsichtig über die gezackten Ränder der Briefmarken, über das feine Relief, das seine Mutter beim Schreiben auf der Rückseite hinterlassen hatte, und vielleicht waren da winzige Partikel von ihr, er bekam eine

Gänsehaut bei dem Gedanken, sie jetzt in diesem Moment berühren zu können. Er behielt die Hand in der Tasche, während er die Wohnungstür aufschloss. Tante Beatrix lag auf dem Sofa und starrte aus dem Dunkel in den Fernseher, ich habe längst Hunger, sagte sie, von Blautönen beleuchtet, es tat ihm leid, aber er hatte sie nicht absichtlich warten lassen, die letzten Tage bist du doch auch aufgestanden, begann er, ich konnte ja nicht wissen –

Ob sie sich jetzt noch dafür entschuldigen müsse, dass sie sich erkältet hatte? Wie um ihre Aussage zu unterstreichen, hustete sie trocken, und tatsächlich klang ihre Stimme so brüchig und angegriffen, dass er die Postkarte in seiner Tasche losließ, die Jacke in seinem Zimmer auf das Bett legte und eilig in die Küche lief, um ihr einen Tee zu kochen. Er hatte Salat gekauft und Kirschtomaten, Pax ließ kaltes Wasser in das Spülbecken und die länglichen Blätter auf der Oberfläche schwimmen wie schmale Boote, er fischte nach den Kirschtomaten, es war schwierig, sie mit dem stumpfen Messer zu halbieren, das Innere spritzte auf seinen Pullover, rann ihm über die Finger, es brannte, und da waren wieder Csabas Worte. Richtig unter Druck setzen musst du sie endlich mal, dann weißt du gleich, was sie dir noch alles verschweigt. Vielleicht hatte Csaba recht, aber besser nicht jetzt, vorsichtig, den Blick auf die heiße Flüssigkeit gerichtet, servierte Pax ihr den Tee, stellte die Schüssel mit dem Salat auf den Tisch und dazu für jeden eine Avocadohälfte, in die Mulden gab er etwas Vinaigrette, dass er sich das von dem neuen Mieter abgeschaut hatte, sagte Pax, weil der am Ulmer Hof gearbeitet hatte.

Mir bitte nicht zu viel, Max, sagte Tante Beatrix, das vertrage ich nicht, und nachdem sie sich guten Appetit gewünscht hatten und die ersten Bissen gegessen, rief sie mit einem Mal, meine Güte! Und ließ ihre Gabel auf den Tellerrand fallen. Bleib mal so, sie musterte seinen Hals.

Was ist denn?, fragte er nervös, musst du immer so übertreiben, dass sie ihn erschreckt hatte, mir kommt es so vor, sagte sie, als wären deine Knoten da am Hals geschwollen, ungeschickt fasste sie ihn an, dreh dich mal zum Licht und mach mal den Mund auf. Und?, sagte Pax, es war ihm unangenehm, jetzt halt doch mal still, sagte sie, wie der sich anstellt, dass er ja noch Salat im Mund hatte, sagte Pax.

Ein bisschen rot, hoffentlich hast du dich nicht bei mir angesteckt, Tante Beatrix ließ sich in ihren Stuhl zurücksinken und griff wieder nach ihrer Gabel. Scheinbar war für sie die Sache damit erledigt, gut, dein Salat, in der Schüssel pickte sie nach den Schinkenstückchen.

In seinem Zimmer setzte Pax sich auf sein Bett, nahm die Ansichtskarte aus der Jackentasche und stellte sich vor, wie er durch den Palmenhain lief, barfuß und an der Hand seiner Mutter, die zwischen ihm und der Sonne ging. Er betrachtete die Briefmarken, die den marokkanischen König zeigten, den Stempel darüber und Mutters Handschrift mit den übergroßen Anfangsbuchstaben. *Sehnsucht*, das *S* viermal größer als der Rest des Wortes. Wieso saß er hier und nicht sein Bruder? Oder sein Vater. Wenn doch so wenig Platz gewesen war in dem alten Postbus, war sein Vater es nicht, der am meisten davon eingenommen haben musste? Bestimmt hatte er am Steuer gesessen, und dann war er schuld. Diese Wut auf Tante Beatrix, er fand sie nicht. Alles, was er jetzt fand, war etwas von Mutters Sehnsucht. *Sehnsucht wie verrückt.*

Pax stand auf und ging zum Telefon, vom Flur aus beobachtete er Tante Beatrix, wie sie versuchte, den Tisch abzuräumen, ihre Bewegungen, die noch immer leicht ungelenk wirkten, ihre Frisur, etwas plattgedrückt auf dem Hinterkopf, und war da nicht ein millimeterbreiter grauer Haaransatz sichtbar? Er konnte sich nicht daran erinnern, jemals etwas Ungepflegtes an ihr wahrgenommen zu haben, es passte nicht zu ihr, niemand sollte schlecht über Tante Beatrix denken, und was, wenn sie wieder das Bewusstsein verlor und er war nicht da? Wenn sie wieder hinfiel und sich verletzte? Wie er hier stand, genau hier stehen würde, an dieser Stelle der Wohnung, und ihr Sofa wäre leer. Kein Geräusch mehr aus dem Fernseher. Kein ewiges Radio. Und die karamellfarbene Decke, zusammengefaltet, dort über der Lehne.

Ob er sie samstags zum Supermarkt fahren würde, wie versprochen, oder musst du da etwa schon wieder in den Baumarkt? Tante Beatrix stand vor der Anrichte, und Pax konnte sehen, wie sie ihre Frage laut in Richtung seines Zimmers stellte. Vor ihm auf der kleinen Telefonbank lagen mehrere Mahnungen, Rechnungen für das Herzkräftigungsmittel einer Schweizer Firma, was ist das denn für ein Medikament?, fragte er zurück, und fast reumütig sah Tante Beatrix zu ihm in den Flur, ach hier bist du, sagte sie, und dass sich ja bloß jemand am Telefon nach ihren Beschwerden erkundigt hatte, und dann fiel ihm das Gewinnspiel wieder ein, zu dem sie sich vor Jahren einmal für neunundneunzig Mark monatlich verpflichtet hatte, und er nahm die Rechnungen an sich, ich erledige das für dich, versprach er und ermahnte sie, doch bitte endlich, wie vereinbart, einfach aufzulegen, wenn jemand Fremdes sie auch nur irgendetwas am Telefon fragte, und ihre unglückliche Miene war es, die ihn einmal mehr dazu brachte, nichts weiter zu wollen, als sie vor allem Übel der Welt zu beschützen. Er wollte ihr wieder öfter zuhören, ihr in Zukunft mehr Zeit schenken, damit sie nicht wieder gezwungen sein würde, irgendjemandem von ihren Sorgen zu erzählen, jemandem, der sie nur ausnutzen wollte.

Eine Karin hat für dich angerufen, fiel ihm plötzlich ein. Schon länger her.

Tante Beatrix nickte, ach ja, sagte sie, wir haben schon gesprochen, die ist mit mir bei der Wassergymnastik. Dass er es nächstes Mal bitte auf einen Zettel schreiben sollte, wenn jemand für sie anrief.

Aber du musst ihr doch gar nicht sofort die Postkarte unter die Nase halten, wenn es dir solche Sorgen macht, beruhigte ihn Leni später am Telefon. Ein bisschen seltsam fand sie es von Csaba, ihn so unter Druck zu setzen. Ich würde erst mal versuchen, die Nummer anzurufen.

Pax nickte, ja, sagte er, den prüfenden Blick im Flurspiegel, Tante Beatrix hatte recht, die Knoten an seinem Hals waren geschwollen, er tastete hinter seine Ohren, ein wenig schmerzte es beim Schlucken, Csaba meint es nicht so, flüsterte er dann, er hat eben selbst viel Druck, seitdem er von der Kunst leben muss. Es bin eher ich, der sich gedrängt fühlt.

Dann versuchs, sagte Leni, und wenn nicht, dann verabreden wir uns und rufen gemeinsam dort an.

Der beruhigende Klang ihrer Stimme, ihr Vanilleduft, der alles abmilderte, hier in dem dunklen Flur, ob sie schon mal einen HIV-Test gemacht hatte?, fragte Pax jetzt, woraufhin Leni ihm erzählte, wie sie mit ihrem ersten Freund in Ulm beim Gesundheitsamt gesessen hatte, weil es ihnen auch zu peinlich war bei Dr. Funke, da kannst du gleich im Kaufmarkt an die Pinnwand hängen, dass ihr jetzt übrigens Sex habt, aber zusammen ist es schon gegangen, nimm Csaba doch einfach mit, eins nach dem anderen, sagte Leni, und erst als sie aufgelegt hatten und er neben Tante Beatrix auf dem Sofa saß, seine Filmzeitschrift in der Hand, fiel ihm ein, dass er vergessen hatte, nachzufragen, wie es ihr eigentlich ging.

Wolltest du nicht Wandfarbe mitbringen?, fragte Csaba am nächsten Morgen, Stefan und Vladi kommen nachher, um beim Streichen zu helfen. Und vielleicht noch David, weil wir doch den zugemüllten Keller ausräumen wollen, er behielt die Hand im Blick, mit der Pax, ohne es selbst zu bemerken, rote Striemen quer über seine Armbeugen kratzte, die Unterarme zitterten ihm, der Baumarkt hatte heute noch nicht offen, sagte er, und dass er sich auch irgendwie krank fühlte, hier schau, die Pusteln auf meiner Haut, keine Ahnung, ob ich nachher zur Arbeit kann, und dann schlang er unvermittelt beide Arme fest um Csaba und flüsterte, dass er für immer mit ihm zusammen sein wollte.

Wie kannst du das wissen?, fragte Csaba, an solchen Sätzen würde man wirklich merken, dass Pax keine Erfahrung hatte. Csaba trat einen Schritt zurück, *für immer zusammen sein* – Vierzehnjährige sagten so etwas, er sah Pax herausfordernd an, bevor er ihm, geschmeichelt mit einem Mal, sein schönstes Lächeln schenkte und ihn in die Armbeuge küsste, ach, komm schon, entspann dich mal, vielleicht gehen wir beide heute einfach eine Runde spazieren, statt an der Tapete zu kratzen, er versteckte den Schlüssel für seine Bekannten zwischen den Blumentöpfen und hakte sich bei Pax unter. Auf dem Weg durchs Dorf nahm Pax seinen Mut zusammen, ob sie sich nicht endlich einmal testen lassen wollten?

Ja, sagte Csaba, das machen wir mal.

Und wann?, wollte Pax weiter fragen, aber er traute sich nicht. Vielleicht brachte er das Ganze doch besser alleine hinter sich, statt Csaba weiter damit zu nerven, dachte er, und dann wunderte es ihn, dass Csaba sich gar nicht mehr danach erkundigte, was aus der Postkarte geworden war, sondern ihm stattdessen für den Rest des Weges von dem Ungarischkurs erzählte, den er inzwischen an der Volkshochschule mit Greta belegt hatte, und davon, was es mit ihm machte, den großen *Houdini* zu spielen, ob Pax das kannte, fragte er jetzt, so sehr hochzustapeln, dass du dir am Ende selber glaubst? Manchmal fühle ich mich inzwischen wirklich schon wie ein talentierter Betrüger, mit unschuldigem Blick und hochgezogenen Brauen warf Csaba die Haare zurück und blinzelte Pax zu, so lange, bis er den Blick von der Uhr und den Pusteln ließ und endlich lachen musste.

Salzlakritz – so was isst du neuerdings?, fragte Tante Beatrix. Auch wenn er sich größte Mühe gab, geschah es Pax inzwischen nicht nur, dass Csaba öfter in seinen Erzählungen auftauchte, sondern auch in seinem Einkaufskorb. Sie waren in den großen Supermarkt gefahren, weil Tante Beatrix keine Lust hatte, im Kaufmarkt jedes Mal wegen der Krankschreibung ausgefragt zu werden. Gleich griff Pax nach ihren Lieblingspralinen, die spendiere ich dir dafür, sagte er und legte die Packung in den gigantischen Einkaufswagen, was wollen wir heute essen, ich könnte versuchen zu kochen, ungarische Suppe vielleicht?

In der Tiefkühltruhe ist doch noch genug, sagte Tante Beatrix, während sie sich, auf den Wagen gestützt, unwirsch den Weg bahnte. Sie packten Fertiggerichte, Kartoffeln, Spinat, Eier und Milch in den Korb, kämpften sich vor bis zu einem Weinregal, vor dem Pax ewig stehen blieb, um eine besondere Flasche für Csaba auszusuchen, ob er lieber Rotwein mochte oder Weißen, schwer oder süß, trocken oder doch Rosé, und erst als er sich endlich entschieden hatte, fiel ihm auf, dass Tante Beatrix mit dem Einkaufswagen längst nicht mehr neben ihm stand. Sie war nicht zwischen den Konserven, nicht bei den Kosmetikartikeln oder den Backwaren, nicht ganz hinten beim Obst und Gemüse, er legte den Wein auf einen der Tische mit reduzierten Waren, zwängte sich an der Kassenschlange vorbei, darf ich bitte? Draußen sah er sich hektisch um, sie war nirgends zu sehen.

Manchmal wird ihr plötzlich schwindelig, erklärte Pax an der Information und hielt sich dabei die Hand ans Herz, ob man sie nicht ausrufen lassen könnte, und eben als er dem Angestellten den Namen aufschreiben wollte, sah er sie, drüben, bei den Babyartikeln – da bist du ja endlich, Max, sagte sie arglos, ein Gläschen Babybrei in der Hand. Ob ich wohl irgendwann auch nochmal Oma werde?

NEBEN STEFAN UND VLADI kamen inzwischen auch Janik und sein Freund Edgar, der im Ulmer Hof Koch gewesen war, regelmäßig nach Lauterthal, um Csaba zu helfen, außerdem David, Nadia, Julia und immerzu Greta, die ganz offensichtlich für Csaba schwärmte. Er hatte einen großen Bekanntenkreis, und irgendwie brachte er jeden Einzelnen dazu, über mehrere Tage in der Wohnung zu arbeiten oder immerhin sich dort aufzuhalten, um, auf welche Art auch immer, nützlich zu sein. Einen höchstens Vierzehnjährigen, der sich Pax nicht vorstellte, schien Csaba selbst erst vor Kurzem kennengelernt zu haben. Pax taufte ihn im Stillen Tadzio, wegen seiner großen Ähnlichkeit mit dem jungen Björn Andrésen aus Viscontis *Tod in Venedig*. Eifrig löste Tadzio seit Tagen die Tapete von der Wohnzimmerdecke, dafür wollte Csaba ihm vielleicht bald eine kleine Rolle verschaffen. Einer für alle, alle für einen, sagte Csaba und meinte sich selbst damit, und Greta putzte sogar die Fenster, auch wenn die Eisheiligen genau an diesem Tag noch einmal so kalt in den Mai einfielen, dass ihre Hände dem blauen Schwamm im Farbton bedenklich nahe kamen. Das liegt am Rauchen sagte Pax, selbst die Zigarette in der Hand und ärgerlich darüber, dass Csaba ihre Hände mit einem Handtuch trockenrubbelte. Er polierte die Fenster nach, mit alten Zeitungen, schüttelte den Kopf darüber, wie unordentlich Greta gearbeitet hatte und kam sich dabei albern vor.

Später stand er mit Csaba in dem langen Flur, jeder an einem Ende. Wann erzählst du deiner Tante endlich von uns?, fragte Csaba, während sie an einer Tapetenbahn zogen, die zwischen ihnen zu Boden fiel. Darunter schimmerte ein grüngoldenes Muster, durch die Jahre und den Tapetenkleister abgeblättert, wie die Deckenverzierung eines kleinen Palastes. Schaut euch das an, rief Csaba so laut, dass alle Helfer angelaufen kamen, und dann umarmte er Pax, schob ihn engumschlungen durch den Flur, in dessen Mitte sie sich langsam drehten. Für einen Moment fühlte Pax sich ausgestellt wie in einer Manege, aber eben, als er im Kampf gegen die eigene Befangenheit als Gewinner hervorzugehen schien, sich Csabas Duft überließ und ein bisschen mittanzte, fiel ein Lachen aus dem Nebenraum in das Dunkel unter seinen Lidern, und Csaba löste die Umarmung, nahm ihn bei der Hand, um den anderen nach drüben zu folgen, für eine Zigarettenpause. Dass er sich noch immer nicht getraut hatte, sagte Pax, weil er ja auch noch die Sache mit der Postkarte aufklären musste. Nicht, dass es zu viel auf einmal für sie war. Stress könnte vielleicht wieder einen Kollaps auslösen, du solltest sie mal sehen, wenn sie so blass ist.

Mal wieder nicht getraut, Csaba legte den Pinsel, nach dem er eben erst gegriffen hatte, zurück und fasste sich an den Rücken, mir reicht es für heute, sagte er.

Dann geh doch mit mir was trinken, schlug Greta vor, so können wir auch gleich Nadia zuhause absetzen. Sie sah auf ihre Armbanduhr, Pax muss doch sowieso gleich heim zu seiner Tante. Csaba nickte, gute Idee, sagte er, und drüben rief er nach den Jungs, ob noch jemand nach Hause wollte oder mitkommen, auf ein Getränk.

Eine Weile noch stand Pax auf der Waschmaschine, arbeitete allein und über Kopf, ritzte und kratzte in den furchtbaren Gipskarton, die Arme waren ihm schwer, den ganzen Tag über hatte er Säcke voll Münzgeld verladen, sodass er eigentlich schon nach Feierabend jene Müdigkeit erreicht hatte, die ihm einen zufriedenen Abend garantiert hätte, zuhause, in seinem Sessel, Rum-Cola trinkend und endlich einmal wieder in einen seiner Filme versunken. Wieso musste Csaba abhauen, ihn hier im Stich lassen, ausgerechnet während der kurzen Zeit, die ihnen zu zweit blieb, aber er hatte nicht klammern wollen und laut das Gegenteil behauptet, dass er inzwischen hier weitermachen würde, kein Problem.

Pax sprang von der Waschmaschine, um sich eine Dose Bier zu öffnen und die Zigaretten aus seiner Jacke zu kramen, aber Csaba war ihm zuvorgekommen, die Schachtel lag leer auf dem Fensterbrett, verärgert knüllte Pax sie zusammen, immerhin, es gelang ihm, aus der Entfernung den Müllsack zu treffen. Die Abendsonne schien in den Flur, er dachte an die hohen Fenster der Kirche von Blauenklingen, durch die das Licht seitlich in das dunkle Kirchenschiff fiel, als Kind hatte ihn das so völlig eingenommen, dass er am liebsten die ganze Stunde auf den Knien geblieben wäre, die Musik im Ohr und Tante Beatrix' unsichere Singstimme. Er beobachtete den Staub, wie er durch die hellen Strahlen schwebte, um außerhalb des Lichtes unsichtbar zu werden, Tante Beatrix – Greta hatte ja recht gehabt, es war längst Zeit, nach ihr zu sehen, in schnellen Zügen trank er seine Dose aus und spürte den Alkohol im ganzen Körper, als er sich auf den Heimweg machte. Im Treppenhaus kam ihm Tadzio entgegen, Csaba hatte ihm seinen Schlüssel gegeben, für eine Nachtschicht, ob Pax nicht eine Zigarette übrig hatte?, fragte er.

Am nächsten Morgen wurde Pax von seinem eigenen Herzklopfen geweckt. Es schlug in die Matratze, breitete sich dort aus und klopfte aus ihr zurück, und wenn er sich drehte, pochte es direkt in sein Ohr, aus den Sprungfedern heraus gegen seine rechte Seite, gegen die linke, den Schultergürtel entlang und von innen gegen seinen ganzen Brustkorb. Da war er selbst, von dunklen Flecken übersät, auf Höhe des Bentheimer Weihers, stand dem Demonstrationszug aus Blauenklingen gegenüber, sich selbst als einem Kind, Tante Beatrix und Frau Lubinski, die ihm so lange zurief, er solle sein Aids am anderen Ufer lassen, bis er es nicht mehr aushielt, sich aufsetzte, das nasse T-Shirt vom Körper rollte und aufstand. Tante Beatrix war schon auf den Beinen, kommst du heute wieder so spät?, fragte sie. Ein bisschen länger wird es, sagte Pax, weil er noch etwas abholen müsse, die Nachricht seines bevorstehenden Todes, ging es ihm durch den Kopf, und er stellte sich vor, wie er einen Brief aufriss, in dem *positiv* stand, ob sie bis zum Abend zurechtkäme?, fragte er sie noch, und wenig später, im Wagen, dachte er, wenn die Ampel auf Rot umschlüge, dann als ein Zeichen, dass er schwer krank war, und wenn nicht, so konnte ihm vielleicht die Möglichkeit, am Zebrastreifen halten zu müssen, Aufschluss geben über sein Ergebnis, bis er endlich mit flauem Magen im Wartezimmer saß, die Wangen heiß und gerötet, wie jedes Mal, wenn die Rede von HIV war, als hätte ihn jemand beim Sex ertappt. Wie lange es noch dauern würde, weil er zur Arbeit müsse, fragte er endlich und verstand nicht, wie die Schwester Kaffee trinken konnte an einem solchen Tag und ein angebissenes Brötchen unter der Ablage versteckt halten, worum ging's nochmal? Ihr Fingernagel war abgebrochen, misslaunig schnippte sie mit dem Daumen dagegen – der Test, Pax sah zu Boden, ach, sie griff nach seiner Karte, *negativ*, sie sagte es beiläufig, der wenigen Bedeutung angemessen, die sie der Sache zu schenken bereit war, und als er noch einen Moment zu lange stehen blieb, wiederholte sie ihr – *negativ!* – als befände er sich als Ausländer auf einer deutschen Behörde, einer Sachbearbeiterin gegenüber, die Lautstärke für eine Möglichkeit hielt, ihm ihre Sprache begreiflich zu machen.

Abends hatte Pax Essen und Getränke für alle Helfer mitgebracht, inzwischen ging es ins Geld, aber er wollte nicht geizig wirken, dass er sich gerne kümmerte, sagte er stattdessen und bemühte sich obendrein, möglichst viel Abwechslung in den Speiseplan der Helfer zu bringen. Er ging zum Suppenladen oder zur Salatbar, holte Kebab, Falafel, Hamburger, Pizza und unzählige Getränke, heute aber hätte er sich das Warten in dem feuchtkalten, zugigen Wetter vor dem Thai-Imbiss sparen können, auf dem Fensterbrett lag noch ein halber Karton mit Pizza, und Csaba war ganz alleine, telefonierte und nickte ihm etwas abwesend zu.

Pax sortierte die Plastikbehälter und die Bierdosen in den Kühlschrank, bevor er eine Flasche Sekt öffnete, immerhin bis du jetzt für die nächsten Tage versorgt, sagte er, und wie schön, dachte er weiter, dass sie endlich mal wieder nur zu zweit waren, er reichte Csaba ein Glas, erzählte ihm von dem glücklichen Ausgang des Tests, eigentlich schade, dass es erst einen solchen Anlass brauchte, um sich am Leben zu freuen. Seit er ein Kind war, hatte er Angst vor der Krankheit gehabt, seit er diese nackten Menschen in den überdimensionierten Reagenzgläsern auf einem Zeitschriftencover im Kaufmarkt gesehen hatte, und ob Csaba sich jetzt nicht vielleicht auch testen lassen wollte?

Wozu denn?, fragte Csaba und stellte sein Sektglas entnervt auf die neue Küchenplatte, die ihm Vladi von irgendwoher organisiert hatte. Er suchte nach seinem Tabak, dein Ergebnis beweist doch längst, dass ich nicht krank sein kann. Ich hatte mal einen Lover, der sich angesteckt hatte, den habe ich sofort abserviert, was denkst du denn, dass ich lebensmüde bin? Ich kümmere mich schon um uns, ich will genauso wenig draufgehen wie du, das kannst du mir glauben.

Aber es gibt ja auch Hepatitis, Pax hielt ihm seine Schachtel hin, und – Jetzt komm mal runter, unterbrach ihn Csaba, geh in ein Kloster, wenn du ein solcher Hypochonder bist, es ist echt anstrengend mit dir, immer bist du so empfindlich, und dass er schon viel zu viel Zeit verbracht hatte in dieser heruntergekommenen Bude, ich arbeite hier Tag und Nacht, organisiere alle Helfer, soll aber irgendwelche Betriebskosten nachzahlen und ab Juni gleich die volle Miete, ich habe gedacht, ich könnte hier auf deine Hilfe zählen, aber immer bist du bloß auf dem Sprung, und erzähl deiner Tante jetzt endlich, dass wir zusammen sind, sie würde sicher einen Freundschaftspreis machen wollen, denkst du nicht?

Zuhause hatte er die Schuhe noch nicht ausgezogen, als Tante Beatrix ihm schon entgegenrief. Gibts dich auch noch, sagte sie, und ob er ihr nicht helfen könne, die Fernsehprogramme, die sie sämtlich vertauscht und verstellt hatte, neu zu ordnen und die Glühbirne, sie deutete nach oben, irgendetwas flackerte da.

Was sie denn gegessen hatte?, fragte Pax, während er die Fernbedienung unter ihrem Tellerrand hervorzog, es musste ja besonders gut gewesen sein, wenn sie mal ausnahmsweise gar nichts übriggelassen hatte.

Bandnudeln mit Sahnesoße von Oma Peschka, sagte Tante Beatrix, du würdest mich ja verhungern lassen – sie hat sogar hier durchgewischt und war nicht davon abzuhalten, auch noch die Tischwäsche mitzunehmen, ich finde, es reicht jetzt langsam, dass du dem jeden Tag hilfst, pass bloß auf, dass der dich nicht ausnutzt.

Du hättest mit mir sprechen können, bevor du Csaba eine Mahnung schickst, sagte Pax.

Wann denn, sagte sie, und dann erinnerte sie ihn daran, dass er ihr versprochen hatte, sie morgen zum Friseur zu fahren, und hinterher treffen wir uns bei Karin zum Canasta, ob ich da was mitbringen muss? Sie hustete laut, wie ich das schaffen soll, nächste Woche wieder im Kaufmarkt zu stehen, ist mir ehrlich ein Rätsel.

Dass es doch erst mal nur drei halbe Tage wären, sagte Pax beruhigend, und wer weiß, vielleicht tut dir die Abwechslung ja ganz gut. Wir können ja auf dem Weg zu deiner Bekannten noch Kuchen und ein Päckchen Kaffee besorgen, wo wohnt sie denn?

Ach, du kennst doch noch das Grundstück von dem Imker, am Waldrand entlang muss man da ein Stück durch die Felder, und dahinter kommt man dann von der anderen Seite nach Harthendorf. Bloß mit dem Auto ist es so ein Umweg, weil die Straße für Kraftfahrzeuge gesperrt ist.

Na, spätestens zu deinem Geburtstag kannst du bestimmt wieder Fahrrad fahren, sagte Pax, du sollst dich doch an der frischen Luft bewegen.

Neunundfünfzig, seufzte Tante Beatrix, die Sechs wird dann schon schwieriger.

Das ist doch alles längst überholt, sagte Pax, heute sind die Leute mit sechzig fitter als früher mit dreißig. Er kannte den Weg nach Harthendorf, schön ist der, schattig, und dass man da doch an der Wiese mit den alten Obstbäumen vorbeikam.

Ja, aber so allein als Frau am Waldrand, da habe ich meine Bedenken. Die Karin versteht das, nächstes Mal holt sie mich ab, hat sie versprochen, bloß morgen kann sie nicht weg, weil sie die Handwerker im Badezimmer hat. Da ist sie nicht zu beneiden, allein mit dem großen Haus. Aber einen wunderschönen Garten. Und ihre Nachbarin, das ist so eine ganz patente, die hilft ihr. Bloß beim Canasta ist die nicht die Schnellste. Letzte Woche haben wir drei im Café an der Hauptstraße gespielt, ist mir lieber, als wenn alles gleich so eng wird, aber die wollen da keine Glücksspiele, sie schnaubte verächtlich, Kartenspiele verbieten, aber hinten in der Küche rühren die Ausländer zum Hungerlohn im Topf.

Ich wusste gar nicht, dass du Canasta spielen kannst.

Ach, sagte Tante Beatrix, das ist ja fast wie Rommé, und das habe ich mit Großmutter und deiner Mutter gespielt, bis sie keine Zeit mehr für uns hatte.

Im Badezimmer ließ Pax sich lange das kalte Wasser über die Unterarme laufen, in seiner Vorstellung fuhr seine Mutter aus dem Untergrund eines großen Bahnhofs die Rolltreppe hinauf, einen Koffer in der Hand, darin Lebensmittel, selbstgemachte Marmelade vielleicht, Großmutters Schrift auf den Etiketten, Johannisbeergelee, Pflaume, Erdbeere – und Brote, von der Großmutter schief abgeschnittene, dicke Brotscheiben. Das Geld hatten sie der Mutter in den Anorak eingenäht, im Gegenlicht konnte er sie danach tasten sehen, aufgeregt, überfordert und alles zugleich. Im Spiegel bemerkte Pax sein Lächeln, und dann sah er Tante Beatrix, zurückgeblieben in Blauenklingen, die Rommékarten noch in der Hand.

Csaba fiel ihm jetzt wieder ein, vielleicht hatte er heute einfach einen miesen Tag gehabt, eine verpatzte Theaterprobe, Pax wusch sich das Gesicht, ärgerte sich über sich und die hypochondrischen Flecken, die noch immer in den Armbeugen juckten, und es stimmte ja, dass ihm selbst oft die Zeit fehlte, vielleicht konnte er nachher, wenn Tante Beatrix im Bett war, nochmal nach Lauterthal, er drehte das Wasser ab, hörte, wie im Wohnzimmerradio eine Sendung begann, in der Hörer einer Parapsychologin ihre Fragen stellen durften, am *24.3.95 habe ich abends gebügelt. Plötzlich war der ganze Raum für Sekunden hell. Fragen Sie mich bitte nicht, was ich durchgemacht habe seitdem* – erzählte eine aufgeregte Frauenstimme, und ein Mann erklärte, seit zwei Jahren in einem Stallgebäude zu leben, *welches wohl 1969 in eine Mietwohnung umgebaut worden war. Unsere kleine Tochter ist jetzt drei Jahre alt. Zu Anfang empfanden wir die Wohnung als gemütlich und sonnig, dann aber nahmen die nächtlichen Schreiattacken unserer Tochter zu* – Pax schaltete das Radio aus, dass es vielleicht doch ein bisschen viel wäre für den Abend, sagte er fürsorglich, während er das Mensch-ärgere-Dich-Spielbrett aus dem Schrank nahm. Ob sie noch Lust hatte auf eine Partie?

Wie in deinem Altenheim? Nur weil ich in der Arbeit kürzertreten muss, bin ich doch nicht verblödet, sagte Tante Beatrix.

Spielen wir eben Mühle oder Dame, sagte er.

Tante Beatrix winkte ab, meinetwegen, wenn du es jetzt schon fast aufgebaut hast, dann möchte ich heute aber mal Rot sein.

Also, nehme ich die gelben, vorsichtig drehte Pax das Spielbrett.

An diesem Abend wollte Tante Beatrix nicht müde werden, stattdessen bat sie ihn, doch aus der Küche eine Piccoloflasche mit Sekt zu holen. Wie es ihm denn jetzt so ginge?, fragte sie mit dem Gesichtsausdruck einer Lehrerin zu Beginn der Aufklärungsstunde, die Kamelhaardecke über ihren Knien, nachdem jeder sein halbes Glas geleert hatte. Weil er ja doch in letzter Zeit sehr müde aussah.

Ganz gut, antwortete Pax und würfelte in die unangenehme Pause hinein. Ausgerechnet jetzt, so kurz vor dem Ziel, musste er ihre Spielfigur rauswerfen. Er sah auf die Uhr, nicht doch, Tante Beatrix lachte laut auf, bevor sie ihre Figur zurück an den Start stellte. Schön, dass du heute mal hierbleibst, weißt du noch, wie wir früher zusammen bei Großmutter saßen und du ihr so nette Geschichten erzählt hast, richtig fantasievoll warst du damals, und jetzt, sie machte eine Pause, jetzt bist du nur noch unterwegs und erzählst fast gar nichts mehr von dir.

Ich bin schwul, sagte Pax.

Tante Beatrix sagte nichts.

Dass er sich in einen Mann verliebt hatte. In Csaba. Den neuen Mieter.

Tante Beatrix sagte noch immer nichts. Endlich nahm sie beherzt die Würfel in die Hand, starrte auf das Spielbrett und ließ sie in die Stille fallen. Pasch, murmelte sie.

Vorsichtig versperrte Pax ihrer Figur mit den Fingern den Weg.

Irgendwie habe ich mir das schon länger gedacht, sagte Tante Beatrix. Aber das musste ja nun wirklich nicht auffällig platzen, wie eine Bombe. Also bei Oma Peschka oder der Lubinski oder dem Hämmerle. Sie jedenfalls würde es einfach ganz für sich behalten. Was du damit machst, Max, ist deine Sache. Sie führte ihr Glas an den Mund, schluckte sehr laut, bevor sie sich wieder dem Spielbrett zuwandte, ach ja, ein Pasch, sagte sie, und er sah ihr dabei zu, wie sie die Figuren verwechselte, so, ich bin ja nochmal dran, Tante Beatrix rieb sich die Hände, ob er ihr bitte den zweiten Würfel vom Boden aufheben konnte?

Im Kaninchenschuppen war das Bier kalt wie die Nacht. Pax öffnete eine Flasche, trank sie schnell, sich immerzu schämen zu müssen, oben im Schlafzimmer brannte noch Licht, was Tante Beatrix jetzt machte, ob sie für ihn betete oder für sich, ob sie einfach gar nichts tat, alles längst vergessen hatte, soll sie sich doch freuen, hatte Csaba gesagt, so bleibt sie die einzige Frau in deinem Leben.

In der Jackentasche tastete er nach der Karte, verlier sie aber nicht, hatte Leni ihn gewarnt, und sicherheitshalber hatten sie im Schreibwarenladen eine Kopie angefertigt und bei ihr hinterlegt. Falls das Original aus irgendeinem Grund unleserlich würde, und tatsächlich, im fahlen Licht der Nacht sah man der Karte die Stellen an, an denen er den hohen Atlas auf der einen und Mutters Schrift auf der anderen

Seite berührt hatte. Die Zigarettenschachtel sortierte er jetzt in die andere Tasche, als müsste er vor ihnen verbergen, dass er so viel rauchte. Was sie ihm wohl gesagt hätten? Ob er immer noch das Kind wäre, das sie vermissten? Ob sein großer Bruder sich geschämt hätte für ihn, ob er ihn verteidigt hätte? Und war das überhaupt nötig gewesen? Diese ganze Angst, sich Tante Beatrix zu offenbaren, und jetzt?

Er wartete, bis sie das Licht gelöscht hatte, bevor er sich zurück nach oben schlich. Aus dem Schlafzimmer ihr leises Schnarchen, in der Küche ein Rest Kirsch, eine vergessene Flasche Rum zwischen den abgelaufenen Backzutaten, er setzte sich im Flur auf den Teppichboden, mit dem Rücken gegen die Wand, sein Glas hatte einen feuchten Ring auf dem Teppich hinterlassen, mit dem Ärmel seiner Jacke versuchte er ihn wegzureiben, bis er einen Würgereiz spürte und sich zurücklehnen musste. Pax nahm den Hörer ab und lauschte in das Freizeichen, die Karte auf dem Schoß. Marrakesch, das Blau des Himmels, das Weiß der Berge, die rötliche Befestigungsmauer und die verschiedenen Braun- und Grüntöne des Palmenhains. Die langen Palmwedel, mit denen die Kirche von Blauenklingen jedes Jahr am Sonntag vor Ostern geschmückt war, weiter die Palmkätzchen, von Tante Beatrix zu einem Strauß gebunden. Einen für die Gefallenen, einen für die Großmutter. Die lebenden Toten. Da wo sie jetzt sind, da haben sie es gut. Vor seinen Augen verschwamm die lange Nummer. Ob in Marrakesch dieselbe Uhrzeit war? Halb drei. Zu spät. Er legte auf, nahm wieder ab, einfach nur Csabas Stimme hören, jetzt, in diesem Moment, und wie sehr er ihn liebte, flüsternd lallte er es auf die Mailbox, und dann lauschte er Csabas Ansage ein zweites Mal, seiner schönsten Sprecherstimme, ein drittes und ein viertes Mal, dass die Bombe geplatzt war, erzählte er ihm, dass niemand verletzt worden war und dass der Knall obendrein morgen vielleicht schon vergessen sein würde.

WIESO ES IMMER diesen Vandalismus an den Telefonzellen geben musste, fragte Leni am nächsten Nachmittag, ich meine, wer hat Zeit und Lust, ein veraltetes Telefonbuch aus der Verankerung zu reißen?

Schau dich doch um, sagte Pax. Bis auf das leerstehende Kurhaus im Stil der zwanziger Jahre, dessen Heilwasserquelle seit Jahrzehnten versiegt war, und sieben einsamen Wohnhäusern für die wenigen noch übriggebliebenen ehemaligen Betriebsangehörigen war der komplett vom Wald umgebene Ort Scharrtanne völlig verwaist, wer hier ohne Auto lebt, der hat eben Zeit.

Leni starrte auf die kleine Kapelle, deren Fenster mit verschiedenfarbigen Brettern vernagelt waren, das Kreuz auf dem kleinen Türmchen, in dem die Glocke fehlte, zeigte schief in die Wolken. Stell dir vor, es wäre ein total abgefahrener Technoschuppen, und keiner wüsste davon. Nein, im Ernst, hätten wir uns nicht im Einkaufszentrum treffen können?

Hier stört uns sicher niemand, sagte Pax, in der Zeitung hatte er ein Interview gelesen, mit einem alten Mann aus Scharrtanne, der berichtete, dass nachts Leute kamen, um die Kupferbleche oder Kabel aus der stillgelegten Klinik abzuschrauben und sogar die Straßenlaternen zu klauen, selbst dann verlässt hier kein Mensch sein Haus, und ich will einfach in Ruhe telefonieren.

Ob er die Ansichtskarte hatte? Leni schwitzte, winzige Tröpfchen standen auf ihrem Nasenrücken, und unter ihren Achseln hätten sich längst dunkle Flecke abgezeichnet, wenn sie nicht immerzu Schwarz trüge, damit niemand etwas bemerkte und sie obendrein schlanker aussah. Heute konnte ich mich nicht beherrschen und bin hergelaufen, gab sie zu, weil es so wunderschön war, durch den Wald.

Was, den ganzen Weg? Es sind fast zwanzig Kilometer.

Na und, dafür hast du eine Fahne, sagte Leni, als sie ihm die Tür aufhielt. Die Telefonzelle war nicht grau und magenta, sondern noch immer bemoostes Postgelb, vielleicht hatte man sie vergessen unter der großen Fichte. Den ganzen Winter über war die Tür der Zelle vereist und nicht zu öffnen, weil in Scharrtanne jedes Wetter, das in Blauenklingen und Lauterthal als Wasser fiel, als Schnee herunterkam. Marienkäfer nutzten die Telefonzelle als Winterquartier, und im Sommer wurde sie für die eingesperrten Insekten zur tödlichen Falle.

Sieh nicht nach oben, da ist eine ausgebrochene Vogelspinne, Leni nahm den Hörer ab, hallo, hier spricht die RAF, das Einkaufszentrum ist in Gefahr.

Sieh nicht nach unten, sagte Pax, sonst weißt du, warum es hier so riecht. Der spanische Kultfilm *La cabina* fiel ihm jetzt ein, Menschen, eingesperrt in Telefonzellen, in unterschiedlichen Stadien der Verwesung. Aus der Tasche nahm er den Zettel, auf den sie die französischen Sätze notiert hatten, und einen Kaugummi, ich habs Tante Beatrix gesagt, erzählte er dann, während sie sich eng gegenüberstanden, wie ein Liebespaar.

Betrunken?

Nein, das kam erst danach.

Und?

Nichts.

Natürlich, Leni hielt sich die Ohren zu, war da was? Falls ja, dann ist das schon ein bisschen schade.

Pax hielt sich die Hand über die Augen, hier ist niemand, sagte er, kein Problem.

Hast du genug Kleingeld?, das wird bestimmt teuer. Pax zog eine ganze Rolle mit Zwei-Mark-Stücken heraus, habe ich heute extra in der Bank getauscht, sagte er. Und wenn jetzt niemand da ist?

Dass sie das nur herausfinden konnten, wenn er anrief, sagte Leni, ach ja, und ich habe nochmal nachgefragt, sie deutete auf den Zettel, es heißt nicht, *je veux parler avec Merle,* sondern *j'aimerais bien parler à Madame Merle, s'il vous plaît.*

Ich kann das nicht, und überhaupt, ob sie nicht eigentlich Arabisch dort sprachen?

Mit Französisch kommt man schon ganz weit, jedenfalls bei unseren Kunden in Marrakesch, sagte Leni.

Dann sprich du doch, bitte!

Sie schüttelte den Kopf, du hattest genauso Französisch in der Schule wie ich, außerdem, Merle, falls sie da ist, spricht auch Deutsch, das ist doch keine Französin, und wie sie denn sonst heißen sollte, Merl?

Dass er aber Angst hatte, ehrlich, und der Französischunterricht, viel hatte er davon nicht mitbekommen, Pax warf das erste Geldstück ein, es fiel durch.

Mehrere Versuche später trat Leni entnervt gegen die Zelle, ach Mensch, das haben wir jetzt davon, dass du hier irgendwo im Wald telefonieren musst.

Pax folgte ihr ins Freie, er rauchte eine Zigarette an, sie schmeckte nicht gut, jetzt warte doch mal, aus seiner Tasche nahm er einen kleinen Jutesack, normalerweise werden die vernichtet, Leni sah in den Beutel.

Drei falsche Fünf-Mark-Stücke schluckte der Apparat, woraufhin sofort das Freizeichen ertönte, Pax hörte sein Blut rauschen, als Leni ihm die Nummer ansagte. Nach einer Weile klickte es in der Leitung.

Marhaba? Allo?

Hallo, sagte Pax.

Qui c'est? Allo? Est-ce que vous pouvez parler plus fort s'il vous plaît?

Erschrocken hielt er Leni den Hörer hin, *allo?,* sagte sie.

Oui, Auberge du Littoral, qu'est-ce que je peux pour vous?

Je veux parler avec Merle, si c'est possible, Leni sah Pax an.

Dass sie einen Moment warten sollte, sagte der Mann am anderen Ende der Leitung auf Deutsch. Leni nickte, bevor sie Pax den Hörer an die Brust drückte.

Ja, ihre langgezogene Art, die Worte zu betonen, *wer spricht?*

Aus Blauenklingen, sagte Pax, und es fiel ihm schwer, den Hörer zu halten, als ob sein Herz das heiße Plastik von seinem Ohr schlagen wollte, als ob sein ganzer Arm zitterte.

Okay, sagte Merle. Und nach einer Pause. *Du bist jetzt der Lütte, oder?*

Auf dem Weg nach Lauterthal fuhr er viel zu schnell, und obwohl er auf Höhe des Ortsschilds Tempo aus seiner Fahrt nahm, blitzte es zwischen den Büschen rot in die Dämmerung. Er war mit Leni durch den Wald gelaufen, es musste lang gewesen sein, sie hatte ihn nicht gedrängt, sich nur bei ihm eingehängt und gewartet, gewartet, bis er schließlich begonnen hatte zu erzählen. Sie sind damals kurz vor Weihnachten auf dem kleinen Grundstück angekommen, das sich Merle und Julien etwas südlich von Taghazout gekauft hatten. Julien ist der Halbbruder meines Vaters. Ein paar Tage vor Weihnachten wollten sie einen Ausflug ins Paradise Valley machen, meine Eltern und mein Bruder in dem einen Bus und Merle mit Julien und noch zwei Franzosen, die sie unterwegs aufgegabelt hatten, in dem anderen, es war schon dämmerig und sie waren ausgelassen, unvorsichtig, sicher, *aber wir waren jung und verdammt unvernünftig,* sie sind nebeneinander hergefahren, haben Grimassen geschnitten, sich zugewunken, durch die geöffneten Fenster, *jetzt rufst du an, wo ich das Bild endlich los bin, die Blumenkette, die deine Eltern am Rückspiegel zwischen ihren Vordersitzen hängen hatten, dein Bruder, der nach einer Blüte gegriffen hat, und Musik, aus den Lautsprechern über ihren Köpfen,* Julien und Merle haben sich dann irgendwann zurückfallen lassen, auch weil ihr Bus weniger unter der Haube hatte, im Konvoi sind sie gefahren, durch die Nacht, entgegen aller Warnungen, es können Wrackteile herumliegen, es kann eine Ziegenherde auftauchen, wie aus dem Nichts, *aber wir haben das nicht so ernst genommen, wir wollten unbedingt am nächsten Morgen im Paradise Valley baden, und wir dachten, wir würden ja langsam fahren,* es war bald noch ein dritter Bus hinter ihnen, ein Rundhauber, der von irgendwoher dazugekommen war, *vor uns die roten Rücklichter deiner Eltern, und dann kam uns mit einem Mal hinter einer Kurve dieser Lkw entgegen, viel zu schnell, sie müssen abgelenkt gewesen sein, die sind viel zu spät ausgewichen, haben das Lenkrad herumgerissen, der Bus ist ins Schlingern geraten und dann – gekippt, einen Abhang hinunter.*

Er hatte Merle schlucken gehört.

Und?, hatte er weiter gefragt.

Das weißt du doch.

Ich weiß nichts, hatte Pax gesagt, gar nichts. Ich will es jetzt wissen.

Das war wie früher bei den Protesten. Wenn du den Wagen auf die richtige Seite kippst, fängt er Feuer. Und dann die Gasflaschen … Merle hatte geschwiegen.

Dass er nicht allein war, hatte Pax gesagt, dass sie weitererzählen konnte, *ich bin nicht allein.* Pax hatte Leni angesehen, neben dem Waldweg schlängelte sich ein schmaler Bach entlang, das Geräusch des Wassers über den Kieselsteinen, *keine Ahnung,* fing Merle wieder an, *woher aus einer leeren Gegend mitten in der Nacht mit einem Mal diese vielen Menschen kommen konnten, die wollten helfen, einige der Männer sind hinunter mit zwei Eseln, aber da war kein Drankommen, die Esel haben gescheut, dass jetzt alles verbrennt, man konnte das riechen.*

Pax war stehengeblieben, um eine Mücke auf seinem Unterschenkel zu verjagen und in seinem Rucksack nach seiner Wasserflasche zu suchen, er hatte Leni einen Schluck angeboten, selbst getrunken, bevor er weitererzählt hatte, weil Merles Visum ohnehin verlängert werden musste, und weil sie als Einzige Deutsch konnte, haben sie vereinbart, dass sie sofort nachhause fliegt, um mit Oma und Tante Beatrix zu sprechen.

Es war komisch, weil man manchmal ja über solche Dinge redet, man sagt dann, ich möchte mal, dass meine Asche im Meer verstreut wird, aber man sagt das eher, als könnte man so selbst nach dem Tod noch irgendetwas kontrollieren, noch irgendwie in der Welt sein, jedenfalls hatten wir so ein Gespräch gehabt, zwei Abende vorher, am Lagerfeuer, und dein Vater hat gesagt, für ihn wäre es in Ordnung, wenn einmal der Wind seine Asche davontrüge. Wir haben das dann symbolisch gemacht, und ihnen einen sehr besonderen Stein gewidmet. Am Eingang zum Paradise Valley.

An einer Stelle, an der einige Fichten geschlagen worden waren, hatten Pax und Leni sich für eine Weile in den Schatten auf einen Stamm gesetzt. Der Geruch nach Baumharz. Merle und Julien hatten bald die wilden Jahre hinter sich gelassen, *so weit es eben ging*, zum ersten Mal war da etwas wie ein Lächeln in Merles Stimme zu hören gewesen. Wie sie sich aus dem Grundstück einen Campingplatz und später eine kleine Auberge aufgebaut hatten. *Damals bei euch auf dem Sofa habe ich deiner Tante meine Nummer hinterlassen. Euch auch mehrfach noch geschrieben, zu Weihnachten, immer wenn sich das gejährt hat.* Anfangs hatten sie noch immer mit uns gerechnet. *Dass ihr mal anruft. Vielleicht eine Reise macht.*

ICH HABE ALSO einen Halbonkel in Marokko.

Na, dann fahr doch mit Leni dorthin, sagte Csaba.

Wie wunderschön er aussah.

Schön blöd, lachte Csaba, blickte dabei aber zufrieden in den Spiegel. Greta hatte ihm gestern die Haare geschnitten, und hinterher waren sie in Ulm gewesen, Klamotten kaufen, erzählte er jetzt.

Wärst du nicht einsam, drei Monate ohne mich, und würdest du nicht mitkommen wollen?, fragte Pax, und ohne Csabas Antwort abzuwarten – und wer kümmert sich um Tante Beatrix?

Ich würde mich an deiner Stelle erst mal um mich selbst kümmern, Csaba hielt ihm eine Zigarette hin. Er jedenfalls könnte in nächster Zeit nirgendwohin, weil bald einige wichtige Filmprojekte anstünden.

Ob die auch mal Geld brachten?, fragte Pax, um seine Enttäuschung zu überspielen, im Grunde konnte er es sich überhaupt nicht vorstellen, drei Monate ohne Csaba – drei Tage waren schon zu viel. Er hatte Hunger, fand aber nichts Essbares, aus dem Kühlschrank wollte er zwei Bier nehmen. Heute mal nicht, sagte Csaba, weil morgen ein wichtiges Vorsprechen war. Wenn das klappt, haben wir ausgesorgt. Er hauchte Pax einen Kuss auf die Wange, ruh dich mal aus, sagte er, du wirkst müde, und wir wollen doch am Wochenende noch die restlichen Möbel transportieren, Vladi und Greta hatten schon zugesagt, Csaba schenkte sich ein Glas Orangensaft ein, und dann erzählte er Pax von dem neuen Filmprojekt, das Charlus plante, er kommt gleich vorbei, und eigentlich wollte er auch was zu essen mitbringen, ich stelle ihn dir vor, wenn du Lust hast.

Durch das Fenster starrte Pax auf das Blumenbeet, das jemand an die Stelle der alten Forsythiensträucher gepflanzt hatte. Er ließ die

Nelken und Stockrosen verschwimmen, roter Klatschmohn hatte sich dazwischen ausgesät – *die Blumenkette, am Rückspiegel zwischen ihren Vordersitzen, dein Bruder, der nach einer Blüte gegriffen hat, und Musik aus den Lautsprechern über ihren Köpfen,* er wollte Tante Beatrix eine Sonnenblume mitbringen und ein paar Haselnusszweige, falls ein Gewitter kam.

Bist du noch immer kein bisschen wütend auf sie?

Sie ist vielleicht zuckerkrank, sagte Pax, erhöhte Werte hat sie jedenfalls.

Na und, dann gehört sie in Therapie, mein Vater ist auch Diabetiker, der muss sich sogar spritzen, und soll ich mich jetzt deswegen dreimal täglich neben ihn hinstellen und ihm die Hand halten? Der würde sich bedanken.

Ich habe es ihr endlich gesagt.

Weiß ich doch längst, sagte Csaba, und dass er das aus seinem Gelalle neulich Nacht noch hatte herausfiltern können, und ob er anschließend noch einen kompletten Filmriss gehabt hatte?

Es klingelte, das musste Charlus sein, er trug Anzug und Hemd, elegant, als fände hier an der Wohnungstür ein Staatsakt statt oder gleich die Oscarverleihung, Pax hörte sein Lachen, wollte es affektiert finden, eigentlich klang es sympathisch. Leider hatte Charlus es nicht geschafft, nach dem Training noch einkaufen zu gehen, lächelnd zuckte er mit den Schultern, bevor er eine Flasche Wein aus seiner Tasche zog, er wollte Csaba aber gerne ausführen nachher, zum Essen.

Csaba stellte sie einander vor, Pax ist auch Regisseur, sagte er.

Verlegen winkte Pax ab, das Gefühl, von Csaba wie eine eingestaubte Trophäe präsentiert zu werden, war ihm unangenehm, ich muss auch gleich los, sagte er, schon enttäuscht, während er noch sprach, Csaba würde nicht einmal versuchen, ihn aufzuhalten. Dass er mit Tante Beatrix nochmal über die Miete verhandeln würde, sein letzter Trumpf, den er vor Csaba auf den Tisch warf, und erst draußen im Garten, nachdem er sich verabschiedet hatte, merkte er, dass er sehr wohl Wut empfinden konnte. Wut auf die blöde euphorische Energie, die von Csaba ausging und die ihn an ihr allererstes Treffen in dem Café erinnerte. Wut darüber, wie viel Zeit er vor dem Spiegel verbracht hatte. Wut auf Charlus, der ein richtiger Regisseur war und der eigentlich Karl hieß und nicht halb so unansehnlich war, wie Pax im Stillen gehofft hatte.

Im Vorgarten schnitt er die schönste Sonnenblume für Tante Beatrix, und als er den gelben breiten Kelch auf den Kunststoffmatten im Kofferraum liegen sah und ihm das Licht nehmen musste, da fühlte sich sein Hunger mit einem Mal an, als hätte ihm jemand in den Magen geschlagen.

Die Wohnung oben war leer. Ein Durchzug entstand, drückte gegen die Eingangstür und ließ die Fensterflügel im Wohnzimmer auf- und zuschlagen – er konnte sich nicht daran erinnern, dass Tante Beatrix sie je offen gelassen hatte, Pax schaltete das Licht ein, das Sofa war verwaist, auch im Schlafzimmer und im Bad niemand, Pax sah hinunter in den Garten, Tante Beatrix?

Er rief nochmal, laut, Tante Beatrix, wenn ihr nur nichts passiert war, und wieder, Tante Beatrix, bis er meinte, aus der Küche ein metallisches Geräusch wahrzunehmen, etwas wie einen Kochlöffel, der gegen den Rand einer Schüssel schlug. Pax schloss das Fenster, näherte sich der Küche und öffnete die Tür. Tante Beatrix stand vor dem Topf mit der Alufolie darin, aber sie fragte ihn nicht, ob er eigentlich wusste, wie man Silber putzte. Da bist du ja, sagte sie nur, und sah dabei ganz fremd aus, in ihrer Küchenschürze, sie versuchte ein Lächeln, als er ihr die Sonnenblume hinhielt, dass sie extra Hackfleischsoße aufgetaut hatte, von Oma Peschka, wir können gleich essen, wenn du nur noch den Tisch decken würdest, sie hielt ihm die Teller hin.

Vier Wochen später flimmerte Csabas neuer Kurzfilm über die Wand von Pax' Zimmer, immer wieder spulte er an die Stelle zurück, wo Csaba in Senfgelb und Olivgrün einen Bahnsteig entlangschritt, fast zehn Sekunden lang, und seine wundervolle Stimme, die da sagte: *Ihren Ausweis mal bitte.*

Pax steckte das Geld, das er ihm monatlich für die Miete auslegte, in ein Kuvert und übergab es Tante Beatrix, die nebenan lag – ich hoffe, ich kann nachher überhaupt zu meiner Schicht, sagte sie, winzige Schweißperlen standen ihr auf der Stirn, mit der rechten Hand fühlte sie ihren Puls am Hals, als wollte sie sich selbst ersticken. Trotz der Hitze hatte sie sich zugedeckt mit ihrer karamellfarbenen Kamelhaardecke, besser, ich bleibe heute auch hier, Pax' Stimme klang besorgt. Nein, geh du nur, flüsterte sie vom Sofa aus, dein Bekannter braucht deine Hilfe ja sicher dringender als ich, damit das Ganze endlich mal ein Ende findet.

Er heißt Csaba. Und er ist mein Freund. Dass er sich aber mit Leni treffen wollte, weil die sich einen Campingbus angeschafft hatte.

Ja, sagte Tante Beatrix, legte das Kuvert auf den Tisch, und dankbar nahm sie den zu Eis am Stiel gefrorenen Tee an, den er ihr servierte. Samstagmittag bei dem schönen Wetter soll ich arbeiten, sie seufzte, da kommt doch sowieso kein Mensch.

Leni trug eine Sonnenbrille mit runden roten Gläsern, sie saß auf dem Parkplatz vor dem Hochhaus hinten in ihrem Bus auf einem breiten Bett mit bunter Wäsche und winkte ihm durch die weit geöffneten Hecktüren zu. Als er näherkam, kletterte sie zu ihm heraus, ist das okay, fragte sie, und ob er das schaffen würde, in so ein Ding zu steigen?

Wird schon gehen, sagte Pax, und stolz führte sie ihn erst einmal um den alten Bus herum, den Blechstreifen hier, über den Reifen, wollte sie vielleicht noch sandfarben lackieren, oder hellblau, was meinst du?

Sie reichte ihm die Hand, jetzt komm aber endlich rein, sagte sie aufgeregt.

Wonach riecht es denn hier?, fragte Pax.

Das ist Ambra, eigentlich Walkotze, sagte Leni, wenn ein toter Pottwal angespült wird, findet man das Zeug in seinem Darm, dass es die

Vorbesitzerinnen von einer ihrer Reisen mitgebracht hatten, riecht gut, oder? Schau, hier wäre Platz für ein zweites Bett, und hier, ein richtiger Gasherd mit Backofen, und ein Kühlschrank, der entweder mit Gas oder mit Strom funktioniert, und dort in das Fach kommen dann meine neuen Fossilien, sieh mal, hier sind richtige Schränke und Klappen, wie bei einem Boot.

Pax bewunderte den Innenausbau, tatsächlich sah das dunkle Kirschholz mit den Messingverschlüssen aus wie das Innere eines Luxusdampfers, wie viel hast du denn bezahlt?

Ach weißt du, gar nicht so viel, sagte Leni, und dass sie denen einfach alles ehrlich erzählt hatte, warum ich hier mal wegmuss, wer ich bin und was ich will, und dann haben wir den Feuerwehrlastwagen besichtigt, den die sich jetzt ausgebaut haben, mit Allradantrieb, sodass sie auch durch die Wüste könnten, bis nach Südafrika, und hinterher gabs sogar Kuchen, es war einfach ein schöner Nachmittag, ich habe von meinem Schrauberkurs erzählt und ein bisschen professionell unter den Wagen geguckt, und die sind kein bisschen nervös geworden, weil sie einfach nicht gierig waren und kapitalistisch, sondern wollten, dass ihr erster gemeinsamer Bus eine gute Zukunft hat. Sie lachte. Das waren übrigens zwei Frauen, Leni wies ihm einen Platz an, auf der breiten Matratze zwischen den Kelimkissen, die sie ihren Eltern noch aus dem Kreuz geleiert hatte. Schau, die Kanne haben sie mir auch noch geschenkt, stolz präsentierte Leni ihr neues Espressokännchen.

Dass er es sich schlimmer vorgestellt hatte, sagte Pax, als sie sich gegenüber auf dem Bett saßen und an ihrem Kaffee nippten, ich dachte, mir würde schlecht hier drinnen, jetzt fühlt es sich eigentlich ganz gut an, er lächelte.

Dann komm doch einfach mit, sagte Leni, während sie eine kleine Lichterkette über ihren Köpfen einsteckte, und wir fahren zusammen ins neue Jahrtausend, mit Sonnenenergie, guck mal durch die Dachluke, da ist eine Solarzelle, vielleicht könnte man irgendwann komplett unabhängig sein, und als er nicht antwortete, stell dir einfach das Meer vor und Dattelpalmen statt der Straßenlaternen, gleich hier, zwischen den Hecktüren. Wir können jedes Mal so parken, wie wir uns die Aussicht wünschen.

Wohin es denn jetzt eigentlich gehen sollte?

Erst mal Frankreich, Spanien, Portugal und dann, Leni zögerte – vielleicht weiter nach Afrika, falls ich mich traue, allein.

Wenn du magst, kannst du meine Kamera und die restlichen Filme mitnehmen, sagte Pax, weil er sie der Schule nie zurückgegeben hatte. War zwar damals schon technisch überholt, das Ding, versuchte er sein Gewissen zu beruhigen, aber was draus machen könntest du trotzdem.

Wollen wir den Film wirklich nicht zusammen drehen?

Nimm du ein paar Bilder für mich auf, sagte Pax.

Tante Beatrix verriet er nichts von den Urlaubstagen, die er sich in der Bank genommen hatte, stattdessen stand er pünktlich um sechs Uhr auf und verließ in seiner Arbeitskleidung das Haus Richtung Lauterthal, wo er sich zu Csaba ins Bett legte, in eben genau jener Sekunde kurz vor dem Wiedereinschlafen überzeugt davon, dass, wenn er einmal irgendwann tatsächlich sein Glück würde beschreiben müssen, er diesen Moment festhalten wollte, diesen Blick aus dem Fenster in den morgendlichen Sommerhimmel über dem spießig modernisierten Bauernhof der Nachbarn, darunter wie ein Bergmassiv die weiße Daunendecke und ein Ausschnitt von seinem Arm um Csabas Taille. Er drückte sich jetzt gegen Csaba und begann ihn in den Nacken zu küssen, ich bin noch so müde, sagte Csaba, und Pax ließ ihn los.

Später fuhren sie schwimmen, hielten auf dem Weg an einem Himbeerfeld, um zu frühstücken. Ein Strohhalm hatte sich in seiner Sandale verfangen, er zog ihn heraus, und als er wieder aufblickte, stand Csaba vor ihm, dass Charlus vielleicht einen Langfilm mit ihm machen wollte, er strahlte zwischen den Reihen aus duftenden Beerensträuchern. Pax beugte sich wieder hinunter, pflückte weiter, damit Csaba ihm nicht seine Eifersucht ansehen konnte, die hohle Hand gefüllt mit

Beeren, für die kein Platz mehr in seiner Schale war, vielleicht, tröstete er sich, würde jetzt tatsächlich Csabas Durchbruch kommen, und wie großartig es dann wäre, der Mann an seiner Seite zu sein. Er war eben ein Künstler, Pax durfte ihm nur nicht die Luft nehmen, ihre erste Zeit fiel ihm ein, ihr Lachen in dem leerstehenden Bungalow, ihre Lust und die Aufregung, das Flaschengrün und Csabas Augen darin, wie Stachelbeeren.

Sie steuerten einen See an, vier Dörfer weiter, aufmerksam blickte Pax am Ufer entlang, den einzelnen Badegästen ins Gesicht, der Himbeersaft hatte Csabas Lippen gefärbt und die Sonne seine Haut, und wie oft Pax ihn ansah und dachte, nur für ihn würde er alles hinwerfen, nur für ihn. Csaba legte endlich sein Handy zur Seite, lachte, sprang auf und rannte über den Steg ins Wasser, wo er mit kraftvollen Zügen zur Seemitte schwamm. Im Grunde, dachte Pax, war der Grad seiner Verliebtheit unaushaltbar, und ob es ein Zuviel geben konnte, das es irgendwann unmöglich machte, mit dem anderen zusammen zu sein? Er legte sich einen Strohhut über das Gesicht, sah durch das Lochmuster runde Ausschnitte des Himmels, ließ sie verschwimmen, bis sie ihn an die Zellkerne in den Biologielehrfilmen aus der Schule erinnerten, eine gallertartige Masse, in der etwas schwamm. Wenn er mit Csaba Kinder haben könnte, er würde so viele wollen, bis Csabas Schönheit in all ihren Facetten vererbt war.

Ob er sich nicht vielleicht ein bisschen beeilen konnte, bat Csaba, als Pax sich noch einmal auf seiner Bastmatte ausstreckte. Csaba war schon angezogen, und sein Schatten tippte wieder ins Handy, Vladi wollte ihm heute helfen, ein Regal zu bauen, damit er endlich all seine Bücher unterbringen konnte.

Seit wann liest du denn?, fragte Pax.

Zuhause lag Tante Beatrix im abgedunkelten Wohnzimmer, Siesta wie die Südländer, sagte sie, dass die Eistruhe im Kaufmarkt ausgefallen war, ausgerechnet bei dem Wetter, und sie hatten alles ins Lager räumen müssen, wie einem Kind stand ihr kurz die Freude im Gesicht, dass er jetzt auch schon nachhause kam! Hitzefrei, Pax zuckte mit den Schultern, wegen der Klimaanlage. Von der Decke hat es getropft, und da haben sie Angst um die Geldscheine bekommen.

Pax hatte die Himbeeren unter kaltem Wasser abgespült und mit etwas Fruchtquark und Melisseblättern aus dem Garten auf einem Teller angerichtet, wie du mich verwöhnst – gierig pickte sie eine Frucht nach der anderen mit einer Gabel auf. Du hältst was aus, Max, ich würde umfallen, bei der Hitze auf dem Feld.

Dann lass uns ins Freibad, sagte er, während er die große Tasche packte, Csaba musste seine Badehose mit eingesteckt haben, Pax verschwand in seinem Zimmer, um seinen Rucksack ganz auszuräumen, Tante Beatrix brauchte nicht zu sehen, dass seine Sachen noch nass waren.

Auf der Treppe hielt sie für einen Moment inne, dass ihr schwindlig war, sagte sie, ließ ihren Henkel der Badetasche los und hängte sich an seinen Arm. Ob er ihr den Gehstock holen sollte? Ach, den habe ich längst an Karin weitergegeben, dabei ist die selbst schuld, dass ihr Knie kaum Fortschritte macht, mit ihrem Übergewicht, da würden mir auch die Gelenke wehtun. Weil sie so fettiges Zeug isst, mir würde es grauen. Sie zuckte mit den Schultern, geht schon wieder, sagte sie. Unten öffnete Pax die Beifahrertür, mach erst alle Türen auf und den Kofferraum, sagte Tante Beatrix, weil sie da so nicht einstiege. Sie setzten sich für einen Moment zu Oma Peschka unter den Apfelbaum, wo sie Bohnen schnitt, die Füße in einem Eimer mit kaltem Wasser, *es lächelt der See, er ladet zum Bade,* sagte Oma Peschka, während die Klinge ihres kleinen Küchenmessers mit jedem Schnitt gegen die dunkel verfärbten Schrunden ihres Daumens drückte, weiter wusste sie nicht mehr bei der Hitze. In aller Frühe schon hatte sie Marmelade gekocht, davon wollte sie ihnen nachher ein Glas vor die Tür stellen.

Dreiunddreißig Grad, Tante Beatrix sah auf das Thermometer, das Oma Peschka in den Schatten gelegt hatte, und da will der mich ins Auto schleppen. Aber doch nur kurz, versuchte Pax sein Vorhaben zu verteidigen, die Temperatur im Inneren des Wagens war tatsächlich eine Tortur, nicht, dass es ihr zu viel wurde – mach das Fenster bitte zu, es zieht, sagte sie unwirsch, als er in Richtung Lauterthal abbog, und er schloss es, obwohl er nicht verstand, wie sie von der heißen Luft einen Zug bekommen wollte.

Vor Csabas Wohnung stand Charlus' Wagen, Pax parkte ein Stück entfernt.

Was ist jetzt, sagte Tante Beatrix ungeduldig, ich komme noch um hier drinnen, holst du jetzt deinen Geldbeutel?

Dass sie wegen ihr ja nicht die Fenster hatten öffnen dürfen, schimpfte er zurück, draußen hing seine Badehose an der Leine, schaukelte im Wind neben Csabas Handtuch, Pax nahm sie ab, er spürte keine Wut, nur Angst spürte er, und dahinter für einen kurzen Moment etwas unerträglich Hilfloses. Schnell steckte er die Badehose unter sein Hemd, verbarg sich kurz in der Nähe des Hauses, verbot sich, noch näher zu kommen, Vertrauen war das Wichtigste, und er hatte doch Vertrauen, er schlich hinüber zu einem der Büsche, die ersten Brombeeren waren reif, Insekten landeten auf den prallen, schwarzroten Perlen. Er pflückte eine davon, behielt sie in der Hand, während er die beiden drinnen beobachtete, lauerte, bis Csaba Charlus endlich umarmte, und einen Moment war da vielleicht sogar etwas wie Triumph, als sie sich küssten, weil er richtig gelegen hatte – bis Csaba dem anderen über die Wange strich, ganz genau so, wie er es damals bei ihm getan hatte.

Pax biss sich auf die Lippen, Tante Beatrix saß ja im Auto, hoffentlich hatte sie eine Türe geöffnet. Mit zittrigen Händen griff er nach seinem Portemonnaie und steuerte auf den Wagen zu.

Alles noch drin?, fragte Tante Beatrix, und weiter, ob sein Bekannter nicht auch mal arbeiten gehen müsse, oder wovon er die Miete bezahlen wollte? Na, ob du da so ein glückliches Händchen hattest?, sagte sie. Pax startete den Motor, Geld – jeden Tag bekam er doch mit, was es eigentlich war, nichts weiter als abgegriffenes, stinkendes Papier –

dass sein Freund Schauspieler wäre und Csaba hieße, immer noch, sagte er jetzt laut, und ob sie sich vielleicht an den Zustand erinnerte, in dem ihre Mieter die Wohnung hinterlassen hatten? Er drehte am Einschaltknopf des Radios, ein Sprecher kündigte Siegfried an. Lass mal sehen, sagte Tante Beatrix, ob er sich da verletzt hatte, ungeschickt verdrehte sie seinen Unterarm, aber es waren nur dunkle Spuren vom Saft der Brombeere, die er in seiner Hand gehalten hatte, und die sie jetzt fast von der Fahrbahn abkommen ließ.

Im Naturfreibad stellten sie die Tasche ab, im Schatten unter den Weidenbäumen, dass er schon mal vorschwimmen würde, sagte er zu Tante Beatrix, die am Ufer sitzen bleiben wollte, und dann endlich, als er von ihr abgewandt ins Wasser lief, konnten die Tränen kommen, er tauchte einige Züge, die Augen geöffnet, wie um sie mit dem grünen Wasser auszuspülen, all die feinen Partikel darin, die unter der Oberfläche das Sonnenlicht reflektierten, er drehte sich, nichts – nichts dort oben als die Luft war relevant hier unten, in dem grünen, dem gläsernen Licht, er schrie in das Wasser vor Enttäuschung, tauchte auf, atmete, nur um sich gleich wieder zurückfallen zu lassen, in die Tiefe diesmal, sinkend, bis er das Wasser kälter werden spürte, am Grunde des Sees ist meterhoher Schlamm, wer da hineingerät, der kommt nie wieder heraus, er ließ die Beine unbewegt, sah sie sich weiß über dem dunklen Grund verjüngen, bevor ihm plötzlich angst wurde und er sich, nur mit den Armen, in das wärmere Wasser zurückarbeitete. Die alte Geste der Jugendlichen von der Insel fiel ihm ein, wie sie sich beim Auftauchen die Haare geschüttelt hatten, sodass das Wasser meterweit spritzte, seine Haarlänge aber war nicht geeignet dafür. Er setzte sich neben Tante Beatrix an den Rand und betrachtete die Schwärme von schmalen silbernen Fischen, die über den Kies am Grund flitzten, unter den schaukelnden Sonnenflecken um ihre Füße herum.

Ich – fing er an, ich bin jetzt wohl wieder allein, und er schluckte die Tränen hinunter, die schon wieder kommen wollten.

Tante Beatrix streckte die großen Zehen, ja, das ist immer traurig, wenn so eine engere Freundschaft endet, sagte sie, genau in der gleichen Art, wie sie hätte sagen können, ja, das ist immer traurig, wenn ein Picknick verregnet, oder wenn die Erdbeeren ausverkauft sind.

Aber es war keine engere Freundschaft, es ist eine Liebesbeziehung gewesen.

Tante Beatrix sagte nichts.

Für einen Moment senkte sie den Blick ins Wasser, auf ihre Füße, versuchte, die Fische zu berühren, bevor sie langsam aufstand. Die spitzen Kiesel unter ihren Sohlen ließen sie gehen wie ein Kind, das laufen lernt, sie tastete sich vorwärts, bis ihr das Wasser zur Hüfte reichte, mit den hohlen Händen schöpfte sie es über die eigenen Schultern, strich sich über die Arme, herrlich, sagte sie, das einzig Wahre bei der Hitze, sie ließ sich ins Wasser gleiten, um ihre Runde zu schwimmen, wie immer, rüber zu der Stelle, an der sich der Himmel im See mit dem Blutrot der Buchen mischte.

Noch während Pax aufstand, fraß die Sonne schon seinen Abdruck von dem brüchigen Beton, aus seiner Tasche nahm er die Postkarte, er wartete, auf der karierten Decke auf seinen Fersen sitzend, die Karte in der Hand, bis Tante Beatrix endlich aus dem Wasser stieg.

Das hat gutgetan, sie tupfte sich mit dem Handtuch ab, umwickelte sich fest bis unter die Achseln.

Marrakesch, die Stadt der vier Farben, sagte Pax und hielt ihr die Postkarte hin.

Dass er dort angerufen hatte, sagte er weiter, während Tante Beatrix las oder zumindest mit den Pupillen die Buchstaben abtastete, und dann erzählte er von Julien und Merle, und sie nickte und gab ihm die Karte zurück, wo er die denn ausgegraben hatte, sagte sie, bevor sie mit der Tasche, in der sie ihre Unterwäsche verbarg, auf die baufälligen Umkleiden zusteuerte. Das ertappte Kind, das unter der Hand eine Fliege versteckte, der es eben noch einen Flügel ausgerissen hatte, ihr Blick, als sie zurückkam, leicht an ihm vorbei, hilfst du mir bitte, sagte sie, mit der Badetasche, und während sie zum Auto gingen, wurde ihm langsam bewusst, dass er vergeblich auf eine Erklärung warten würde. Dass sie einfach nichts weiter dazu sagen wollte, nichts in das quietschende Geräusch des rostigen Drehkreuzes und nichts, nachdem sie Döberleins gegrüßt hatten, die ihnen auf dem Weg zum Parkplatz entgegenkamen, nichts in den Moment hinein, den sie neben dem Wagen stehend verbrachten, die Türen geöffnet und den Kofferraum. Im Radio spielten sie noch immer Wagner, als er den Motor anließ, er drehte leiser, unterdrückte den Impuls, auf leichtere Musik umzustellen, und erst als er nach einer Weile das Fenster herunterkurbelte, sah Tante Beatrix ihn endlich wieder an, lass das bitte zu, sagte sie, es zieht.

Er schloss das Fenster, setzte den Blinker, hielt am rechten Fahrbahnrand in der prallen Sonne, auf Höhe eines Feldweges.

Reglos saß sie neben ihm. Der Schweiß lief ihnen beiden, sie wollte das Fenster öffnen, da beugte er sich hinüber und hielt den Griff fest.

So lass mich doch, ich ersticke ja in diesem Brutkasten.

Ich hätte nicht so alleine sein müssen.

Tante Beatrix, zu kraftlos, um sich zu wehren, stieß einen Klagelaut aus, lass mich raus, ich ersticke –

Er ließ den Griff los, sah ihr dabei zu, wie sie das Fenster herunterkurbelte und nach draußen atmete, bevor sie sich zurücksetzte, den Gurt zurechtrückte und die Schultern streckte. Sie klappte die Sonnenblende nach unten und ordnete ihr Haar.

Ob er ein Dankeschön auf der Karte gelesen hatte, fragte sie jetzt. Danke, dass *du* dich um das Kind und Großmutter kümmerst, während *wir* im Urlaub sind? Deine Mutter hat alles gehabt, alles. Sie hat Abitur gemacht, während ich zu meiner Lehrstelle gefahren bin, morgens schon um halb sechs, sie ist zum Studieren in die Stadt gezogen, als Großmutter schon krank war, und das konnte sie machen, weil ich da war, weil ich Kostgeld bezahlt habe, um Großmutter zu unterstützen, weil ich ihr geholfen habe, den Hof zu verkaufen. Meine Schwester hat die tollen Männer abbekommen, Großmutter hat geschwärmt, die macht es richtig, aber gepflegt habe ich sie, und mir zum tausendsten Mal die Geschichte angehört, vom Großvater, der sich freiwillig in den Krieg gemeldet hat, um uns alle im Stich zu lassen. Ich war da, als es ihr schlechter ging, als deine Mutter den Journalisten getroffen hat, den schönen Franzosen mit dem alten Postbus, ich weiß, sie hat geschluckt, als er gesagt hat, wir müssen frei sein, verreisen und dass sie dich doch mal zurücklassen konnten, für die paar Monate, aber über ihr ach so gutes Herz gebracht hat sie es trotzdem, weil ich ja da war, die alte Jungfer, die ich für die beiden war.

Ja, sie war hier, diese Merle, und ja, ich wusste von deinem Halbonkel, Geld wollten sie, falls wir die Überreste hierher überführen wollten, aber es gab kein Geld. Großmutter wollte, dass wir die letzten Reserven dafür ausgeben, aber ich war dagegen. Hier war das Geld nötig für Großmutters Pflege, für mich, für dich, für die Miete, die ganze Sache hat sie so mitgenommen, wer weiß, vielleicht ist sie davon krank geworden. Ich habe diese Leute gebeten, uns nicht zu schreiben, damit du ganz normal aufwachsen kannst, aber nicht mal daran haben die sich halten können.

Du hättest mir die Wahl lassen müssen.

Du warst ein kleines Kind.

Aber später, da war ich keines mehr, und ab dann hättest du mir von ihnen erzählen müssen.

Ach. Dass die Karte noch da war, damit konnte keiner rechnen. Und ich sage, leider hast du sie gefunden, leider. Du sagst, du hättest nicht so allein sein müssen, aber ich bin nicht schuld daran. Ich hab die Lücke nicht verursacht. Ich hab nichts weiter als versucht, sie zu stopfen, so gut ich eben konnte. Ich habe mir Mühe gegeben, sie schluckte, und wie schade, dass jetzt mit einem Mal alles so schlimm für dich gewesen sein soll.

Pax sagte nichts. Nach einer Weile ließ er den Motor an und sah sie aus den Augenwinkeln ihr Fenster wieder schließen, während sie stumm bis vor die Garagen im Hof fuhren.

Tante Beatrix löste ihren Gurt und stieg aus. Ich hab dich nicht im Stich gelassen, sagte sie, bevor sie ihre Autotür zuschlug, ich nicht.

Im Hauseingang stand Oma Peschka, einen Eimer mit Äpfeln in der einen und drei riesige Kohlrabi in der anderen Hand. Pax blieb im Auto sitzen, sah ihnen nach, Tante Beatrix, mit jedem Schritt schwächer auf den Beinen, und Oma Peschka, wie sie den Eimer abstellte, damit Tante Beatrix sich einhängen konnte bei ihr, bevor sie im Haus verschwanden.

Das T-Shirt klebte ihm am Rücken, als er zur Wasserpumpe lief und sich das Gesicht wusch, seine Augen brauchten eine Weile, um sich an das Dunkel des Kaninchenschuppens zu gewöhnen – er setzte sich auf den hölzernen Bock, nahm eine Bierflasche aus dem Kasten, eine zweite, hielt beide am Hals, um sie zu öffnen, und lehnte sich gegen die Wand, unter Opa Peschkas Sense. Man-muss-darunter-so-viele-Schlucke-trinken-wie-man-alt-ist, ging es ihm durch den Kopf, man-muss-einen-Apfel-an-der-Schnittseite-der-Sense-in-kleine-Stücke-schlitzen, eines der Stückchen in Sand paniert essen, in fünf Sekunden einmal um das Haus rennen, zehn Klimmzüge an der Schaukelstange machen.

In der Ecke zwischen den Gartengeräten entdeckte er Lenis eingesunkenen Ball, Staub über den neonfarbenen Flicken, er stellte die Bierflasche zurück und griff nach dem Ball, es einmal nur aushalten, dachte er dann, und die Finger in das Leder gekrallt, lief er zurück zu seinem Wagen, Csaba fiel ihm jetzt ein, dann wieder Tante Beatrix, und waren ihre Augenlider nicht gerötet gewesen, dass er nach ihr sehen musste, für sie da sein, wie sie für ihn dagewesen war, weil sie schwach war, und weil da immer einer war, der sich kümmern musste. Er trat auf das Gaspedal, mit sich kämpfend, gegen sich, und dann – auf einer Anhöhe hielt er, um mit voller Wucht gegen den Ball zu treten.

LENI WAR NOCH NICHT WEG. Er parkte vor dem Hochhaus, sah ihren Bus dort stehen. An eine Seite hatte sie mithilfe einer Schablone das Wort *Aloha* auf den sandgelben Lack gesprayt. Drinnen hingen gestreifte Vorhänge vor den Fenstern, die sich sicher im Fahrtwind aufbauschen würden, fast durchsichtig gegen die Sonne, wie frische Wäsche, ging es Pax durch den Kopf, Wäschestücke auf einer Leine im Wind.

DANK

Dieses Buch hätte ohne Unterstützung nicht entstehen können, allen danke ich dafür ganz herzlich.

Mein besonderer Dank gilt Steffen Kronberg, außerdem meiner Oma Maria, meiner Mutter Elisabeth und meinem Bruder Marc, Christine Bertl, Eva-Maria Blaschke, Rose Gerbeth, Anneke Gerloff, Sebastian Heise, Christina Maria Landerl, Silvia Liebenau, meiner Lektorin Annette Wassermann und dem Wagenbach Verlag.

Für die Unterstützung meiner Arbeit außerdem vielen Dank an:
Berliner Senat / Literarisches Colloquium Berlin
Stiftung Rheinland-Pfalz für Kultur / Künstlerhaus Edenkoben
Land Niedersachsen / Hansestadt Lüneburg / Literaturbüro Lüneburg e.V. (Kerstin Fischer) / Literarische Gesellschaft Lüneburg e.V.
NRW / Stiftung Künstlerdorf Schöppingen
Ministerium für Bildung, Wissenschaft und Kultur des Landes Schleswig-Holstein / GEDOK – SH in Lübeck (u.a. Petra Jebsen, Gisela Kunz, Regine Mönkemeier)
Dr. Gesine Lötzsch / Norman Wolf

Danke allen Freund*innen für ihren Beitrag, danke Grapa und Artaud!

DEUTSCHSPRACHIGE LITERATUR BEI WAGENBACH

Marina Frenk *ewig her und gar nicht wahr* Roman

Kann man sich tot stellen, um der sicheren Erschießung zu entkommen? Einen Fluch unschädlich machen, indem man die Tür verriegelt? Den Abschied vergessen und Gefühle auf Leinwand bannen?

Quart*buch*. 240 Seiten. Gebunden mit Schutzumschlag

Katharina Mevissen *Ich kann dich hören* Roman

Osman spielt. Er soll es regnen lassen, doch seine Musik lässt sich nicht erweichen. Und daran ist sein Vater nicht allein schuld. Sehr vieles gerät erst in Bewegung, als er hört, was nicht für seine Ohren bestimmt war.

Quart*buch*. 168 Seiten. Gebunden mit Schutzumschlag

Milena Michiko Flašar *Herr Katō spielt Familie* Roman

Endlich Zeit. Er könnte nun das alte Radio reparieren oder die Plattensammlung ordnen. Doch als er der jungen Mie begegnet, die ihm ein seltsames Angebot macht, beginnt er die Dinge anders zu sehen. Ein zarter Roman über einen späten Neuanfang und über das Glück.

Quart*buch*. 176 Seiten. Gebunden mit Schutzumschlag

Juliana Kálnay *Eine kurze Chronik des allmählichen Verschwindens* Roman

Don verwandelt sich vor den Augen seiner Frau in einen Baum. Ronda hält Goldfische, die nicht bleiben wollen. Die Zwillinge aus dem dritten Stock sind gar keine. Doch von Toni und Bell wissen alle. Die Menschen in Nummer 29 sind seltsam verschworen, kennen sich dabei kaum und teilen längst nicht jedes Geheimnis.

Quart*buch*. 192 Seiten. Gebunden mit Schutzumschlag

JUNGE STIMMEN BEI WAGENBACH

Fernanda Melchor *Saison der Wirbelstürme* Roman

Sprachgewaltig, schmutzig und mit der Sogkraft eines Wirbelsturms schreibt Fernanda Melchor über die viel zu alltägliche Gewalt gegen Frauen.

Aus dem mexikanischen Spanisch von Angelica Ammar

WAT 826. 240 Seiten. Broschiert

Tristan Garcia *Das Siebte* Roman

Wie wäre es, noch einmal ganz von vorn anfangen zu können? Und ist dem, was Leben ausmacht, eher wissenschaftlich oder politisch, religiös, sinnlich oder künstlerisch auf die Spur zu kommen?

Aus dem Französischen von Birgit Leib

Quart*buch*. 304 Seiten. Gebunden mit Schutzumschlag

Lucía Puenzo *Die man nicht sieht* Roman

Ismael, Enana und Ajo sind noch halbe Kinder, doch als Einbrecher nicht zu fassen – bis die kleinen Gauner an den Luxusstränden Uruguays in große schmutzige Geschäfte hinter glänzenden Fassaden geraten.

Aus dem argentinischen Spanisch von Anja Lutter

WAT 824. 208 Seiten. Broschiert

MIX
Papier aus verantwortungsvollen Quellen
FSC® C014889

www.wagenbach.de
Umschlaggestaltung Julie August unter Verwendung einer Fotografie von
Jitka Hanzlová (Rokytník, 1990–1994) © VG Bild-Kunst, Bonn 2020
Gesetzt aus der AG Buch und der ITC Slimbach
Umschlagmaterial von SALZER PAPIER, St. Pölten
Einband- und Vorsatzmaterial von peyer graphic, Leonberg
Gedruckt auf Schleipen und gebunden bei Pustet, Regensburg

ISBN 978 3 8031 3327 4